本书由云南省教育厅 2021 年学科建设引导资金（汉语国际教育）资助

本书著作权单位为西南林业大学

云南古代文学理论文献整理与研究丛书

张国庆◎主编　｜　段炳昌　孙秋克◎副主编

筱园诗话校注

〔清〕朱庭珍◎著

王欢◎笺注

中国社会科学出版社

图书在版编目(CIP)数据

筱园诗话校注/王欢笺注. —北京:中国社会科学出版社,2024.5
(云南古代文学理论文献整理与研究丛书)
ISBN 978 - 7 - 5227 - 2826 - 1

Ⅰ.①筱…　Ⅱ.①王…　Ⅲ.①诗学—研究—中国　Ⅳ.①I207.2

中国国家版本馆 CIP 数据核字(2023)第 241195 号

出 版 人	赵剑英
责任编辑	郭晓鸿
特约编辑	杜若佳
责任校对	师敏革
责任印制	戴　宽

出　　版	中国社会科学出版社
社　　址	北京鼓楼西大街甲 158 号
邮　　编	100720
网　　址	http://www.csspw.cn
发 行 部	010 - 84083685
门 市 部	010 - 84029450
经　　销	新华书店及其他书店

印　　刷	北京明恒达印务有限公司
装　　订	廊坊市广阳区广增装订厂
版　　次	2024 年 5 月第 1 版
印　　次	2024 年 5 月第 1 次印刷

开　　本	710×1000　1/16
印　　张	15.5
字　　数	200 千字
定　　价	89.00 元

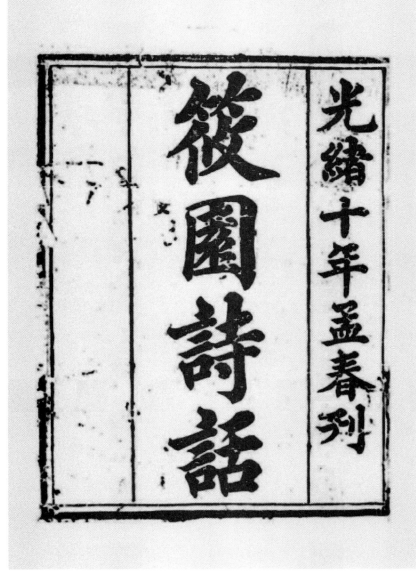

《筱园诗话》光绪十年刊本，云南省图书馆藏

筱園詩話自序

一秋杜門養疴惟與藥罏經卷相伴甚苦岑寂郡中
同人館及門二三子日載酒過從爭問詩法於予愧
無以副諸君厚意乃以筆代口遂于見聞所及為詩
話四卷付之各錄一通用塞其請雖落語言文字之
蹊然渡迷津者必假寶筏識歧途者莫如老馬姑葉
先路未始非學繡金針之度也夫無工妙諦貴心契
於言外拈花微笑時悟澈三昧詎復有法可說戲要
所能言傳者略盡於是區區之心亦略盡於是矣甲

筱園先生自訂鈔本

筱園詩話

學山樓藏 瞿仙

《筱园诗话》筱园先生自订钞本扉页，方树梅题签，
云南省图书馆藏

目　录

《云南古代文学理论文献整理与研究丛书》序

张国庆

　　在云南古代，有的少数民族也有自己的文学理论著述，如傣族的《论傣族诗歌》。但从总体上看，汉民族的或说受汉文化直接影响而产生发展于古代云南的文学理论，是云南古代文学理论的主体。本丛书整理与研究的对象，正是这一主体。这一主体与所谓"中国古代文学理论"一脉相承，可以说是产生发展于"古代云南"这个特定时空境域中的"中国古代文学理论"，是"中国古代文学理论"的一个有机构成部分。由于学界对云南古代文学理论的研究开展得较晚且不够充分，一般学者和读者对它和与它相关的一些情况不甚了解，故下面有必要对与它产生发展相关的社会文化历史背景以及它本身的基本情况、相关的研究情况等依次略作介绍。之后，也将对与本丛书相关的一些情况进行介绍。

一

　　高山深谷，重峦叠嶂；边鄙蛮荒，道阻且长。极其复杂的自然地理条件和极其艰险的交通危途，使得古代云南与古代中原在经济文化诸方面的距离似乎要比其相隔甚远的实际地理距离显得更为遥远。双方在经济文化诸方面的沟通交流，其艰难程度远非我们今天一般人所能想象。然而，中原的高度发达与古滇的缓缓后进之间形成的巨大落差，并没有阻止具有强大渗透力的中原文化通过各种管道给予滇文化以深刻的影响。这一影响虽艰难曲折，但毕竟又随着久远的历史演进而不断扩大与深化。

战国时期，楚将庄蹻率军入滇，称王于滇中，时日一久，将士们尽皆"变服从其俗"，融入当地土著（"蛮""夷"）文化中去了。此一番楚融于滇的文化碰撞，实开了中原文化长期影响滇文化的先声。汉武帝元封二年（公元前109年），滇王降汉，汉以其地（今滇池一带）设益州郡，开始了中原王朝对古代云南的实际统治。汉晋、南北朝时期，内地更迭频仍的政权对滇地的虽松散乏力而仍持续不断的统治，以及内地移民的不断到来，渐次将浓郁的汉文化之风吹进了一向为高山大川深锁其门户的这一方边远蛮荒之地。例如出土于云南曲靖的早已蜚声海内外的那两块南碑瑰宝——《爨龙颜碑》和《爨宝子碑》，就是很好的明证。公元8世纪中叶，南诏国统一云南。一方面，南诏王室积极引进并学习汉文化。南诏曾虏唐嶲州西泸县令郑回，南诏雄主阁罗凤"以回有儒学，……甚爱重之"（《旧唐书·南诏传》），后更委以清平官①要职。而据郑回所撰《南诏德化碑》碑文②，阁罗凤更是

---

① 《新唐书·南诏传》："官曰坦绰，曰布燮，曰久赞，谓之清平官，所以决国事轻重，犹唐宰相也。"

② 历来典籍和大多数学者都认为或倾向于认为《南诏德化碑》的作者是郑回。1978年，有学者撰文论证，此碑作者并非郑回，而是王蛮盛。1985—1987年，王宏道先生在《云南社会科学》和《云南民族大学学报》接连发表《〈南诏德化碑〉碑文作者为王蛮盛质疑（上）》《〈南诏德化碑〉碑文作者为王蛮盛质疑（下）》《"〈南诏德化碑〉作者问题答疑"读后驳答（上）》三篇文章。王文论据丰富翔实，论证深入周详，分析透彻明晰，逻辑周密顺畅，得出确定不移的结论：碑文作者，就是郑回。王文此一结论，大约可为《南诏德化碑》作者一案定谳。然而，自20世纪90年代以来的多种著述，既无视（或根本未睹）王氏之论，亦不自行深入考辨，率尔即认定此碑作者为王蛮盛，不能不令人十分遗憾！愚以为，今后凡欲论此碑作者问题者，皆当研读王文而后言之。

"不读非圣之书"。另一方面，唐王朝积极扩大汉文化对南诏的影响。唐剑南西川节度使高骈《回云南牒》称，唐王朝对南诏曾"许赐书而习读，……传周公之礼乐，习孔子之诗书"。正是在双方的共同努力下，汉文化对南诏产生了深广的影响，以致南诏国中出现了"人知礼乐，本唐风化"（《新唐书·南诏传》载阁罗凤孙、南诏王异牟寻语）之景象。继南诏而起，大体上与中原两宋王朝相始终的大理国，由于赵宋王朝无力远顾，加之佛教盛行，其受汉文化的影响实较南诏为弱。元灭大理，建云南行省，兴学校，建孔庙，播儒学，使得云南境内不少地方"师勤士励，教化大行"①。明清两代，云南被纳入中央集权政府的直接统治，于是移军屯戍，沟通商贾，发展矿业，更广置学校，推被儒学，开科取士，使得云南子弟翕然向学，云南文化蓬勃发展。袁丕钧《滇南文化论》谓明代云南文化有"骎骎与江南北地相颉颃"之盛，当非虚语。可以说，在元代尤其是明清以后，中原汉文化直接全方位地渗透融合进滇文化之中，并成了滇文化中具有主导意义的重要成分，成了滇云各族人民生活、生产尤其是相互交往赖以维系的主要纽带。

汉文化对滇文化影响渗透的进程也反映在文学领域中。今见于典籍的古滇最早的汉文歌诗，主要有西汉武帝时的《渡兰沧歌》和东汉明帝时的《白狼王歌》。总的看，古滇早期的歌诗、文学已受到汉文化、文学的浸染，但这浸染还明显缺乏深度和广度。南诏、大理国时期，汉文歌诗和文章，在量与质上都有了较大的发展。南诏布燮②杨奇鲲的《途中诗》和大长和国③布燮段义

① 支渭兴：《中庆路增置学田记》，方国瑜主编《云南史料丛刊》第六卷，云南大学出版社1999年版，第371页。
② 《新唐书·南诏传》："官曰坦绰，曰布燮，曰久赞，谓之清平官，所以决国事轻重，犹唐宰相也。"
③ 大长和国：公元902年，南诏权臣郑买嗣（郑回七世孙）篡夺南诏，建立大长和国。公元926年，大长和国灭亡。

宗的《思乡》，均被收入《全唐诗》，即是突出的例证。而《南诏德化碑》碑文，更是曾被史家评为"胎息左氏，其辞令之工巧，文体之高洁，俱臻上乘。三千余言，一气呵成，名章隽句，处处有之，在有唐大家中，亦不多觏"①。此碑之铭文，亦被评为"掷地有金石声，非凡响也"②。元代云南汉文化影响持续扩大，但汉文学作品见诸记载者却极为有限，此中原因，尚待云南地方文学史家探究。明清时期，伴随中原汉文化全方位渗透融合进滇文化之中，云南汉文学情势大变，云蒸霞蔚，顿显壮观。当时已有多种诗文总集、合集、选集刊行于世，如《滇南诗略》《滇南文略》《滇南诗选》《滇诗嗣音集》《滇诗重光集》等。民国时期编纂的《新纂云南通志》，著录已刊、未刊的个人诗文集达千种。而民国时期编辑出版的《滇文丛录》和《滇诗丛录》也各有一百卷之多。借用前引袁丕钧《滇南文化论》之语，则明清时期云南诗文之盛，亦可谓"骎骎与江南北地相颉颃"矣。总而言之，汉文化、文学对滇云文学的影响，由浅入深，由窄趋宽，至明清而达于极致，这与汉文化对整个滇文化的影响渗透历程若合符契。

二

元代以前，云南（"古滇""滇云"）文学理论尚未显露端倪。一方面，文学理论的产生总有赖于文学创作实践的一定程度的发展，元代以前发展相对稚弱的滇云文学还不足以成为孕育文学理论产生的合适的土壤；另一方面，其时相对稚弱的滇云文学尚未有对理论的较为明确的需要，故面对早已走向成熟的中原汉文学理论也未受到明显的影响。明代以后，随着滇云汉文学的日

---

① 徐嘉瑞：《大理古代文化史》，云南人民出版社 2005 年版，第 206 页。
② 徐嘉瑞：《大理古代文化史》，云南人民出版社 2005 年版，第 206 页。

趋兴盛，云南文学理论开始萌生并逐步走向相对繁荣。确切地说，云南古代文学理论的相对繁荣，不是出现在滇中风雅刚刚兴起且其"文采风流，极一时之选"的明代中叶，而是出现在云南汉文学获得持续、稳固、长足发展的清代乾嘉以后。与中原文论相较，云南文论的发展呈现出明显的滞后性。它发展、繁荣既迟而结束得也晚。它的尾声，大致在 20 世纪 30 年代①。

2001 年，我选编的《云南古代诗文论著辑要》由中华书局出版，在"前言"中，曾就云南古代诗文论著的存佚情况作过如次简要概述。"在云南古代诗文论著中，诗话一类著作占有最突出的地位。云南古代诗话，有的已有目无书，有的曾经为其他著作提及而现已散佚，有的则仍流传至今。有目无书的，据史载，约有《榆门诗话》《古今诗评》《诗法探源》等十种左右。为各类著作提及而现已散佚的，有《方黝石诗话》《贮云诗话》等数种。流传至今的，有《荫椿书屋诗话》《筱园诗话》等十余种。从形式和内容上看，除了兼收云南地方诗人诗作并予以论说评赏以外，云南古代诗话完全与中原古代诗话一脉相承。在内容方面，各部著作常有自己的侧重点。有的偏重于保存滇中的诗人诗作，如檀萃《滇南诗话》②、袁家谷《卧雪诗话》；有的偏重于记载滇中诗人的断篇、轶事、掌故，品评滇中诗人诗作，如师范《荫椿书屋诗话》；有的偏重于对汉文学史上的诗人诗作进行广泛的评

---

① 本丛书所谓"云南古代文学理论"，一方面包括产生于云南古代的汉文学理论，另一方面也包括着云南近现代人所写的在理论对象、理论内容、思维方式、表达方式等几乎所有重要方面都与"中国古代文学理论"一脉相承相同，在理论上完全可以而且应当归入"中国古代文学理论"范畴的那些文学理论论著。

② 外省籍人士撰写于滇的诗文论著，一般并不划入"云南古代诗文论著"的范畴，如杨慎的《升庵诗话》等。但，檀萃的《滇南诗话》应是一个例外。檀萃虽系安徽望江人，但居滇数十年，其《滇南诗话》十四卷，收有他和他的滇中友人、学生，以及滇中淑女、仙释，并流于滇、客于滇、宦于滇者。共约三百家的大量诗作，其作大多与滇密切相关。《滇南诗话》之名，颇符其实，故视其为"云南古代诗文论著"之属，应当是可以的。

论，如陈伟勋《酌雅诗话》、严廷中《药栏诗话》、由云龙《定庵诗话》；有的在品评历代诗人诗作的同时，更注重文学理论问题的探讨，如王寿昌《小清华园诗谈》、许印芳《诗法萃编》、朱庭珍《筱园诗话》等。当然，著作既有所侧重，却又常常程度不等地含有上述多个方面的内容。从文学理论的角度看，《酌雅诗话》《小清华园诗谈》《诗法萃编》《筱园诗话》等的价值更高一些。其中尤其是《诗法萃编》和《筱园诗话》不仅可视为云南古代文学理论的冠冕，即使置诸整个中国古代文学理论史上，也称得上是富有特色的佳作。除诗话外，据不完全统计，现存的云南古代诗文论著尚有：各种诗文集的序文跋语近千篇；论诗文的专题论文十数篇；论诗诗数种百余首；论文赋一篇；与友人论诗文的书信若干……"，由于诗文理论著述以外其他文学理论类别（如小说理论、戏剧理论）的著述极为少见，故所谓"云南古代文学理论"的主体，就存在于云南古代诗文论著之中。换言之，云南古代文学理论的基本规模和存佚情况等，大体即如《云南古代诗文论著辑要》"前言"之所述①。这里，要向为云南古代诗文论著的保存做出过贡献的滇中历代先辈贤哲致以深深的敬意与谢意，因为正是他们持久不懈的苦心搜求，精心呵护，细心整理，才使得云南古代文学理论能够以如此可观的规模保存至今！

20世纪80年代以前，除了对中国古代文学理论搜求极广研究甚深的郭绍虞先生，对云南古代文学理论有较多关注的学者几乎难以见到。80年代中后期到90年代前中期，一批云南本土学者始对之展开了初具规模的群体性研究。蓝华增先生的《云南诗歌史略——赵藩〈仿元遗山论诗绝句论滇诗六十首〉笺释》、张

---

① 可以预期，本丛书最终完成时，对于《云南古代诗文论著辑要》"前言"所述之云南古代文学理论的基本规模和存佚情况等，很可能会有适度的修正和更为确切一些的描述。

文勋先生等的《许印芳诗论评注》、张文勋先生主编的《滇文化与民族审美》中"汉文化浸润的滇云文学理论"一章（张国庆执笔）以及杨开达先生关于朱庭珍《筱园诗话》研究的系列论文，是这一群体性研究的主要代表。之后，相关研究进一步展开。2001 年，中华书局出版由我选编的《云南古代诗文论著辑要》，对于相关研究在云南乃至全国范围内的广泛展开起到了一定的推动作用。据粗略统计，截至目前，新增的相关研究专著有李潇云博士的《清代云南诗学研究》（中国社会科学出版社 2017 年版）和王欢博士的《朱庭珍诗论研究》（待出版）两种，相关的研究论文已达四十余篇之多，其中对朱庭珍《筱园诗话》的研究尤为集中突出，成果也最为丰富。

三

2017 年 10 月，在云南大学文学院领导的支持下，以云南大学为主，在昆多所高校老中青三代近二十位学者发起成立"云南大学中国古代文论研究中心"（下简称"中心"）。几年来，在广泛开展多方面学术活动的同时，中心一直以云南古代文论为学术研究的聚焦点，同人取得共识，要对云南古代文学理论的基础文献资料做一次比较全面的搜集整理，并要对其中比较重要、集中的一批资料（即现存诗话）进行系统的初步研究。2018 年，中心申报的课题"云南古代文学理论的文献整理与研究"获云南社科规划办批准为云南省哲学社会科学研究基地重点课题。经中心研究，决定编纂《云南古代文学理论文献整理与研究丛书》，丛书由如下两个部分组成。

第一部分，是通过对现存十余部云南古代诗话展开文献整理和理论研究工作后，形成的十余部整理研究专著。各部专著，统名之曰"笺注"，如整理研究《药栏诗话》的专著，即名之曰

《〈药栏诗话〉笺注》，余类推。各书含三至五个部分，依序如次。

其一，丛书序。

其二，各部专著之前言。前言交代或讨论笺注者认为有必要交代、讨论的相关情况或问题。

其三，诗话文本笺注。

各部诗话中原来的各条正文之间，一般并不排序，笺注时各条正文前加括号按（一）（二）（三）……顺序排列。这在一定程度上有改变诗话原貌之嫌，好处是使诗话排列显得有序，眉目更加清晰，能为研究者提供较多方便。注释主要为正文中之人名、地名、引文、疑难词语、出典故事等而作，注释的宽窄详略，笺注者视情况自行处理。当正文内容需要引申讨论时，给出笺释文字。

其四，根据各部诗话的具体情况，有的著作可专设对于该部诗话或该诗话作者之诗学进行研究的一个部分，以展开深入的理论研究；有的专著不设此一部分，则仍需在"前言"中展开关于所笺注诗话或其作者诗学的必要理论探究。

其五，根据各部诗话的具体情况，确定设或不设"附录"部分。

第二部分，是通过普查广搜，将除诗话外广泛存在于云南各种历史文化典籍中的与文学理论相关的分散篇什（专题论文、论诗诗、论文赋、与友人论诗文的书信、各种诗文集的序文跋语……）尽量搜集起来并加以整理，从而形成的《云南古代文学理论散论汇编》若干册。《汇编》作为云南古代文学理论除诗话以外的最基础的文献汇集，以历史年代为序编排内容，不做过多的讨论研究，仅作少量最必要的注释。

上述两个部分，分别或共同有着一些大致统一的编写体例，为免冗赘，这里只指出其共有的编写体例之一，即：采用简体字，不用异体字。1955 年 12 月 22 日中央人民政府文化部和中国文字改革委员会联合发布《第一批异体字整理表》，淘汰、停用了 1055 个异体字，一般来说，本丛书凡遇到《整理表》所确定的异体字，基本都改为相应的简体字。要特别说明的是，在特殊情况下，本丛书也会使用异体字。主要是遇到人名、地名中有异体字时，根据"名从主人"的原则，仍用原字。比如，"堃"是"坤"的异体字，一般情况下，"堃"改作"坤"；而当"堃"出现在人名、地名中时，仍作"堃"。

丛书的上述两个组成部分，其工作有先后之分，即诗话笺注在前，散论汇编在后。目前诗话笺注部分已有多部著作接近完成并将于 2022 年度内出版，其余的大致也将于 2023 年付梓。散论汇编工作将随后展开，预计于 2024 年内完成。

四

本丛书的编纂，有几个重要的意义。首先，是对云南古代诗话第一次进行集中、全面的整理和研究。之前虽有一些整理（如拙编《云南古代诗文论著辑要》），也有一定的研究（如张文勋等《许印芳诗论评注》），但总体上在广度和深度上都远不能和这一次的整理与研究相比。其次，对云南古代文学理论基础文献资料第一次进行全面的搜集整理。之前虽也有过一些搜集整理（如蓝华增《云南诗歌史略——赵藩〈仿元遗山论诗绝句论滇诗六十首〉笺释》、拙编《云南古代诗文论著辑要》等），但其规模格局同样远不能和这一次的搜集整理相比。再次，是发现并解决了一些文献版本方面的重要问题。比如，朱庭珍《筱园诗话》现在的通行版本是《云南丛书》本，其采用的是朱氏写定于 1877 年、梓行于 1884 年的《筱园诗话》第三次修订稿。王欢博士之前在撰写其关于《筱园诗话》研究的博士学位论文时已发现，云南省图书馆现藏有朱氏改定于1880年、曾刻于1885年的《筱园诗话》第四次修订稿（即《筱园诗话》之"筱园先生自订钞本"），与《云南丛书》本相较，此稿不惟在原有三篇自序外增加了第四篇自序，在卷一、卷二、卷四中共增补了四段文字，而且与《云南丛书》本在细部文字方面出入多达两百来处，显然此稿在前三稿基础上作了不小的改动。这一次整理《筱园诗话》，王欢即以"筱园先生自订钞本"为底本，而以《云南丛书》初编本和以《云南丛书》初编本为依托的多部现当代《筱园诗话》整理本为参照来进行笺注。相信王欢这一整理工作的完成，将提供之前一般未曾得见的《筱园诗话》的另一个同样值得信赖而内容更加丰富的版本，这将给目前国内学术界日益升温的《筱园诗话》研究热进一步提供基础文献方面的更多支撑。又比如，刘炜教授在笺注严廷中《药栏诗话》时，发现云南省图书馆藏有一个本子，比目前《药栏诗话》的通行版本《云南丛书》本多了诗话十一则，且《云南丛书》本细部多处模糊或有错讹的地方该本子都刻印得清楚准确，《云南丛书》本有几处将两条诗话合刻为一的情况该本子也没有出现，而是分刻得清清楚楚。刘炜的《〈药栏诗话〉笺注》采用了这个本子。目前尚不能落实的是，该本子究竟是《云南丛书》本之外的另一个版本呢，抑或它就是《云南丛书》本所据的原始底本。无论是哪一种情况，刘炜的《笺注》都将提供给学界和读者一部较具新貌的《药栏诗话》。① 最后，是纠正

---

① 关于王欢、刘炜二位所遇到的著作版本问题，这里谈两点看法。一、《云南丛书》所收录的大部分文献，辑刻于1914—1942年间。其收入《筱园诗舌》第三稿而未收入作者手订的、内容更为完备的《筱园诗话》第四稿的原因，估计是1942年以后第四稿始入藏省图书馆，故省图书馆虽藏而《云南丛书》未及收。二、《药栏诗话》的版本似存在两种可能。1. 很可能现今省馆所藏而《云南丛书》未收之本，同样是1942年以后始入藏省图书馆的。2. 也可能该本早藏省馆，且正是《云南丛书》本所据底本，但因为当年可能存在的多方面（手民、编审、经费……）的问题而导致《云南丛书》本漏误多有，质量不佳。除《筱园诗话》《药栏诗话》二书，这里还要提及云南诗论家王寿昌（转下页）

了包括拙编《云南古代诗文论著辑要》在内的现当代一些相关文献整理著述中的不少疏误。本丛书编纂的意义也许还有一些，但以上四点乃其荦荦大者。若一言以括本丛书编纂之意义，则：在云南学术史上，本丛书对云南古代文学理论的基础文献资料第一次进行了较为全面的发掘、整理和研究，将使这一基础文献资料首次以近乎全面的清晰的面目呈现在学界和世人面前，从而有力地推动有关云南古代文学理论的整体研究持续向前，更上一层楼！

本丛书的编纂毫无疑问具有重要学术意义，但我们也清醒地认识到，相关基础文献资料的搜求整理不可能毕其功于一役，对基础文献资料展开研究更将是一项历时久远的学术工程，本丛书进行的整理与研究，以学术史的眼光来看，仅只是完成了一项初步的工作而已。本丛书的撰写者都是云南高校拥有中高级职称或博士学衔、从事中国语言文学专业教学与研究多年的中青年教师，因为确知点校、笺注古书极为不易，故在工作中时刻都怵惕在心，勤勉于行，争取减少可能出现的疏误，以确保丛书的完成质量。虽则如此，疏误的出现，当在所难免。编纂者们始终抱持

（接上页）的《小清华园诗谈》，早年出版的拙编《云南古代诗文论著辑要》曾考证指出，《云南丛书》所收的《小清华园诗谈》只是其雏型、初稿，而其完本或定本则另有他藏，并于后来被收入郭绍虞编选、富寿荪先生校点的《清诗话续编》（上海古籍出版社 1983 年版）。笔者在此处比较集中地提及云南古代诗话整理中遇到的版本问题，是想就此提出两点建议。一、今后学者凡依据《云南丛书》进行文献整理工作，都应该对相关文献的版本问题予以特别的关注，这既有助于保证自家整理工作的质量，也可帮助发现《云南丛书》在版本等方面可能存在的问题，相信经过月累年积，最终当可对提升《云南丛书》的整体质量发挥积极作用。二、省图书馆等相关部门，似应将相关问题纳入视野并予以长期关注，以期当重印或再版机会出现时，能汲取一切相关研究成果，全面解决《云南丛书》在版本方面可能存在的问题，进一步提升《云南丛书》的整体质量。《云南丛书》是记录云南古代（汉代至明清）至民国初年极为丰富的历史文化、社会生活和思想精神的文献总汇，是云南地方文献的百科全书，是云南地方文史研究者们历来极为珍视的文献宝库，其编纂质量哪怕是些微的提升，对云南的文化与学术建设的整体事业而言，都是有重大意义的！

谦虚谨慎的态度，在丛书问世后将虚心地面对学术界和广大读者可能提出的疑问和批评，以期他年有机会时能以具有更高学术质量的相关成果奉献于世。

五

　　缕述至此，谢意衷出。首先要感谢参与丛书工作的众多同人尤其是丛书的每一位执笔者，以及在搜寻相关学术资料方面为丛书撰写提供了重要帮助的我的研究生丁俊彪同学，正是他们勤勉严谨的工作，保证了丛书以较好的学术质量顺利完成。其次要感谢丛书的两位副主编段炳昌教授和孙秋克教授，二位不仅对丛书的编纂提出过重要的建设性意见，而且参与了丛书的组织领导工作，分别审读了丛书的部分初稿并提出了很好的意见和建议。再次要感谢云南大学文学院的多任领导，他们的鼓励和支持是本丛书从酝酿启动到最后完成的重要保证。还要感谢中国社会科学出版社的有关领导和编辑人员，他们的大力支持和辛勤劳动是本丛书能够以较好质量顺利出版的有力保证。最后要感谢吾师张文勋先生。先生于 20 世纪 50 年代开始学习和研究中国古代文学理论、文艺理论、文艺美学，其后数十年深耕不辍，成就斐然。又于 80 年代初引我踏上中国古代文论研究之途，复于 90 年代初为我开启云南古代文论研究之门，今再以九十六岁高龄欣然挥毫为丛书题署书名，此皆深铭我心。在中国古代文论和云南古代文论研究领域，文勋先生贡献良多，声誉卓著，松柏常青！

　　2001 年，当拙编《云南古代诗文论著辑要》出版时，我曾题"书《云南古代诗文论著辑要》后"小诗一首，此时欣然忆及，直觉得当日之所曾吟与刻下之所欲语竟毫无二致。遂改其题而移诗于下，借以为此序之结。

题《云南古代文学理论文献整理与研究丛书》

汉风千载漫吹拂，
边地云山气象殊。
兰桡捧出君细看，
从来滇海蕴明珠。

壬寅新春　谨叙于云南大学东二院

前　　言

朱庭珍（1841—1903）①，晚清滇南著名诗人、诗论家，祖籍云南石屏，生于山东，原名朱庭凯，字筱园（又作小园），又字梅臣、舜臣，号"龙湖诗隐""莲湖渔隐"，其《筱园诗话》代表了云南古代文论的最高成就。

朱庭珍出生之际，恰值中英第一次鸦片战争（1840—1842），山东戒严。父亲朱家学亲率士民戍守海阳（今属山东烟台），敌船竟不犯而去。后父亲历任山东文登（今威海市文登区）、蓬莱（今烟台市蓬莱县）、泰安（今泰安市）知县，顺天府宛平（今北京丰台区）、大兴（今北京大兴区）知县，直隶知州（包括今河北石家庄市、邢台市部分地区），永平府（今属河北秦皇岛市）知府等职，庭珍皆随父任，辗转北方各地，且时有诗作纪行。如庭珍九岁（1849）在蓬莱作《观灯行》，其诗序云："己酉（1849）元日，登莱道诸君、镇登州守汪君镛率属大张灯宴，至元宵未已。人以为从来未有之盛也。时夷患虽平，疮痍未复，且连年饥

---

① 张国庆：《云南古代诗文论著辑要》，中华书局 2001 年版，第 328 页；袁嘉谷《朱孝廉筱园墓志铭》云："君讳庭珍，字小园，号诗隐，石屏朱氏。光绪二十九年冬十月一日卒，春秋六十有三。"朱氏之生卒年据袁嘉谷之表述判定。

馑，物力维艰，有触于怀，赋《观灯行》。"十三岁（1853）返滇途中作《春感》云："才陷浔阳逼豫章，龙舒重镇又沦亡。援师指日临江左，节使何人保建康？"描述了在太平军步步紧逼之下，金陵城的危急局势。十六岁（1856）时父亲朱家学引疾归里，庭珍随之返滇。返滇后，恰值咸同滇变（1856—1873）①。庭珍散家财，组团练以卫乡土，其《商声集》自序云："此集乃丙辰（1856）以来感时抚事之作，另录而存者也。仆自遭世乱，家亦旋破，奔走四方，衣食资于砚田，不暇求工于诗矣。"十八岁（1858）时，庭珍由于所作纪事抒愤之诗，差点遭遇一次文字之祸，其《商声集自序》云："所为纪事抒愤诗，不下三四百篇。当落笔时，百感交集，不自知其言之过激也。自戊午（1858）几以诗获重戾，乃深藏行箧中，不复敢持示人矣。"②此次文字之祸对庭珍产生了深远的影响，其文学创作亦因之发生改变。王揆《穆清堂诗抄题词》云："正思好句觅驴背，岂料危机蹈虎穴。"陈庚明《穆清堂诗抄题词》云："荡胸奇气时一露，惊怪纷纷来訾毁。狙雄窃据弄威福，疾视冠裳力排抵。欲倾其家祸以言，夜辞庭闱走荆杞。"均为此事而发。

短短六年后，朱庭珍初撰《筱园诗话》时思路内转，奉折中思想为圭臬，力图总结传统诗论之精华，而较少涉及时局，未必不与此事相关。咸同滇变之际，庭珍投身云南临安府知府熊家彦、云南腾越总兵和耀曾、云南提督杨玉科等人之幕府，开始了他的"廿年戎马"（《秋闱报罢赋诗遣怀》）生涯。但庭珍从未打算以幕僚生涯为其人生归宿，其《旅夜书怀》云："依人毕竟非

---

① 咸同滇变：1856 年（咸丰六年），清代云南回、汉人民为争夺南安石羊银矿而发生冲突，遂转化为起事。1873 年（同治十二年），清军兵临大理城下，杜文秀服毒后出城与清军议和，为清军所杀，咸同滇变告一段落。

② 据笔者考证，此次文字之祸，大约是指朱庭珍、孙清元省责云贵总督吴振棫对回民起义军的招抚是"城下之盟""金币盟城下"。

长策，休向朱门铗再弹”，就道出了依人幕下的无奈。后来云贵总督岑毓英、云南提督杨玉科欲荐庭珍出仕，庭珍亦婉辞不受。

朱庭珍力求通过科举考试的正途来追求功名事业，《清史稿·选举志》云："有清一沿明制，二百余年，虽有以他途进者，终不得与科第出身者相比。"庭珍分别于光绪十五年（1889）、光绪十六年（1890）、光绪二十八年（1902）参加会试3次，均不幸落榜。朱庭珍《又星先生六十寿序》云："余亦思有所树立，而夙志迄今不获一施，今俱老矣……夫穷通得失，自有道者视之，何与于我？太史公谓虞卿非穷愁不能著书以传于世，则天之穷其遇，未必非天之玉其成，而使以文章鸣也。"把他对功名的复杂心结，对知音的渴求，不甘心作文苑中人，以及老来壮志无所施展，只求以诗文传世的心愿，表达得淋漓尽致。且庭珍本属石屏望族，朱家科第人才辈出。庭珍却"挟策空归""经世未能"，他号"龙湖诗隐"，亦隐含追求"立言不朽"之意。庭珍54岁（1894）时被聘为经正书院阅卷，此后八九年间在经正书院以"典雅生造"的标准论诗衡文①，提倡新学，为培养滇云后起之秀贡献了自己的力量②。

朱庭珍著有《穆清堂诗钞》、《穆清堂诗钞续集》、《商声集》、《筱园诗话》（又名《穆清堂诗话》）、《穆清堂时文》和《莲湖花榜》，选编了《变雅吟》《莲湖吟社稿》，批点了王士禛《唐贤三昧集》、李于阳《即园诗钞》、万钟杰《野秀堂初集》，参修《云南通志》《永北直隶厅志》《缅宁县志》《丁奋威将军武功记》，参编《全滇疆域论》《滇边图说》。据华世尧《石屏朱小

---

①　此处"典雅生造"之"生造"，并非"凭空制造"之义，而是"再生''再造"之义。

②　经正书院（1891—1903），光绪十七年（1891），云贵总督王文韶、云南巡抚谭钧培联名上奏，获准建立经正书院，御书颁赐"滇池植秀"匾额。先后有许印芳、陈荣昌两任山长，培养了大批杰出人才。

园先生批〈唐贤三昧集〉书后》，朱庭珍在散文方面亦颇有造诣，"先生以诗文名宇内，而先生之文，人或未知之也。其初，出入韩、苏，取材左、国，故其文沉雄宏肆，学使吴和甫先生所以有'龙文独举'之目也。"

朱庭珍一生历经道光、咸丰、同治、光绪四朝。他身处边隅乱世，一边出策破敌，一边"带铜兜谈诗"，完成了《筱园诗话》的写作，其诗论及诗歌创作虽非一心为之，却是他在风雨飘摇之际慰藉生命和理想，并借以自励自省的重要心灵记录。庭珍《筱园诗话自序》云："时省围正急，壁垒密于布棋。日夜鏖战，枪炮声震天地。自官吏以迄缙绅先生，莫不惶惶有戒心怖色。惟予与韵莪意气闲暇，谈诗自若。予更围炉著书，几忘身在危城也。"他身处险境而能闲暇自若，无疑是从谈诗论文之中汲取了强大的精神力量。从这种角度看，诗论写作就是朱庭珍的乌托邦，是他安顿灵魂的重要港湾。《筱园诗话》自诞生之日起，就由建水、昆明而丽江、贵州，由滇、黔而全国，逐步对诗坛产生影响，其"有定法""无定法"之说亦颇得时人赞许。在当代学界，自《筱园诗话》刻入《云南丛书》，选入郭绍虞《清诗话续编》、张国庆《云南古代诗文论著辑要》、台湾新文丰出版公司《丛书集成续编》以来，更是引起学界广泛关注。

据蒋寅《清诗话考》，《筱园诗话》现存版本主要有以下六种：光绪十年（1884）昆明务本堂刊本①、《云南丛书》初编本、《清诗话续编》本、台湾新文丰出版公司《丛书集成续编》本、《云南古代诗文论著辑要》本、《续修四库全书》本。此外，昆明王灿②曾

---

① 蒋寅：《清诗话考》，中华书局 2007 年版，第 602 页；蒋寅指出，务本堂刊本为二卷本。

② 王灿（1881—1949），字铁山，又字惕山，昆明人。著有《掣瓶斋笔记》《知希堂诗抄》等。

重刻《筱园诗话》四卷①，今未见。目前流传较广的版本以《云南丛书》初编本以及在此基础上校订的郭绍虞《清诗话续编》本和张国庆《云南古代诗文论著辑要》本为主，下面对这三个版本作简要介绍。

《云南丛书》初编本。《筱园诗话》被收录于《云南丛书》集部之九十六，卷二末有"丽邑梓人赵镐刊刻"字样。此本为繁体竖排，有句读，在部分精彩语句加圈点以示重视。

《清诗话续编》本。《筱园诗话》被收录于《清诗话续编·下》，在34种被收录的诗话中位列第33种②，理论价值较高，被誉为压卷之作。此本以《云南丛书》初编本为底本，于1983年由上海古籍出版社出版发行。此本为繁体竖排，有现代标点，四卷共有校记37条，对《筱园诗话》引文中脱误之处进行了改正，对朱庭珍行文中疏漏之处在校记中作了注明。

《云南古代诗文论著辑要》本。《筱园诗话》被收录于《云南古代诗文论著辑要·中编》。此本以《云南丛书》初编本为底本，参考《清诗话续编》本，于2001年由中华书局出版发行。此本为简体横排，有现代标点，共有校记5条，对部分字句作了修改，删除了《云南丛书》初编本赘注。与其他版本仅录诗话原文不同，此本在《筱园诗话》后附有袁嘉谷《朱孝廉筱园墓志铭》和方树梅《滇南学者生卒考·石屏朱庭珍》，有利于对庭珍生平作较全面的了解。

此外，笔者在云南省图书馆读书时偶然发现，云南省图书馆藏有"筱园先生自订钞本"四卷，为多数学者所未见，蒋寅《清诗话考》亦未著录，现将其主要情况介绍如下。

---

① 李景煜主编，云南省地方志编纂委员会总纂，云南省地方志编纂委员会办公室人物志编辑组编撰：《云南省志卷80人物志》，云南人民出版社2002年版，第656页。

② 《清诗话续编》收录的第34种为刘熙载《诗概》。

"筱园先生自订钞本"封面有"庚午春　瞳仙署""学山楼藏"字样，封面右侧标有"筱园先生自订抄本"，第四卷末盖有"云南文物委员会收购移交"印章。

"筱园先生自订钞本"除现有版本中的 3 篇朱庭珍自序，另有一篇光绪六年（1880）朱庭珍作于丽江的序：

> 旧作诗话，仅成四卷，庚辰岁游幕丽江，郡斋多暇，长夏昼倦，复取旧稿续之，借此销遣，久之又得四卷，于是遂成书矣。上下古今，仆非其人，聊抒己见，就正来哲，僭妄之罪，知不免云。

可见光绪三年（1877）朱庭珍在盐井署重定《筱园诗话》后，光绪六年夏朱庭珍游幕丽江时，第 4 次对《筱园诗话》进行了增补修订。从同治七年（1868）序"后世若有子云，固所愿也，否则藏诸名山耳"到此版序称"聊抒己见，就正来哲"，口气上较之前已有较大程度缓和。此次修改的时间跨度朱庭珍并未说明，只说"久之又得四卷"。

书前又有朱庭珍受业弟子华世尧所作题记，华世尧题记对朱庭珍著作的刊刻有较详细的记载，对考察朱庭珍著作的版本流传具有重要价值。现将华世尧题记全文抄录如下：

> 此书于光绪乙酉，席守吾大令代刻于丽江，今板移存滇省务本堂书坊，《穆清堂诗集》三卷丁亥刊于省城，板仍存务本堂，戊子重阳前三日，受业华世尧记。
>
> 《穆清堂诗续刻》癸巳仍刻于省垣务本堂。世尧再记。
>
> 外有文古数卷，笔记并所选历代古今体诗、各名大家古文、手批诗古文辞等书待梓，受业华世尧又再记。

　　华世尧第一条题记作于光绪十四年（1888），这条题记清楚表明，"筱园先生自订抄本"于光绪十一年（1885）刻于丽江，此刻本今未见。务本堂始建于道光年间，地点在昆明市马市口，由江西王杰三创办，经营雕版印书及书籍发售，当时是云南著名的书坊。

　　除对文字作适当修改、增删，对个别诗论观点作调整、完善，"筱园先生自订钞本"还于各卷后增补整段文字共4处，详见本书校记。

　　总的看来，"筱园先生自订钞本"更多是对原稿文字的精益求精，所增加内容也多是对原来观点的补充和完善。虽然未有本质内容上的改变，但是此版本对《筱园诗话》研究的意义仍然不容小觑。

　　首先，现在通行的《筱园诗话》"三易其稿"的说法要改为"四易其稿"。从同治三年（1864）初稿到光绪六年（1880）定稿，17年间，朱庭珍先后对《筱园诗话》进行了4次增删，才成就了如今的《筱园诗话》。其次，"筱园先生自订钞本"为朱庭珍亲手订正，在版本学上意义重大，是后世校点本的重要参考文献。最后，"筱园先生自订钞本"从行文语气、行文逻辑、篇章结构等方面入手进行删冗去繁、词语更正、信息补充，并在不违反原则的前提下，对之前某些过激的看法或观点进行了合理修正。又通过卷后增补的方式，把一些新的见解补充进来，丰富了诗话的内涵，从中不仅可以看出朱庭珍关于诗选体例的看法受沈德潜和王昶的影响，朱庭珍折中思想很早就受到纪昀诗学的启发，还可看出朱庭珍对陈恭尹的评价直至晚年也未发生改变。

　　本书以云南省图书馆藏《筱园诗话》（光绪十年务本堂刊刻本）为底本，《云南丛书》初编即以务本堂刻本为基础影印，参校《筱园诗话》（筱园先生自订钞本），参考台湾新文丰出版公司

《丛书集成续编（第二〇二册）》影印云南丛书版《筱园诗话》、郭绍虞《清诗话续编》和张国庆《云南古代诗文论著辑要》，力求整理出一个质量更高、更贴近原著的版本。

本书校注，"注"主要是对诗话中的人名、地名、生僻字词、典故、诗句、诗论出处等做简要注释，"校"主要是对诗话版本间异同之处、诗话所引观点或诗句与原作不同之处加以说明。本书附录收录袁嘉谷《朱孝廉筱园墓志铭》、王灿《重刻〈筱园诗话〉序》和笔者《朱庭珍年谱精要（1841—1903）》《"雅音"与"魔道"——谈朱庭珍〈筱园诗话〉对诗歌正统性的理解》、《从唐宋诗之争的角度看朱庭珍诗论的诗学取向》三篇论文，供读者参考。

朱庭珍《筱园诗话》具有较高的理论价值。郭绍虞《清诗话续编序》认为朱庭珍《筱园诗话》"颇有真知灼见，足资参考"①。蒋寅称《筱园诗话》为"晚清诗话中翘楚"，认为朱庭珍"持论通达平正，文字详密，于是非分寸之辨，剖析极细，有叶燮《原诗》之风"②。张国庆指出《筱园诗话》"旨宏论精"，并概括出朱庭珍诗论的三个显著特点："第一，跨出儒家门限，自由往来于儒道释三家之间，视野开阔，观点通达。第二，更多地着眼于诗歌艺术规律、美学问题，对之作广泛深入的理论探讨。第三，在理论见解方面，新见迭出，精彩纷呈：在思想方法方面，富于辩证色彩；在行文表达方面，颇富艺术性，文辞华美而博赡，文气充盈而旺盛，气势浩荡而流转，笔力排奡而遒劲。"③ 身为滇云青年学者，关注并致力于《筱园诗话》研究是我的职责所在、使命所在、兴趣所在，我将尽己所能，努力整理出一个值得

---

① 郭绍虞编选，富寿荪校点：《清诗话续编》，上海古籍出版社 1983 年版，第 1 页。
② 蒋寅：《清诗话考》，中华书局 2007 年版，第 600—601 页。
③ 张国庆：《儒、道美学与文化》，中国社会科学出版社 2002 年版，第 165 页。

信赖且内容更加丰富的版本，为目前国内学术界日益升温的《筱园诗话》研究热进一步提供基础文献方面的支撑。

由于学未精深，且时日有限，此书定有不少错误和疏漏，特恳请专家和读者批评指正。

筱园诗话校注

自　序

一

一秋杜门养疴，惟与药炉经卷相伴，甚苦岑寂。郡中同人偕及门二三子[一]，日载酒过从，争问诗法于予。愧无以副诸君厚意，乃以笔代口，述予见闻所及，为诗话四卷付之，各录一通，用塞其请。虽落语言文字之迹，然渡迷津者必假宝筏，识歧途者莫如老马，姑导先路，未始非学绣金针之度也。夫无上妙谛，贵心契于言外，拈花微笑时，悟澈三昧，讵复有法可说哉！要所能言传者略尽于是，区区之心亦略尽于是矣。甲子[二]仲冬月朔，朱庭珍题于临安郡署[三]。

注

[一] 及门：正式登门拜师受业的学生。

[二] 甲子：指同治三年（1864）。

[三] 临安郡署：在今云南省红河哈尼族彝族自治州建水县。其时正值咸

同滇变，朱庭珍及其堂兄朱在勤在云南临安府知府熊家彦幕府中。

二

是编甫脱稿，即为同人持去，转相传抄，遂失原本。戊辰客游昆华^[一]，友人争索观之，予无以应也。会李韵莪大令至自开化^[二]，携有钞本，谓得于临郡友人^(一)，以未窥全豹为恨，遍访不获^(二)，今幸遇吾子，当为我补成全书，他日请任手民之役^[三]，以公同志之好也^(三)。出以见示，乃节录本，仅及其半耳。旅居多暇，呵冻增修，历三月而告卒业，较原稿加益焉。时省围正急^[四]，壁垒密于布棋，日夜鏖战，枪炮声震天地。自官吏以迄缙绅先生^(四)，莫不惶惶有戒心怖色。惟予与韵莪意气闲暇，谈诗自若。予更围炉著书^(五)，几忘身在危城也。朔风宵鸣，一灯如豆，摊卷泚毫，苦心淫思，岂非膏以自煎，香以自残耶？后世若有子云，固所愿也，否则藏诸名山尔^(六)。书罢为之三叹。戊辰十二月醉司命日^[五]，又识。

注

[一] 戊辰：指同治七年（1868）。昆华，昆明旧称。

[二] 李崇畯：字韵莪，湖南省临武县人，1868 年为候补同知，故朱庭珍以"大令"相称。开化府，清代云南的行政区，隶属临安开广道，府治在今云南省文山县。

[三] 手民之役：谓雕版刊刻。

[四] 省围：指同治七年春，杜文秀起义军从西、北、南三面包围昆明，围城达两年之久。

[五] 醉司命日，约指农历腊月二十三日或腊月二十四日。司命，即"东厨司命"，汉族民间对灶神的一种称呼。《辇下岁时记》："都人至年夜，请僧道看经，备酒果送神。帖灶马于灶上，以酒糟抹于灶门之上，谓之醉司命。"醉司命日，宋代多在腊月二十四日，明清以来也有在腊月二十三日者。

校

（一）《云南丛书》初编本作"得诸临郡友人"，据《筱园先生自订钞本》改作"得于临郡友人"。

（二）《云南丛书》初编本作"遍访未获"，据《筱园先生自订钞本》改作"遍访不获"。

（三）《云南丛书》初编本作"以公天下同好"，据《筱园先生自订钞本》改作"以公同志之好"。

（四）《筱园先生自订钞本》作"缙绅"，《云南丛书》初编本作"搢绅"，可通用，此处以自订钞本为准。

（五）《筱园先生自订钞本》作"箸书"，误。《云南丛书》初编本作"著书"，以初编本为准。

（六）《云南丛书》初编本作"藏诸名山耳"，《筱园先生自订钞本》作"藏诸名山尔"，二者可通用，此处以自订钞本为准。

三

丁丑九月，予客盐井署[一]，复取旧作诗话而重定之，删复补缺，修改字句，逾两月告竣，至是三易稿矣。珍附记。

注

[一] 丁丑：指光绪三年（1877）。盐井署，明清时，云南省共设黑盐井、白盐井、安宁井、五井四大盐课提举司，据朱庭珍年表，光绪三年，朱庭珍应在昆明，故推测此处所谓"盐井署"应在今云南省安宁市境内。

四

旧作诗话，仅成四卷，庚辰岁游幕丽江[一]，郡斋多暇，长夏昼倦，复取旧稿续之，借此销遣，久之又得四卷，于是遂成书矣。上下古今，仆非其人，聊抒己见，就正来哲，僭妄之罪，知不免云。辛巳[二]仲春珍自识。(一)

注

[一] 庚辰：指光绪六年（1880）。

[二] 辛巳：指光绪七年（1881）。

校

（一）此则据《筱园先生自订钞本》新增。

卷　一

一

诗也者，无定法而有定法者也。诗人一缕心精[一]，蟠天际地，上下千年，纵横万里，笔落则风雨惊，篇成则鬼神泣，此岂有定法哉！然而重山峻岭，长江大河之中，自有天然筋节脉络，针线波澜，若蛛丝马迹，首尾贯注，各具精神结撰，则又未始无法。故起伏承接，转折呼应，开合顿挫，擒纵抑扬，反正烘染，伸缩断续，此诗中有定之法也。或以错综出之，或以变化运之；或不明用而暗用之，或不正用而反用之；或以起伏承接而兼开合纵擒，或以抑扬伸缩而为转折呼应[一]；或忽以纵为擒，以开为合，忽以抑为扬，以断为续；或忽以开合为开合，以抑扬为抑扬，忽又以不开合为开合，不抑扬为抑扬；时奇时正，若明若灭，随心所欲，无不入妙，此无定之法也。作诗者以我运法，而不为法用。故始则以法为法，继则以无法为法。能不守法，亦不离法，斯为得之。盖本无定以驭有定，又化有定以归无定也。无法之法，是为活法妙法。造诣至无法之法，则法不可胜用矣。所谓行乎其所当行，止乎其所不得不止[二]，神而明之，存乎其人也。若泥一定之法，不以人驭法，转以人从法，则死法矣。

注

[一] 心精：包括心情、心神专一、深思三种含义，此处为"心思、神思"之义。

[二] "行乎其所当行，止乎其所不得不止"：语出苏轼《文说》："吾文如万斛泉源，不择地而出……常行于所当行，止于所不得不止。"

校

（一）《云南丛书》初编本在"或以抑扬伸缩而为转折呼应"后有"或不承接之承接，不呼应之呼应"一句。据《筱园先生自订钞本》，删去"或不承接之承接，不呼应之呼应"。

二

沧浪主妙悟，谓："诗有别材，非关学也，诗有别趣，非关理也。然非多读书，多穷理，则不能极其至。"[一]是言诗中天籁，仍本人力，未尝教人废学也。竹垞谓"必储万卷于胸，始足以供驱使"，意主于学，正可与严说相参[二]。何必执片语以诋古人，而不统观其全文哉！近代诗家，宗严说而误者[三]，挟枯寂之胸，求渺冥之悟，流连光景，半吐半吞，自矜高格远韵，以为超超元著矣[一]。不知其言无物，转堕肤廓空滑恶习，终无药可医也。其以学为主者[四]，又贪多务博，淹塞灵机，饤饾书卷，如涂涂附[五]，亦不免有类墨猪[六]。不知学问之道，贵得其精英，弃其糟粕也。少陵云"读书破万卷"，非谓学乎？"下笔如有神"，非谓悟乎[七]？味此二句，学与悟可一贯矣。

注

[一] 沧浪：指南宋诗论家严羽，他自号"沧浪逋客"，著有《沧浪诗话》，世称"严沧浪"。"诗有别材"二句，语出严羽《沧浪诗话·诗辨》。

[二] 竹垞：指清代诗人朱彝尊（1629—1709），字锡鬯，号竹垞，晚号小长芦钓师，别号金风亭长，浙江秀水人。"必储万卷于胸，始足以供驱使"，出自朱彝尊《斋中读书·其十一》，原诗为："诗篇虽小技，其源本经史。必也万

卷储，始足供驱使。别材非关学，严叟不晓事。顾令空疏人，著录多弟子。开口效杨陆，唐音总不齿。"与朱庭珍所引略有不同。

〔三〕宗严说而误者：根据上下文，此处应指清代王士禛所开创的神韵诗派及其继承者而言。王士禛（1634—1711），赐名士祯，小名豫孙，字贻上，号阮亭，别号渔洋山人，人称王渔洋，谥文简。山东新城（今山东桓台）人，著有《渔洋山人精华录》《池北偶谈》等。

〔四〕以学为主者：应指以翁方纲为代表的肌理诗派及其继承者而言。

〔五〕如涂涂附：语出《诗经·角弓》："毋教猱升木，如涂涂附。君子有徽猷，小人与属。"意为不要既教猱上树，又用泥浆涂枑不使升，比喻君子既欲人向善，又自做坏榜样。此处借以比喻卖弄学问、堆砌典实。参阅程俊英、蒋见元《诗经注析·下》，中华书局1991年版，第712页。

〔六〕墨猪：比喻字体笔画丰肥、臃肿而乏筋骨。东晋卫夫人（亦有学者认为是王羲之所著）《笔阵图》称："多骨微肉者，谓之筋书；多肉微骨者，谓之墨猪。"

〔七〕"读书破万卷，下笔如有神"：语出杜甫《奉赠韦左丞丈二十二韵》："甫昔少年日，早充观国宾。读书破万卷，下笔如有神。赋料扬雄敌，诗看子建亲。李邕求识面，王翰愿卜邻。"

校

（一）超超元著：即超超玄著，形容言论、文辞高妙明切。朱庭珍为避清代帝王名讳，改"玄"为"元"。

三

自来诗家，源同流异，派别虽殊，旨归则一。盖不同者，肥瘦平险、浓淡清奇之外貌耳，而其所以作诗之旨及诗之理法才气，未尝不同。犹人之面目，人人各异，而所赋之性，天理人情，历百世而无异也。至家数之大小〔一〕，则由于天分学力有浅深醇疵，风会时运有盛衰升降，天与人各主其半，是以成就有高下等差之不齐也。夫言为心声，诗则言之尤精者，虽曰人声，有天籁焉。天不能历久而不变，诗道亦然〔二〕。其变之善与不善，恒视乎人力。力足以挽时趋，则人转移风气，其势逆以难，遂变而臻于上。力不足以挽时尚[三]，则风气转移人，其势顺而易，遂变而趋于下。此理势之自然[四]，亦天运之循环也。盖一代之诗，有盛必有衰，其始也由衰而返乎盛，盛极而衰即伏其中。于是能者又出奇以求其盛[一]，而变之上者则中兴，变之下者则逾降[二]。古人所谓"若无新变，不能代雄"是也[五]。迨新者既旧，则旧者又复见新，新旧递更，日即于变。大抵先后乘除之间，或补其偏，或救其弊，恒视其衰而反之。此诗道所以屡变，亦有不得不然者矣。两汉厚重古淡之风，至建安而渐漓。至晋氏潘、陆辈而古气尽矣[六]，故陶、谢诸公出而一变[七]。渊明以古淡自然为宗，康乐以厚重独造制胜，明远以俊逸生动求新[八]，而诗复盛。宋、齐以后，绮丽则无风骨，瑂刻则乏气韵[三]，工选句而不解谋篇，浅薄极矣。沿至唐初，积习未革。至盛唐而射洪、曲江力起其衰[九]，复归于古。太白、子美同时并驾中原[十]，太白为诗中仙，子美为诗中圣，屹然两大，狎主齐盟。而王、孟、高、岑、东川、左司诸家[十一]，并极一时之选，羽翼风雅，盛矣哉！其诗之中天乎？大历以降，风调渐佳，气格渐损。故昌谷以雄奇胜[十二]，元、白以平易胜[十三]，温、李以博丽胜[十四]，郊、岛以幽峭胜[十五]，虽品格不一，皆能自成局面，亦皆力求其变者也。即张、王、皮、陆之属[十六]，非无意翻新变故者，特成就狭小耳。晚唐衰极，五代诗亦然[四]，几扫地尽。宋人出而矫之。杨、刘唱和[十七]，宗法玉溪；台阁从风，号西昆体[十八]，久而堆垛扯挦，贻人口实。故苏子美矫以疏纵，梅宛陵矫以枯淡，然未餍人望也[十九]。欧公学韩[二十]，而以夷犹神韵变其光怪陆离；半山学杜[二十一]，而以简拔短炼变其沉郁飞动，各自成家，一时瑜、亮。至东坡则天仙化人[二十二]，飞行绝迹，变尽唐人面目，另辟门户，敏妙超脱，巧夺天工，在宋人中独为大宗。山谷力求新异[二十三]，戛戛独造，能以奇奥、生峭、瘦劲，别开蹊径，虽非东坡匹，亦巨手也。后山高老，简斋深秀，惟江西习气过重，易使人厌[二十四]。二晁尚有笔力，宛丘颇见气格[二十五]。淮海辈明丽无骨，时近于词，无足论矣[二十六]。南渡后，江西派盛行，推崇山谷，而槎丫晦涩，百病丛生，既入偏锋，复堕恶趣[二十七]。江湖一派，鄙俚不堪入目[二十八]。九僧、四灵以长江、武功为法[二十九]，有句无章，不惟寒俭，亦且琐僻卑狭，明末钟、谭即此种之嗣音[三十]。草根虫鸣，鼠穴啾唧，殊无生气，皆魔道也[三十一]。惟放翁老炼峭洁[三十二]，七古简而能厚，清而能辣(五)，七律佳者，沉雄近杜，真巨擘矣！第存诗太多，流连光景之作，十居七八，而世人又以平调秀句，易于谐俗效之，遂减声价。然可冠南宋，石湖非其伯仲[三十三]。后来惟金代元遗山[三十四]，雄豪跌荡足与放翁相抗。遗山、剑南并称，非无见也。金人染江西气习，遗山以外无杰出者。元人但逐晚唐，师飞卿、长吉二家，一代成风。虞道园自负"汉庭老吏"[三十五]，亦时无英雄，浪得名耳。杨、范、揭三子及金华、天水、雁门[三十六]，不过夭桃秾李，绝非梅兰之友。铁崖如倡女艳妆，渊颖如村妇盛服，均乏名贵之气[三十七]。缘忘本逐末，故降而逾靡也。明人惟青丘雄视一代[三十八]。前后七子，高语盛唐，但摹空调，有貌无神，宜招"优孟衣冠"之诮[三十九]。盖拘常而不达变，故习而成套也。公安矫以浅率，竟陵矫以晦僻，其魔尤甚，诗运衰而国祚亦尽矣[四十]。此古今诗升降之大略也。大约朴厚之衰必为平实，而矫以刻划，迨刻划流于瑂琢琐碎，则又返而追朴厚。雄浑之弊必入廓肤，而矫以清真，及清真流于浅滑俚率，则又返而主雄浑。典丽之降必至馂饤，则矫以新灵，久之新灵流于空疏孤陋，则又返而趋典丽。势本相因，理无偏废。其初作者必各有学问才力，故能自成一家之言以传于世。其后学者囿于门户积习，必有流弊，故能者又反之以求胜(六)。要之，各派皆有所长，亦皆有所短。善为诗者，上下古今取长弃短，吸神髓而遗皮毛，融贯众妙出以变化，别铸真我以求集诗之大成[四十一]，无执成见为爱憎，岂不伟哉。何必步明人后尘，是丹非素，祧宋尊唐，徒聚讼耶？执一格以绳人，互相攻击，此弊始于南宋，明代诗人效尤，逾启争端。庄子曰："辩生于未学"[四十二]，此之谓也。若别裁伪体，斥绝偏锋魔道，则千古既有定论，寸心亦具是非，属不得已，非好辩矣[四十三]。

注

[一] 家数：指家法传统、流派风格。多用于诗、文、技艺等。严羽《答出继叔临安吴景仙书》云："世之技艺，犹各有家数。"

[二] 诗道：指作诗的规律、主张和方法。

[三] 时尚：指一时的习尚。如南宋俞文豹《吹剑四录》云："夫道学者，学士大夫所当讲明，岂以时尚为兴废。"

[四] 理势：指事理的发展趋势。如北宋苏轼《与李方叔书》云："实至则名随之，名不可掩，其自为世用，理势固然，非力致也。"

[五] "若无新变，不能代雄"：语出萧子显《南齐书·文学传论》："习玩为理，事久则渎，在乎文章，弥患凡旧，若无新变，不能代雄。"

[六] 潘岳（247—300）：字安仁，河南中牟人，西晋著名文学家、政治家。陆机（261—303）：字士衡，吴郡吴县（今江苏苏州）人，西晋著名文学家、书法家。

[七] 陶渊明（约365—427）：又名潜，字元亮，一作符亮，私谥"靖节"，江西浔阳柴桑（今江西九江）人，东晋末期至南朝宋初期伟大的诗人、辞赋家。谢灵运（385—433）：原名公义，字灵运，小名客儿，世称"谢客"，祖籍河南太康，生于浙江绍兴，南北朝时期诗人、文学家、旅行家。

[八] 鲍照（约416—466）：字明远，祖籍山东郯城，生于江苏京口，南朝宋文学家，与颜延之、谢灵运并称"元嘉三大家"。

[九] 陈子昂（659—700）：字伯玉，梓州射洪（今四川遂宁）人，初唐诗文革新代表人物之一。张九龄（678—740）：字子寿，号博物，谥号"文献"，韶州曲江（今广东韶关）人，世称张曲江或文献公，唐朝开元年间名相、诗人。

[十] 李白（701—762）：字太白，号青莲居士，又亐谪仙人，有《李太白集》。杜甫（712—770）：字子美，自号少陵野老，祖籍湖北襄阳，生于河南巩县，有《杜工部集》。

[十一] 王维（701—761）：其出生地有两种说法，一说他原为太原祁人（今山西祁县），后移家蒲州（今山西永济）；一说他祖籍太原祁县，出生于蒲州。唐肃宗乾元年间任尚书右丞，故世称"王右丞"，唐代著名诗人、画家，有《王右丞集》。孟浩然（689—740）：字浩然，号孟山人，襄州襄阳（今湖北襄阳）人，唐代著名的山水田园派诗人，世称"孟襄阳"，有《孟浩然集》。高适（704—765）：字达夫，一字仲武，渤海蓨（今河北景县）人，后迁居宋州宋城（今河南商丘）。唐代大臣、诗人。曾任刑部侍郎、散骑常侍，封渤海县侯，世称"高常侍"，有《高常侍集》。岑参（约715—约770）：荆州江陵（今湖北江陵）人，天宝年间进士，官至嘉州刺史，世称"岑嘉州"，有《岑嘉州集》。李颀：生卒年不详，籍贯不详，开元年间进士，授新乡县尉，有《李颀诗》一卷。韦应物（737—约792）：京兆万年（今陕西西安）人，历任滁州刺史、江州刺史、左司郎中、苏州刺史，人称"韦江州""韦左司""韦苏州"，有《韦苏州集》。

[十二] 李贺（790—816）：字长吉，福昌（今河南宜阳）人，有《昌谷集》。

[十三] 元稹（779—831）：字微之，河南洛阳人，有《元氏长庆集》。白居易（772—846）：字乐天，自号香山居士，祖籍太原，后迁下邽（今陕西渭南），有《白氏长庆集》。

[十四] 温庭筠（812—约870）：本名岐，字飞卿，山西太原人，有《温飞卿诗集》。李商隐（813—858）：字义山，号玉溪生，怀州河内（今河南沁阳）人，有《李义山诗集》。

[十五] 孟郊（751—814）：字东野，湖州武康（今浙江德清）人，有《孟东野集》。贾岛（779—843）：字阆仙，范阳（今河北涿州）人，有《长江集》。

[十六] 张籍（约768—约830）：字文昌，吴郡（今江苏苏州）人，有《张司业集》。王建（约765—约830）：字仲初，颍川（今河南许昌）人，有《王司马集》。皮日休（约834—?）：字逸少，后改袭美，襄阳竟陵（今湖北天门）人，有《皮子文薮》。陆龟蒙（?—约881）：字鲁望，姑苏（今江苏苏州）人，自号天随子、江湖散人、甫里先生，有《笠泽丛书》《甫里集》。

[十七] 杨亿（974—1020）：字大年，建州浦城（今福建浦城）人，曾与刘筠、钱惟演等唱和，编成《西昆酬唱集》，著有《武夷新集》。刘筠（971—1031）：字子仪，大名（今河北大名）人，与杨亿、钱惟演等唱和，编成《西昆酬唱集》，著有《肥川小集》。

[十八] 西昆体：北宋初期诗坛声势最盛的一个诗歌流派，因《西昆酬唱集》而得名。《西昆酬唱集》是以杨亿为首的17位馆阁文臣互相唱和、点缀生平的诗歌总集，其中成就较高的诗人有杨亿、刘筠、钱惟演等。西昆体在艺术上大多师法晚唐诗人李商隐，呈现出整饬典丽的艺术特征。

[十九] 苏舜钦（1008—1048）：字子美，梓州铜山（今四川中江）人，有《苏学士文集》。梅尧臣（1002—1060）：字圣俞，宣州宣城（今安徽宣城）人，有《宛陵先生集》。

[二十] 欧阳修（1007—1072）：字永叔，晚号醉翁，又号六一居士，庐陵（今江西吉安）人，有《欧阳文忠集》《六一词》。韩愈（768—824）：字退之，河南河阳（今河南孟州）人，有《昌黎先生集》。

[二十一] 王安石（1021—1086）：字介甫，晚号半山，抚州临川（今江西临川）人，有《王临川集》《临川先生歌曲》。

[二十二] 苏轼（1036—1101）：字子瞻，号东坡居士，眉州眉山（今四川眉山）人，有《东坡全集》等。

[二十三] 黄庭坚（1045—1105）：字鲁直，号山谷道人、涪翁，分宁（今江西修水）人，有《豫章集》《山谷词》。

[二十四] 陈师道（1053—1101）：字无己，一字履常，号后山居士，彭城（今江苏徐州）人，有《后山集》。陈与义（1090—1139）：字去非，号简斋，河南洛阳人，有《简斋集》。

[二十五] 二晁：指晁补之、晁冲之。晁补之（1053—1110）：字无咎，学者称"济北先生"，济州巨野（今山东巨野）人，有《鸡肋集》《晁无咎词》。晁冲之（？—1126）：字叔用，世称"具茨先生"，济州巨野（今山东巨野）人，晁补之从弟，有《具茨集》《晁叔用词》。张耒（1054—1114）：字文潜，号柯山，人称"宛邱先生"，江苏淮阴人，有《张右史文集》《柯山诗余》。

[二十六] 秦观（1049—1100）：字少游，一字太虚，号淮海居士，江苏高邮人，有《淮海集》《淮海居士长短句》。

[二十七] 江西诗派：北宋徽宗初年，吕本中作《江西诗社宗派图》，把以黄庭坚创作理论为中心而形成的诗歌流派取名为"江西诗派"，南宋末年，方回把杜甫称为江西诗派之祖，黄庭坚、陈师道、陈与义三人称为诗派之宗，提出了"一祖三宗"之说。宋以后，江西诗派之影响不绝如缕，其余波一直延及近代同光体诗人。

[二十八] 江湖诗派：南宋后期继永嘉四灵后而兴起的一个诗派，因陈起刊刻《江湖集》而得名。当时书商陈起与江湖诗人相友善，于是刊售《江湖集》《续集》《后集》等书，后人以《江湖集》内诗气味皆相似，故称为江湖诗派。

[二十九] 九僧：指北宋初年以能诗闻名的希昼、保暹、文兆、行肇、简长、惟凤、宇昭、怀古、惠崇等九人，有《九僧诗》，诗宗贾岛、姚合，主要写生活琐事，意境寒瘦，风格清幽，有枯寂狭窄之弊。四灵：即永嘉四灵，宋宁宗时温州永嘉籍的翁卷、徐玑、徐照、赵紫芝四位诗人，因翁卷号灵舒，徐玑号灵渊，徐照号灵辉，赵紫芝号灵秀，故称四灵。长江：即贾岛（779—843），因贾岛有《长江集》。武功：即姚合（约777—843），浙江吴兴人，元和十一年进士，任武功主簿，人称"姚武功"，曾选《极玄集》，有《姚合诗集》。

[三十] 钟惺（1574—1624）：字伯敬，号退谷，竟陵（今湖北天门）人，有《隐秀轩集》。谭元春（1586—1631）：字友夏，竟陵人，有《谭友夏合集》。二人为明末竟陵派的代表人物。

[三十一] 魔道：即邪道，与雅道相对而言。

[三十二] 陆游（1125—1210）：字务观，号放翁，越州山阴（今浙江绍兴）人，有《剑南诗稿》《渭南文集》。

[三十三] 范成大（1126—1193）：字致能，号石湖居士，苏州吴县（今江苏苏州）人，有《石湖居士诗集》《石湖词》。

[三十四] 元好问（1190—1257）：字裕之，号遗山，太原秀容（今山西忻州市）人，有《遗山集》《中州集》《唐诗鼓吹》等。

[三十五] 虞集（1272—1348）：字伯生，号道园，人称"邵庵先生"，四川仁寿人，有《道园学古录》《道园遗稿》。汉庭老吏，匿虞集自负其诗如"老吏断狱"，故以汉代张汤自比。

[三十六] 杨载（1271—1323）：字仲弘，福建浦城人，有《杨仲弘集》。

范梈（1272—1330）：字亨父，一字德机，江西清江县人，有《范德机诗集》《木天禁语》《诗学禁脔》。揭傒斯（1274—1344）：字曼硕，龙兴富州（今江西丰城）人，有《揭文安公全集》。金华：约指戴良（1317—1383），字叔能，浦江建溪（今浙江诸暨市）人，有《和陶诗》《九灵山房集》。天水：指赵孟𫖯（1254—1322），字子昂，号松雪道人，宋太祖赵匡胤十一世孙，秦王赵德芳嫡派子孙，有《松雪斋文集》，赵姓源于甘肃天水，故宋朝又称"天水一朝"。雁门：指萨都剌（1272—1355），字天锡，号直斋，生于雁门（今山西代县），有《雁门集》。

〔三十七〕杨维桢（1296—1370）：字廉夫，号铁崖、铁笛道人，又号铁心道人、铁冠道人、铁龙道人、梅花道人等，晚年自号老铁、抱遗老人、东维子，山阴会稽（今浙江诸暨）人，有《东维子文集》《铁崖古乐府》《丽则遗音》《复古诗集》等。吴莱（1297—1340）：字立夫，本名来凤，门人私谥"渊颖先生"，浦阳（今浙江浦江）人，有《渊颖吴先生集》。

〔三十八〕高启（1336—1374）：字季迪，长洲（今江苏苏州市）人，元末隐居吴淞江之青丘，因号青丘子。著有《高太史大全集》《凫藻集》等。

〔三十九〕前七子：指弘治、正德时期李梦阳、何景明、徐祯卿、边贡、康海、王九思、王廷相七人。后七子：指嘉靖、隆庆时期李攀龙、王世贞、谢榛、宗臣、梁有誉、徐中行、吴国伦七人。

〔四十〕公安派：指明神宗万历年间，以袁宏道及其兄袁宗道、其弟袁中道三人为代表的文学流派，因三人都是湖北公安人得名，此派作者还有江盈科、唐望龄、黄辉等。他们提出"世道既变，文亦因之"的文学发展观，又提出"性灵说"，要求作品"独抒性灵，不拘格套"。竟陵派：又称钟谭派，是明代后期的文学流派，因主要人物钟惺、谭元春都是竟陵（今湖北天门）人，故被称为竟陵派，他们追求"幽情单绪"和"孤行静寄"，倡导"幽深孤峭"的风格。

〔四十一〕真我：佛教用语，认为凡夫执着五蕴假合之身为我，其实是"假我"，要像佛那样具有八大自在的我，才是"真我"。此处之"真我"主要是从诗人自成一家的角度而言的。

〔四十二〕"辩生于末学"：经查，《庄子》中并无此句。此句应出自韩愈《读墨子》，原文为："余以为辩生于末学，各务售其师之说，非二师之道本然也。"

〔四十三〕伪体：指违背《风》《雅》规范的诗歌或风格纯正的文章。杜甫

《戏为六绝句》云："未及前贤更勿疑，递相祖述复先谁？别裁伪体亲风雅，转益多师是汝师。"偏锋：比喻诗歌创作不从正面着眼，而取旁敲侧击、侧面下手的方法。

校

（一）《筱园先生自订钞本》在"求其盛"后又衍出"求其盛"三字，实无必要，此处以《云南丛书》初编本为准，不加"求其盛"三字。

（二）《云南丛书》初编本作"愈降"，《筱园先生自订钞本》作"逾降"，二字可通用，以自订钞本为准。下同。

（三）《云南丛书》初编本作"雕刻"，《筱园先生自订钞本》作"琱刻"，二者可以通用，以自订钞本为准，下同。

（四）《云南丛书》初编本作"五代诗亡"，《筱园先生自订钞本》改作"五代诗亦然"，以自订钞本为准。

（五）《云南丛书》初编本作"辣"，《筱园先生自订钞本》作"辢"，以自订钞本为准。

（六）《云南丛书》初编本作"返之以求胜"，《筱园先生自订钞本》改作"反之以求胜"，以自订钞本为准。

四

诗人以培根柢为第一义[一]。根柢之学，首重积理养气。积理云者，非如宋人以理语入诗也，谓读书涉世，每遇事物，无不求洞晰所以然之理(一)，以增长识力耳。勿论九经、廿一史、诸子百家之集与夫稗官杂记，莫不有理存乎其中[二]。诗人上下古今读破万卷，非但以博览广见闻也。读经则明其义理，辨其典章名物，折衷而归于一是。读史则核历朝之贤奸盛衰、制度建置及兵形地势，无不深考，使历代数千年之成败因革，悉了然于心目之间。读诸子百家之集，一切稗官杂记，则务澈所以作书之旨，别白其醇疵、得失、真伪，使无遁于镜照，而又参观互勘，以悟其通而达其变，设身处地，以会其隐微言外之情，则心心与古人印证，有不得其精意者乎？而又随时随地无不留心，身所阅历之世故人情、物理事变，莫不洞鉴所当然之故，与所读之书义冰释乳合，交契会悟，约万殊而豁然贯通，则耳目所及，一游一玩，皆理境也[三]。积蓄融化，洋溢胸中，作诗之际触类引申，滔滔涓赴，本湛深之名理，结奇异之精思，发为高论，铸成伟词，自然迥不犹人矣。此可以用力渐至，而不可猝获也。

注

［一］根柢：指草木的根，比喻事物的根基、基础。

［二］九经：清代关于《九经》有两种说法。一是纳兰性德《通志堂经解》，以《易》《书》《诗》《春秋》《三礼》《孝经》《论语》《孟子》《四书》为九经。一是惠栋《九经古义》，解释《易》《书》《诗》《左传》《礼记》《仪礼》《周礼》《公羊传》《穀梁传》《论语》十经，其中《左传补注》别本单行，故称九经。廿一史：《史记》《汉书》《后汉书》《三国志》《晋书》《宋书》《南齐书》《梁书》《陈书》《魏书》《北齐书》《周书》《隋书》《南史》《北史》《新唐书》《新五代史》《宋史》《辽史》《金史》《元史》合称"廿一史"。值得注意的是，朱庭珍在此处避谈《明史》，仅提"廿一史"。

［三］理境：本指通过叙事说理而体现的境界，此处指"理"与"书""史"、"人情物理"相融相通的思想境界。

校

（一）《云南丛书》初编本作"洞析"，《筱园先生自订钞本》改作"洞晰"，以自订钞本为准。

五

积理而外，养气为最要。盖诗以气为主，有气则生，无气则死，亦与人同。昌黎曰："气，水也；言，浮物也。水盛而物之浮者大小毕浮，气盛则声之高下与言之长短皆宜。"[一]东坡曰："气之盛也，蓬蓬勃勃，油然浩然，若水之流于平地，无难一泻千里。及其与山石曲折，随物赋形，一日数变而不自知也。盖行所当行，止所当止耳。"[二]是皆善于言气者。夫气以雄放为贵。若长江大河，涛翻云涌，滔滔莽莽，是天下至动者也(一)。然非有至静者宰乎其中以为之根，则或放而易尽，或刚而不调，气虽盛，而是客气，非真气矣[三]。故气须以至动涵至静，非养不可。养之云者，斋吾心，息吾虑，游之以道德之途，润之以诗书之泽，植之在性情之天，培之以理趣之府，优游而休息焉，蕴酿而含蓄焉(二)，使方寸中怡然涣然，常有郁勃欲吐、畅不可遏之势，此之谓养气。及其用之之际，则又镇之以理，主之以意，行之以才，达之以笔，辅之以机趣(三)，范之以法度，使畅流于神骨之间，潜贯于筋节之内，随诗之抑扬断续，曲折纵横，奔放充满于中，而首尾蓬勃如一。敛之欲其深且醇，纵之欲其雄而肆，扬之则高浑，抑之则厚重，变化神明，存乎一心，此之谓炼气。似乎气之为气，诚中形外，不可方物矣。然外虽浩然茫然，如天风海涛，有摇五岳腾万里之势，内实渊渟岳峙，骨重神寒，有沉静致远之志。帅气于中，为暗枢宰，若北辰之系众星，以静主动。此之谓醇而后肆，此之谓动而实静。故能层出不穷，不致一发莫收，一览易尽也。在识者谓之道气[四]，诗家谓之真气。所云炼气者，即炼此真气也，养气者，即养此真气也。彼剽而不留，或未终篇而索然先竭者，正坐不知养气与炼气耳(四)。盖养于心者功在平日，炼于诗者功在临时。养气为诗之体，炼气则诗之用也。予幼作《论诗绝句》曰(五)："正声自古由中出，真气从来不外驰"，略见大意，可参看矣[五]。

注

[一] 朱庭珍此处引用与《韩昌黎文集校注》第三卷《答李翊书》有所不同，原文为"水大而物之浮者大小毕浮，气盛则言之短长与声之高下者皆宜。"

[二] "气之盛也"句：朱庭珍所引与苏轼《文说》有出入，苏轼《文说》云："吾文如万斛泉源，不择地而出，在平地滔滔汩汩，虽一日千里无难。及其

与山石曲折，随物赋形，而不可知也。所可知者，常行于所当行，常止于不可不止，如是而已矣。其他虽吾亦不能知也。"苏轼此文本非论"气"，朱庭珍难免有"强人就己"之嫌。

〔三〕客气：指受外在影响而非发自内心的轻浮躁动之气和入而未融、虚骄而不出于衷的主体之气。真气：指来自创作主体的富于生命力之气，具有渊寂、深静、淡定的特点。

〔四〕道气：有二义，一是指僧道修行的功夫，二是指超凡脱俗的气质。此处指诗人所具备的超凡脱俗的气质。

〔五〕所引《论诗绝句》出自朱庭珍《穆清堂诗钞》卷上《论诗》五十首其二，原诗为："炼笔刚柔贵得宜，诗家秘旨几人知。正声自古由中出，真气从来不外驰。"

校

（一）《云南丛书》初编本作"天下之至动者也"，《筱园先生自订钞本》删去"之"字，以自订钞本为准。

（二）《云南丛书》初编本作"酝酿"，《筱园先生自订钞本》改作"蕴酿"，二者通用，以自订钞本为准。

（三）《云南丛书》初编本作"理趣"，《筱园先生自订钞本》改作"机趣"，以自订钞本为准。

（四）《云南丛书》初编本作"养气与炼耳"，《筱园先生自订钞本》改作"养气与炼气耳"，以自订钞本为准。

（五）《云南丛书》初编本作"《论诗绝句》云"，《筱园先生自订钞本》改作"《论诗绝句》曰"，以自订钞本为准。

六

近人主王、孟、韦、柳一派，以神韵为宗者，谓诗不贵用典，又以不着议论为高，此皆一偏之曲见也。名手制胜，正在使事与议论耳。严沧浪谓用典使事之妙，如镜中之花，水中之月，可以神会，不可言传。又谓如着盐水中，但辨其味，不见其形〔一〕。所喻入微（一），深得诗家三昧。大抵用典之法，在融化剪裁，运古语若己出，毫无费力之痕，斯不受古人束缚矣。正用不如反用，明用不如暗用；或借宾以定主，或托虚以衬实；死事则用之使活，熟事则用之使生；渲染则波澜叠翻，镕铸则炉锤在握。驱之以笔力，驭之以才情，行之以气韵，俾自在流出，如鬼斧神工，不可思议，而一归于天然，斯大方家手笔矣。杜陵句云："美人细意熨贴平，裁缝灭尽针线迹"；放翁云："天机云锦用在我，剪裁妙处非刀尺"，皆个中精诣也[二]。学者详之。

注

[一] 严羽《沧浪诗话》中并无用典使事如镜花水月、着盐水中之喻。严羽镜花水月之喻是就盛唐诸家之诗歌境界而言，与用典使事并无关联。着盐水中之喻则出自南朝梁傅大士《心王铭》："水中盐味，色里胶青，决定是有，不见其形。"

[二] "美人细意熨贴平，裁缝灭尽针线迹"：出自杜甫《白丝行》。"天机云锦用在我，剪裁妙处非刀尺"：出自陆游《九月一日读诗稿有感走笔作歌》。

校

（一）《云南丛书》初编本作"所喻入妙"，《筱园先生自订钞本》改作"所喻入微"，以自订钞本为准。

七

自宋人好以议论为诗，发泄无余，神味索然，遂招后人史论之讥，谓其以文为诗，乃有韵之文，非诗体也。此论诚然。然竟以议论为戒，欲尽捐之，则因噎废食，胶固不通矣。大篇长章，必不可少叙事议论，即短篇小诗，亦有不可无议论者。但长篇须尽而不尽，短章须不尽而尽耳。叙事即伏议论之根，议论必顾叙事之母[一]。或叙事而含议论，议论而兼叙事；或以议论为叙事，叙事为议论。错综变幻，使奇正相生，疏密相间，开合抑扬，各极其妙，斯能事矣。人但知叙事中之叙事，议论中之议论，与夹叙夹议之妙，而抑知叙事外之叙事，议论外之议论，与夫不叙之叙，不议之议，其笔外有笔，味外有味，尤为玄之又玄^(二)，更臻微妙乎！夫不尽而尽者，情深于中，韵溢于外，言简意该^(三)，词近旨远。如画家缩本[一]，咫尺具万里之势，则不尽而已深尽之。尽而不尽者，包罗万有，众妙毕臻。如岱宗之长五岳，以大山宫小山，中包无数峰峦溪涧；如武侯之列八阵[二]，以大阵藏小阵，中变无数门户方圆，任登峰造极，钩深致远，终不能穷其曲折义蕴，则无所不尽，而实多有余不尽也。学者知此诣，则得大家秘传矣。

注

[一] 缩本：此处指缩小的摹本、版本等。

[二] 八阵：指三国时期蜀汉丞相诸葛亮为推演兵法而创设的一种阵法。

校

(一)《云南丛书》初编本作"论议"，《筱园先生自订钞本》改作"议论"，以自订钞本为准。

(二)《云南丛书》初编本、《筱园先生自订钞本》均作"玄之又玄"，乃朱庭珍为避清朝皇帝之讳刻意为之，今改回"玄之又玄"。

(三)《云南丛书》初编本、《筱园先生自订钞本》均作"言简意该"，现作"言简意赅"。"该"，古同"赅"。此处以初编本、自订钞本为准。

八

严沧浪云："学诗入门须正，立志须高。若入门一误，即有下劣诗魔中之，不可救矣。"[一]古人谓"取法乎上，仅得其中"，亦言宗法之不可不正也[二]。五古以神骨气味为主，逾古淡则逾高浑，火色俱纯，金丹始就，故不可染盛唐以后习径，戒其杂也。七古以才气笔力为主，逾变化逾神明，楼阁弹指，即现虚空[三]，故不妨兼唐宋诸家众长，示其大也。盖五古须法汉、魏，及阮步兵[四]、陶渊明、谢康乐、鲍明远、李、杜诸公，而参以太冲、宣城及王、孟、韦、柳四家[五]，则高古清远，雄厚沉郁，均造其极，正变备于是矣。七古以杜、韩、苏三公为法，而参以太白、达夫、嘉州、东川、长吉及宋之六一、半山、山谷、剑南，金之遗山，明之青丘，皆有可采。挥洒凝练，整齐变化，备于以上各家。善取兼师，集众妙以自成一家可也。五律以杜为法，参以太白、襄阳、右丞、嘉州，已备其旨。七律以工部、右丞、义山为法，参以东川、嘉州、中山[六]、牧之，须求高壮雄厚，不涉空腔，乃是方家正宗。中晚风调，放翁秀句，不宜贪学，恐易于谐俗，转难近古故也。惟拗体、吴体[七]，宗杜须兼山谷，取其生造，于高老中时出瘦劲，以助姿峭。五排专宗老杜，参以义山，此外无可津涉。绝句则中、盛、晚唐及宋人皆可兼学，但须以情韵为归宿耳。总之，近体易于入时，不可涉平调，为靡靡之音。明七子浮声空响，西江派、南宋人槎丫枯槁、生硬粗率恶习，及元、白派之浅直颣唐句法，皆宜悬为厉禁，不可偶堕其藩篱[八]。一切近代廓肤语、小有风致语及诗话中聪明语、尖媚谐谑语，并宜洗涤净尽(一)。如此则趋向正大，造诣精进，不愁不成家数矣(二)。

注

[一] 朱庭珍此处所引与严羽原文略有不同，严羽《沧浪诗话》云："夫学诗者以识为主，入门须正，立志须高，以汉、魏、晋、盛唐为师，不作开元、天宝以下人物。若自退屈，即有下劣诗魔入其肺腑之间，由立志之不高也。"

[二] "取法乎上，仅得其中"：出自唐太宗《帝范》卷四："取法于上，仅得为中。取法于中，故为其下。"宋代严羽《沧浪诗话》云："学其上，仅得其中；学其中，斯为下矣。"

[三] "楼阁弹指，即现虚空"：出自《华严经》："时，弥勒菩萨前诣楼阁，弹指出声，其门即开，命善财入……见其楼阁广博无量同于虚空……又见其中，有无量百千诸妙楼阁，一一严饰悉如上说；广博严丽皆同虚空，不相障碍亦无杂乱。"

［四］阮籍（210—263）：字嗣宗，陈留尉氏（今河南开封）人，三国时魏国著名文学家，曾任步兵校尉等职，世称"阮步兵"。

［五］左思（254—306）：字太冲，齐国临淄（今山东淄博）人，西晋著名文学家，后人辑有《左太冲集》。谢朓（464—499）：字玄晖，陈郡阳夏（今河南太康）人，南朝齐杰出的山水诗人，与谢灵运同族，世称"小谢"。曾任宣城太守、尚书吏部郎，故又称"谢宣城""谢吏部"。

［六］中山，即刘禹锡。刘禹锡（772—842）：字梦得，河南洛阳人，自言出于中山（今河北定州），唐朝著名诗人。曾任太子宾客，世称"刘宾客"。

［七］拗体：诗、绝句每句平仄都有规定，误用者谓之"失粘"，不依常格而加以变换者为"拗体"。吴体：诗体之一种。语言通俗，取譬浅俚，有江南民歌风味，故称吴体。吴体的流行与杜甫有密切关系，出句与对句的平仄大体相对，唯平仄不依定式，粘连不守规矩，故与律体不同。

［八］西江派：即江西诗派，指宋代以黄庭坚为首的诗歌流派。元、白派：指唐代以白居易、元稹为首的诗歌流派。

校

（一）《云南丛书》初编本作"并"，《筱园先生自订钞本》改作"进"，自订钞本误，以初编本为准。

（二）《云南丛书》初编本作"不患"，《筱园先生自订钞本》改作"不愁"，以自订钞本为准。

九

作五古大篇，离不得规矩法度。所谓神明变化者，正从规矩法度中出，故能变化不离其宗。然用法须水到渠成，文成法立，自然合符，毫无痕迹，始入妙境。少陵大篇最长于此，往往叙事未终忽插论断，论断未尽又接叙事；写情正迫忽入写景，写景欲转遥接写情^{（一）}；大开大合，忽断忽连，参差错综，端倪莫测，如神龙出没云中，隐现明灭，顷刻数变，使人迷离。此运左、史文笔为诗法也^{［一］}。千古独步，勿庸他求矣。

注

［一］左、史文笔：指以《左传》《史记》为代表的史学散文笔法。

校

（一）《云南丛书》初编本作"遥接生情"，《筱园先生自订钞本》改作"遥接写情"，以自订钞本为准。

十

七古起处，宜破空岧起[一]，高唱入云，有黄河落天之势，而一篇大旨，如帷灯匣剑，光影已摄于毫端。中间具纵横排荡之势，宜兼有抑扬顿挫之奇，雄放之气，镇以渊静之神，故往而能回，疾而不飘也。于密处迭造警句，石破天惊；于疏处轩起层波，山曲水折；如名将临大敌，弥见整暇也。至接笔则或挺接、反接、遥接，无平接者，故逾显嶙峋。转笔则或疾转、逆转、突转，无顺转者，故倍形生动。其关键束勒处，无不呼吸相生打成一片，故筋节紧贯，血脉灵通，外极雄阔而内极细密也。结处宜层层缩合，面面周到，而势则悬崖勒马，突然而止，断不使词尽意尽，一泻无余。此作七古之笔法也。若再能不以词接而以神接，不以句转而以气转，或不接之接，不转之转[二]，尤为大家不传之秘，入无上上乘禅矣。

注

［一］岧：音 dǒu，山名。

［二］不接之接，不转之转：指诗歌字面、韵律并未刻意接续、转换，但意思和气运上已悄然发生变化的现象。

十一

律诗谋篇，贵一气相生，词意浑成，精光熊熊，声调响亮。用笔则贵有抑扬顿挫、开合纵擒之奇。造语炼句则贵生辣警拔、力厚思沉，又须无斧凿痕迹，虽炼而不伤气格，乃为上乘。司空所谓"返虚入浑，积健为雄"是也[一]。盖运实还虚，纯以神行，破空而来，参以活相，则笔欲离纸飞舞，有不高浑者乎？炼字必使字健而能举，炼句必使句健而能举，炼气又使气健而能举，炼笔又使笔健而能举，积字成句，积句成章，而气与笔则先积之于无字句之中，继积之于有字句之外，以成通章。格调意味、音节法度，风神之用者也。积健则厚，有不雄壮者乎？

注

[一]"返虚入浑，积健为雄"：出自司空图《二十四诗品》"雄浑"品。

十二

自周氏论诗有四实四虚之法[一]，后人多拘守其说，谓律诗法度，不外情景虚实。或以情对情，以景对景，虚者对虚，实者对实，法之正也；或以景对情，以情对景，虚者对实，实者对虚，法之变也。于是立种种法为诗之式。以一虚一实相承，为中二联法。或前虚后实，或前景后情，此为定法。以应虚而实，应实而虚，应景而情，应情而景，或前实后虚，前情后景，及通首言情，通首写景，为变格、变法，不列于定式。援据唐人诗以证其说，胪列甚详。予谓以此为初学说法，使知虚实情景之别，则其说甚善，若名家则断不屑拘拘于是。诗中妙谛，周氏未曾梦见。故泥于迹相，仅从字句末节着力，遂以皮毛为神骨，浅且陋矣。夫律诗千态百变，诚不外情景、虚实二端，然在大作手则一以贯之，无情景虚实之可执也。写景，或情在景中，或情在言外；写情，或情中有景，或景从情生。断未有无情之景，无景之情也。又或不必言情而情更深，不必写景而景毕现，相生相融，化成一片。情即是景，景即是情，如镜花水月，空明掩映，活泼玲珑，其兴象精微之妙，在人神契，何可执形迹分乎？至虚实尤无一定。实者运之以神，破空飞行，则死者活，而举重若轻，笔笔超灵，自无实之非虚矣。虚者树之以骨，炼气熔滓，则薄者厚，而积虚为浑，笔笔沉着，亦无虚之非实矣。又何庸固执乎？总之，诗家妙悟，不应着迹，别有最上乘功用，使情景虚实各得其真可也，使各逞其变可也，使互相为用可也，使失其本意而反从吾意所用，亦可也。此固不在某联宜实某联宜虚，何处写景何处言情，虚实情景各自为对之常格恒法，亦不在当情而景，当景而情，当虚而实，当实而虚，及全不言情，全不言景，虚实情景，互相易对之新式变法。别有妙法活法，在吾方寸，不可方物。六祖语云^{（一）}："人转法华，勿为法华所转。"[二]此中消息，亦如是矣。

注

[一] 四实四虚之法：南宋周弼《三体唐诗》凡例之五言律诗云："四实，中四句全写景物。……四虚，中四句皆写情思。……前虚后实，前联写情而虚，后联写景而实。实则气势雄健，虚则态度谐婉。……前实后虚，前联写景后联写情，前实后虚易流于弱。"范晞文《对床夜语》卷二云："周伯弜选唐人家法，以四实为第一格，四虚次之，虚实相半又次之。"

[二] "人转法华，勿为法华所转"：语出《坛经·机缘品第七》："师曰：'经有何过，岂障汝念！只为迷悟在人，损益由己。口诵心行，即是转经；口诵心不行，即是被经转。听吾偈曰：心迷法华转，心悟转法华。诵经久不明，与义作仇家。无念念即正，有念念成邪。有无俱不计，长御白牛车。'"

校

（一）《云南丛书》初编本作"六祖语曰"，《筱园先生自订钞本》改作"六祖语云"，以自订钞本为准。

十三

作史者以才、学、识为三长，缺一不可。诗家亦然。三者并重而识为尤先，非识则才与学恐或误用，适以成其背驰也。然炼识之道，不外乎得真传而已[一]。传授既真，则千古名大家不言之秘，若合符契，而消息一贯，精神相通，视万法皆由心出。得力于诗之外，精进于诗之中，自不难超凡入圣矣[二]。释家最重传法，一脉相承，衣钵密付，然后能明心见性[三]，得无上菩提，以成佛作祖。道家内丹口诀，亦须密得指授，而后能性命双修，三化朝元，五炁聚顶，以证仙班[四]。诗人欲求成名家大家，千秋不朽，非得真传，契自古诗家心法，安可得哉！若夫无所师承而能成家者，自非生知天纵之才，未之有也[五]。虽得真传之后，仍须学养功深，方能成就。然心有主宰，其识已精，则用力确有把握，自日见进境。故积理养气，用笔运法，使典取神，皆仗识以领之。识为诗中先天，理、法、才、气为诗之后天。有先天以导其前，有后天以赴于后，以先天为天功，以后天为人力，能合天人功力，并造其极，斯大成矣。亦如二氏之门，未得道则师度，既得道仍是自度，迨功行圆满，然后能证果飞升，其理一也。个中消息，非言语所能尽，亦不敢尽笔于书，泄露造化之秘。姑述大致于此，有志者宜自求之。今人好看前哲批点诸集及诸家选本评论、各种诗话诗法，以求作诗路径，而不知虚心请业于名师巨手。不知自古迄今，所有选家诗家、评语绪论、并诗话中标举议论法程，皆古人糟粕而已，原非精华所在。况真伪不一，是非互见，绝无尽美尽善者。盖各大家均自重其道，孰肯轻泄？是以不著专论诗文法之书。其著书论诗文法及作诗话者，多非专门名家，非自逞臆说，即附会古人，其佳者亦只略见大意，引而不发，无堪奉为师法者。若专从故纸堆求诗，何能得古大家不言秘旨，传诗中真消息三昧哉！不过依傍附和，寄人篱下，终身得人之得，而不能自得其得矣。嗟夫！昔方虚谷《律髓》小序云："诗虽小道，然立志必高，读书必多，用力必勤，师传必真。四者不备，不可言诗。"河间纪文达公深赏其言[六]，而尤嘉其以师传之真为第一义，谓"古今诗人，皆有传授，其能卓然成家，自立于当

时，不朽于后世者，皆有真传者也。不得真传，无能自立者。"[七]
噫！斯言尽之矣。

注

[一] 真传：指在技艺、学术方面得到某人或某一派传授的精髓。

[二] 超凡入圣：超越平常人而达到圣贤的境界，形容学识修养达到了高峰，此处指诗歌所达到的自由自在的境界。

[三] 明心见性：所谓"明心"是发现自己的真心；所谓"见性"是见到自己本来的真性。无上菩提：即阿耨多罗三藐三菩提，这种菩提只有佛能证得。

[四] 内丹口诀：内丹是以天人合一思想为指导，以人体为鼎炉，精气神为药物，注重周天火候炼药，而在体内凝练结丹的修习。三化：即"三花""三华"，道家内丹学术语，表示人体精、气、神之荣华。五炁：音 wǔqì，指五行之气。"炁"：同"气"。

[五] 心法：泛指授受的重要心得和方法。天纵之才指上天所赋予的卓绝才能。

[六] 纪文达公：即纪昀（1724—1805），字晓岚，别字春帆，号石云，道号观弈老人、孤石老人，直隶献县（今河北献县）人，清朝政治家、文学家。

[七] 朱庭珍所引方回小序并非方氏原文，而是出自清代吴宝芝《重刻记言》。方回小序原文为："诗人世岂少哉？而传于世者常少，由立志不高也，用心不苦也，读书不多也，从师不真也。喜为诗而终不传，其传不传，盖亦有幸有不幸，而其必传者，必出乎前所云之四事。今取唐、宋诗人所论著列于此，与学者共之。"纪昀评曰："此是正论，然亦恐错却路头，走入魔趣，立志愈高，用心愈苦，读书愈多，而其去诗也乃日远。故四者之中，尤以从师之真为第一义。"

十四

诗家之用笔，须如庖丁之用刀，官止神行，以无厚入有间，循其天然之节，于骨肉、理腠、肯綮处锐入橫出，则批郤导窾，游刃恢恢有余，无不迎锋而解矣[一]。人所难言，累百言而不能了者，我须一刀见血，直刺题心，以数精湛语了之，则人难我易，倍觉生色。人所易言，娓娓而道之处，彼不经意而平铺直叙，我转难言之，惨淡经营，加以凝练，平者侧行逆出使之奇，直者波折回环使之曲，单者夹写进层使之厚，浅者剥进翻入使之深，则人易我难，无一败笔，自臻精妙完美之诣。如正言不能警动，则反言之，或譬喻言之，或借宾以陪而主自定。正写不见透彻，则左右侧写，或对面着笔以返照之。实写不觉玲珑，则虚处传神，或旁敲侧击以射注挑剔之。本位无可着力，则前后高下，两边衬托，或四面烘染以逼取之。与夫断而遥连，补出妙意；连而中断，插入奇峰，种种用笔之微不能尽形容语言。慧心人宜于李、杜、韩、苏四大家，密参细求，自当知吾说矣。

注

［一］朱庭珍关于诗家用笔的比喻，源于《庄子·养生主》："方今之时，臣以神遇而不以目视，官知止而神欲行。依乎天理，批大郤，导大窾，因其固然。技经肯綮之未尝，而况大軱乎？"

<h2 style="text-align:center">十五</h2>

诗有六义[一]，赋仅一体。比兴二义，盖为一种难题立法。固有不可直言、不敢显言、不便明言、不忍斥言之情之境，或借譬喻，以比拟出之，或取义于物，以连类引起之。反复回环，以致唱叹，曲折摇曳[一]，逾耐寻求。此诗品所以贵温柔敦厚、深婉和平也，诗情所以重缠绵悱恻、蕴酿含蓄也，诗义所以尚文外曲致、思表纤旨也。一味直陈其事，何能感人？后代诗家多赋而少比兴，宜其造诣不深，去古日远也。

注

［一］六义：源自《诗·大序》："故诗有六义焉：一曰风，二曰赋，三曰比，四曰兴，五曰雅，六曰颂。"

校

（一）《云南丛书》初编本作"曳"，《筱园先生自订钞本》改作"拽"，现规范为"曳"。

十六

孔子曰："过犹不及。"又曰："中庸不可能也。"[一]《尚书》亦曰："允执厥中。"[二]释氏炼妙明心，归于一乘妙法[三]；道家九转功成，内结圣胎，同是一"中"字至理[四]。盖超凡入圣，自有此神化境界。诗家造诣，何独不然！人力既尽，天工合符，所作之诗，自然如"初榻黄庭，恰到好处"[五]，从心所欲，纵笔所之，无不水到渠成，若天造地设，一定而不可易矣。此方是得心应手之技。故出人意外者，仍在人意中也。若夫不及者固不足道，即过者其病亦历历可指。是以太奇则凡，太巧则纤，太刻则拙，太新则庸，太浓则俗，太切则卑，太清则薄，太深则晦，太高则枯，太厚则滞，太雄则粗，太快则剽，太放则冗，太收则蹙，皆诗家大病也，学者不可不知。必造到适中之境，恰好地步，始无遗憾也。

注

[一] 过犹不及：语出《论语·先进》，原文为："子贡问：'师与商也孰贤？'子曰：'师也过，商也不及。'曰：'然则师愈与？'子曰：'过犹不及。'"中庸不可能也：语出《中庸》，原文为："天下可均也，爵禄可辞也，白刃可蹈也，中庸不可能也。"

[二] 允执厥中：语出《尚书·大禹谟》："人心惟危，道心惟微，惟精惟微，允执厥中。"

[三] 一乘妙法：即一乘法，指一佛乘之法，即法华之教义。

[四] 九转：道教谓丹的炼制有一至九转之别，而以九转为贵。圣胎：指圣人之胎或道教金丹，此处是指道教金丹而言。

[五] "初榻黄庭，恰到好处"：典出王士禛《带经堂诗话》："余少在济南

明湖水面亭赋《秋柳》四章，一时和者甚众……南城陈伯玑曰：'元倡和如初写黄庭，恰到好处，诸名士和作皆不触及。'"晋代王羲之所书小楷《黄庭经》，为后世学写小楷的法帖。

十七

陶诗独绝千古，在自然二字，《十九首》、苏、李五言亦然[一]。元气浑沦，天然入妙，似非可以人力及者。后人慕之，往往有心欲求自然，欲矜神妙，误此一关，遂成流连光景之习。如禅家之顽空，不惟不能真空，反添空障，有何益哉[二]！盖自然者，自然而然，本不期然而适然得之，非有心求其必然也。此中妙谛[三]，实费功夫。盖根柢深厚，性情真挚，理逾积而逾精，气弥炼而弥粹；蕴酿之熟，火色俱融，涵养之纯，痕迹迸化。天机洋溢，意趣活泼，诚中形外，有触即发，自在流出，毫不费力，故能兴象玲珑，气体超妙，高浑古淡，妙合自然，所谓绚烂之极，归于平淡是也。此可以渐臻而不可以强求。学者以为诗之进境，不得以为诗之初步，当于熔炼求之，经百炼而渐近自然(一)，庶不致蹈空耳。若躐等效颦，袭其腔调字句，皮毛略似，神理全非，不啻双钩填廓，则病入膏肓，无药可救矣[四]。

注

[一]《十九首》：即《古诗十九首》。在汉代并没有《古诗十九首》甚至"古诗"之称。至于西晋，陆机有《拟行行重行行》等十四诗，其中所拟十诗在今十九首之中。刘铄《拟行行重行行》二首，所拟亦在今古诗十九首中，然而也都未用"古诗"与"古诗十九首"的名称。齐梁间刘勰的《文心雕龙》与稍后钟嵘的《诗品》中始见"古诗"之称，据《诗品》当时这类古诗尚存有六十首左右。至梁昭明太子编纂《文选》，始在杂诗类中首列《古诗一十九首》之目，又将陆机所拟十二首称为《拟古诗》，遂为后人沿用至今。苏、李：西汉诗人苏武和李陵的并称。

[二]顽空：佛教语，指一种无知无觉的、无思无为的虚无境界。真空：

佛教语，有两种含义，一是指超出一切色相意识界限的境界，亦即小乘的涅槃。一是指非空之空、空而不空，这是大乘至极的真空。空障：佛教语，指在禅定中，对于一切胜境界的显现，没有丝毫的住守。即使流露出无量的妙思，也无动于衷，如同嚼蜡。

〔三〕妙谛：精妙之真谛。

〔四〕躐等：指逾越等级，不按次序。双钩填廓：中国书画技法名，指利用线条钩描物象的轮廓，通称"钩勒"，因基本上是用左右或上下两笔钩描合拢，故称"双钩"，多用于工笔花鸟画。又，旧时摹拓法书，沿字的笔迹两边用细劲的墨线钩出轮廓，也叫"双钩"；双钩后填墨的称为"双钩填廓"。

校

(一)《云南丛书》初编本作"渐归自然"，《筱园先生自订钞本》改作"渐近自然"，以自订钞本为准。

十八

作诗先贵相题。题有大小难易，内中自有一定分寸境界。作者务相题之所宜，以为构思命意之标准。标准既立，再细斟酌于措词、着色、使典、布局之间(一)，以期分寸适合，境界宛肖，自然切当不移。个中消息，极密极微，差之毫厘，谬以千里。七子之浮声空调，正坐不知相题行事，一味击鼓鸣钟，高唱"大江东去"，所以分寸不合，情景不切，是为伪诗，非真诗也。若真诗，则宜刚宜柔，或大或小，清奇浓淡，因题而施，自无不合乎分际，恰到好处者。通首并无一语空设(二)，一字浪下，铢两丝毫皆经称量而出，权衡至当，安得有肤浮之患哉！魏叔子曰："小题大作，是俗士最得意之笔。"〔一〕纪文达公曰："狮子搏兔，必用全力，终是狮子之愚。"〔二〕味此两言，益知诗家分寸境界，不可稍逾题限。今之粗才，动作长篇，卖弄笔锋，犹好征引涂泽，自炫博雅，费尽气力，转使人厌，亦何益哉。甚至小小赋物，一题作数十首，与夫一题而和韵叠韵，屡步不已者，曷不知分量乃尔！

注

[一] 魏叔子：指清初散文家魏禧（1624—1680），字冰叔，一字凝叔，号裕斋，亦号勺庭先生。江西宁都人。所引之句出自魏禧《与陈元孝论文》："大家文字，必能于小中见大，然小题大做，便是小家伎俩，殊可憎厌。"

[二] 狮子搏兔：谚语，出自《景德传灯录》卷二十七《诸方杂举征拈代别语》："僧问老宿云：'师子捉兔亦全其力。捉象亦全其力。未审全个什么力？'老宿云：'不欺之力。'"

校

（一）《云南丛书》初编本作"子细斟酌"，《筱园先生自订钞本》改作"再细斟酌"，以自订钞本为准。

（二）《云南丛书》初编本作"并无一语空谈"，《筱园先生自订钞本》改作"并无一语空设"，以自订钞本为准。

十九

诗以超妙为贵，最忌拘滞呆板。故东坡句云^{（一）}："赋诗必此诗，定非知诗人。"[一]谓诗之妙谛，在不即不离，若远若近，似乎可解不可解之间，即严沧浪所谓"镜中之花，水中之月，且可神会，难以迹求"[二]，司空表圣所谓"超以象外，得其环中"是也[二]。盖兴象玲珑，意趣活泼，寄托深远，风韵泠然，故能高踞题巅，不落蹊径，超超玄著^{（三）}，耿耿元精，独探真际于个中，遥流清音于弦外，空诸所有，妙合天籁。放翁云："文章本天成，妙手偶得之"，亦即此种境诣[三]。诗至此境，如画家神品逸品，更出能品奇品之上[四]。凡诗皆贵此诣，不止咏物诗以此诣为最上乘。乃是神来之候，其着想立意，用笔运法，无不高妙。若藐姑仙人，迥非尘中美色可比[五]。非以不切题旨、别生枝节为训也。解人难索，后代诗家未契真诠，误会密旨，虽标神韵以为正宗，却执法相而求形似[六]。抹月批风，浅斟低唱，流连光景，修饰词华，似是而非，半吞微吐，特作欲了不了之语，多构旁敲侧击之言，故为歇后，甘蹈虚锋。自诧王、孟嗣音，陶、韦的派，而不知马首之络，到处可移，狗尾之冠，终难续用[七]。赝鼎饭色，讵足混真[八]？徒枉费心力耳。至近代咏物诗，误此一关，尤为尘劫。词意谐俗，骨甘自贬；铅华媚人，色并非真；靡靡之音，陈陈之套；千手一律，万口同腔。外面似乎鲜妍风致，实则俗不可医，令人欲呕矣。不善求超脱，流弊一至于此！初学可不从切实处为下手用功地乎？

注

[一]"赋诗必此诗，定非知诗人"：语出苏轼《书鄢陵王主簿所画折枝二首》。

[二]朱庭珍所引与严羽《沧浪诗话》原文有所不同，《沧浪诗话》云："盛唐诗人，唯在兴趣，羚羊挂角，无迹可求，故其妙处莹彻玲珑，不可凑泊，如空中之音、相中之色、水中之月、镜中之象，言有尽而意无穷。"

[三]"文章本天成，妙手偶得之"：语出南宋陆游《文章》诗。

[四]四品论画：始自唐代朱景玄《唐朝名画录》（又名《唐画断》），他于张怀瓘所创神、妙、能三品之外，特列逸品，然无等次以示尊。神品：评画用语，位居四品中第二品，属于艺术程序规范中的最高境界。用笔得心应手，周旋变通，奋笔纵横，无不见其妙。用墨浓、淡、干、湿、焦，恰到好处，韵味十足。逸品：评画用语，通常被认为已达到最高品位的艺术作品。"逸"乃超逸，是指作者的精神境界超脱了世俗的精神态度，这种洒脱的精神气质渗透到艺术中，艺术作品必是不拘程序、不受约束，用笔删繁就简从而达到"笔墨精妙"的程度。其另一特点是：只求神似，不求形似，将客观的景物注入主观的意向和趣味，写出清雅、幽逸的作品，使人悠然欣赏、流连忘返。能品：评画用语，位居四品中第四品，此类作品重于"再现自然"，所画景物既"妙在形似"又生动自然，既有笔有墨，又尽情在理，且能表达出一定的意境。奇品：评画四品中无"奇品"，应为"妙品"。位居四品中第三品，此类作品必须自成一家，笔墨技巧娴熟，达到"形气清楚，骨骼厚重"，观之虚实相生、墨色皆宜，生机盎然，意境深远。

[五]藐姑仙人：语出《庄子·逍遥游》："藐姑射之山，有神人居焉，肌

肤若冰雪，绰约如处子；不食五谷，吸风饮露；乘云气，御飞龙，而游乎四海之外；其神凝，使物不疵疬而年谷熟。"

〔六〕真诠：指正确的解释，真实的道理。密旨：指秘密的谕旨。法相：指诸法显现于外之相状。

〔七〕马首之络：指不要像马络，套在任何一个马嘴上都合适，要避免艺术形象的概念化。狗尾之冠：即"狗尾续貂"的典故，《晋书·赵伦传》记载，古代皇帝的侍从官员用珍贵的貂尾作帽子的装饰。由于当时封官太滥，貂尾不够用，只好用狗尾巴来补充。因此，民间传有"貂不足，狗尾续"的谚语。后以"狗尾续貂"比喻拿不好的东西接在好东西的后面，显得好坏不相称。

〔八〕赝鼎：指仿造或伪托之物。

校

（一）《云南丛书》初编本作"东坡云"，《筱园先生自订钞本》改作"东坡句云"，以自订钞本为准。

（二）《云南丛书》初编本作"得其环中"，《筱园先生自订钞本》改作"得其寰中"，据司空图《诗品》"雄浑"一品，仍以初编本为准。

（三）《云南丛书》初编本、《筱园先生自订钞本》均作"超超元著"，乃朱庭珍为避清朝皇帝之讳，改"玄"为"元"。今"元"为"玄"。

二十

金史《文苑传》录周德卿之言曰："文章徒工于外者，可以惊四筵，不可以适独坐，以其中无我故也。"赵秋谷深佩此论，以为名言[一]。因谓"诗中无我，即非作者，必也诗中有我在焉，始可谓之真诗，无忝作家"（一）。其见诚卓。然近代诗人又多误会其旨，反益流弊。夫所谓"诗中有我"者，不依傍前人门户，不模仿前人形似，抒写性情，绝无成见，称心而言，自鸣其天。勿论大篇短章，皆乘兴而作，意尽则止。我有我之精神结构，我有我之意境寄托，我有我之气体面目，我有我之材力准绳，决不拾人牙慧，落寻常蹊径窠臼之中（二）。任举一篇一联，皆我之诗，非前人所已言之诗，亦非时人意中所有之诗也。是为诗中有我，即退之所谓"词必己出""陈言务去"也，并非自占身分^[二]。不论是何题目，其诗中必写自家本身，或发牢骚，或鸣得意，或寓志愿，或矜生平，即为有我在也。果力能独造，生面别开，不肯步人后尘，寄人篱下，则无语不出自心裁^(三)，亦无诗不自有真我。后人读吾诗者，无不见我性情，知我心志。我之襟胸识力，学养才气，毕流传于诗矣。何庸处处自占身分，惟恐人不知耶？今人误会"诗中有我"之意，乃欲以诗占身分，于是或诡激以鸣清高^[三]，或大言以夸识力，或旷论以矜风骨，或愤语以泄不平。不惟数见不鲜，呶呶可厌，而任意肆志，亦乖温厚含蓄之旨，品斯下矣。卒之言为心声^[四]，违心之言，矫情之词，纵自占地步，终难逃识者洞鉴，何益之有！甚至一花一木、一禽一鸟之微，咏物诗中，亦必夹写自家身分境遇，以为寄托。巧者不过双关绾合，喧客夺主，嫌其卖弄，终不融浃耳。否则牵连含混，宾主不分，咏物却带咏人，说人又兼说物，抑或以物当人，以人当物，分寸意境，夹杂莫辨，作一篇似可解而实不可解之语，尤为可笑。彼方津津得意，自谓可见身分，"诗中有我"。迩来作家名士，大都病此。嗟乎！"诗中有我"，岂自占身分，豫为矜人地步之谓乎^[五]？

注

[一] 赵秋谷：即赵执信（1662—1744），字伸符，号秋谷，晚号饴山老人、知如老人，山东省淄博市博山人，著有《饴山诗集》等。朱庭珍所引周昂之言转录自赵执信《谈龙录》。金史《文苑传》，即今《金史·文艺下》原文为："其甥王若虚尝学于昂，昂教之曰：'文章工于外而拙于内者，可以惊四筵而不可以适独坐，可以取口称而不可以得首肯。'又云：'文章以意为主，以言语为役，主强而役弱则无令不从。今人往往骄其所役，至跋扈难制，甚者反役其主，虽极辞语之工，而岂文之正哉。'"

[二] "词必己出"：出自韩愈《南阳樊绍述墓志铭》。"陈言务去"：出自韩愈《答李翊书》。

[三] 诡激：指怪异偏激，异于常情。

[四] 言为心声：出自西汉扬雄《法言·问神》："言，心声也；书，心画也；声画形，君子小人见矣。声画者，君子小人之所以动情乎。"

[五] 矜人：指向人夸耀。

校

（一）《云南丛书》初编本作"无忝作家，乃足传世"，《筱园先生自订钞本》删去"乃足传世"，今从自订钞本。但是此处所引与赵执信《谈龙录》有异，《谈龙录》云："昆山吴修龄（乔）论诗甚精……独见其与友人书一篇，中有云：诗之中须有人在。余服膺以为名言。夫必使后世因其诗以知其人，而兼可以论其世，是又与于礼仪之大者也。若言与心违，而又与其时与地不相蒙也，将安所得知之而论之？"

（二）《云南丛书》初编本作"窠臼蹊径"，《筱园先生自订钞本》改为"蹊径窠臼"，以自订钞本为准。

（三）《云南丛书》初编本作"自出心裁"，《筱园先生自订钞本》改为"出自心裁"，以自订钞本为准。

二十一

老庄告退，山水方滋。康乐善游，精于独造，其写山水诸作，千秋绝调。归愚谓谢公能于山水闲适之中，时时惬洽理趣。故诗品高不可攀。又谓永嘉山水奇丽，康乐诗境肖之；西蜀山水雄险，工部诗境肖之；永、柳山水幽峭，柳州文笔、诗境肖之。略一转移，失却山川真面[一]。所以山水诗以大谢、老杜为宗（一），参以柳州，可尽其变矣。此论虽正，是知其当然而未悉其所以然之妙也。夫诗贵相题，尤贵切题，人人知之。作山水诗何独不然？相山水雄险则诗亦出以雄险，山水奇丽则诗亦还以奇丽，山水幽峭则诗亦与为幽峭，山水清远则诗亦肖其清远，凡诗家莫不能之。犹是外面功夫，非内心也。即于写山水中，由景生情立意，以求造语合符理境，又由情起一波澜，以求语有风趣，亦非难事，诗家有功候才力者皆能见及，皆所优为^(二)，系由外达里上阶功夫，尚未登堂，遑问入室，亦非内心也。夫文贵有内心，诗家亦然，而于山水诗尤要。盖有内心，则不惟写山水之形胜，并传山水之性情，兼得山水之精神，探天根而入月窟，冥契真诠，立跻圣域矣^[二]。夫山容水色，丘壑林泉，天下山水同有之景也。琳宫梵宇^[三]，月榭风亭，人工点缀以助名胜，亦天下山水同有之景也。而或雄奇、或深险，或高厚、或平远，或浓秀、或淡雅，气象各殊，得失不一，则同之中又有异焉。况山者天地之筋骨，水者天地之血脉，而结构山水，则天地之灵心秀气，造物之智慧神巧也。山水秉五行之精，合两仪之撰以成形。其山情水意，天所以结构之理，与山水所得于天以独成其奇胜者，则绝无相同重复之处。历一山水，见一山水之妙，矧阴晴朝暮，春秋寒暑，变态百出。游者领悟当前，会心不远，或心旷神怡而志为之超，或心静神肃而气为之敛，或探奇选胜而神契物外，或目击道存而心与天游，是游山水之情与心所得于山水者，又各不同矣。作山水诗者以人所心得，与山水所得于天者互证，而潜会默悟，凝神于无朕之宇，研虑于非想之天，以心体天地之心，以变穷造化之变。扬其异而表其奇，略其同而取其独，造其奥以泄其密，披其根以证其理，深入显出以尽其神，肖阴相阳以全其天，必使山情水性因绘声绘色而曲得其真，务期天巧地灵借人工人籁而毕传其妙。则以人之性情通山水之性情，以人之精神合山水之精神，并与天地之性情精神相通相合矣。以其灵思，结为纯意，撰为名理，发为精词，自然异香缤纷，奇彩光艳。虽写景而情生于文，理溢成趣也。使读者因吾诗而如接山水之精神，恍得山水之情性，不惟胜画真形之图，直可移情卧游^[四]，若目睹焉。造诣至此，是为人与天合，技也进于道矣。此之谓"诗有内心"也。康乐、工部二公以后，《广陵散》绝已久^[五]，柳州望门而未深入，不足嗣音。归愚翁所论，只能模山范水，未能为作表章，以附山水知己也。

注

[一] 朱庭珍所引出自沈德潜《说诗晬语》，原文为："游山诗，永嘉山水主灵秀，谢康乐称之；蜀中山水主险隘，杜工部称之；永州山水主幽峭，柳仪曹称之。略一转移，失却山川真面。"

[二] 天根：指自然之禀赋、根性。月窟：泛指边远之地。真诠：指正确的解释、真实的道理。圣域：指圣人的境界。

[三] 琳宫梵宇：指僧道所居之处。

[四] 卧游：指以欣赏山水画作代替实地游玩。

[五]《广陵散》：即《聂政刺韩王曲》，中国古代琴曲，魏晋时嵇康以善弹此曲著称，临刑前曾长叹："《广陵散》于今绝矣!"

校

(一)《云南丛书》初编本作"所以山水诗以大谢、老杜为宗"《筱园先生自订钞本》作"所以山川诗以大谢、老杜为宗"。结合上下文，应为"山水诗"，以《云南丛书》初编本为准。

(二)《筱园先生自订钞本》于"皆所优为"前增加"皆能见及'四字，以自订钞本为准。

二十二

骨有余而韵不足，格有余而神不足，气有余而情不足，则为板重之病，为晦涩之病，非平实不灵，即生硬枯瘦矣。初唐诸人，江西一派是也。肉有余而骨不足，词有余而意不足，风调有余而神力不足，则为绮靡之病，为肤浮之病，非涂泽堆垛，即空调虚腔矣。西昆，晚唐派中人及明七子是也。必也有骨有肉，有笔有书[一]，文质得中，词意恰称，始无所偏重矣。有格有韵，有才有情，有气有神，有声有色，杀活在手，奇正从心，雄浑而兼沉着，高华而实精切，深厚而能微妙，流丽而极苍坚，如此始为律诗成就之诣。盖骨肉停匀，而色声香味无不具足也。自盛唐后，代无几人。若及此诣，便是大家之诗。

注

［一］有笔有书：指有诗笔、有书法。袁枚《随园诗话》云："溧阳彭贲园先生，素无一面，寄《云溪诗集》见示。有笔有书，亦唐亦宋，不愧作者。"龚自珍《己亥杂诗》云："有笔有书有肝胆，亦狂亦侠亦温文。"

二十三

沈归愚先生云："作古诗不可入律，作律诗却须得古诗意。正如作书者写隶、篆、八分不可入行、草、楷书法，作行、草、楷书却须得篆隶八分法，同此意也。"［一］人以为妙喻妙论，予独不以为然。夫古诗律诗体格不同，气象亦异，各有法度，各有境界分寸。即以使事选材、用意运笔而论，有宜于古者，有宜于律者，有古律皆宜、古律皆不宜者，是所宜之中，且争毫厘，分寸略差，失等千里。作者相题行事，各还其本来，各成其当然之诣，不亦善乎！何必以五古平淡之味施之五律，以求高瘦；以七古苍莽之气行之七律，以破谨严，致犯枯槁颓唐之病耶！盖离则两美，合则两伤。近代名家，五律惯作带对不对流水之格［二］，七律动作拗体、吴体，以求高求峭，皆此种见解议论误之也。

注

［一］"作古诗不可入律，作律诗却须得古诗意"：语出沈德潜《说诗晬语》卷下，原文为："乐府中不宜杂古诗体，恐散朴也，作古诗正须得乐府意。古诗中不宜杂律诗体，恐凝滞也，作律诗正须得古风格。与写篆八分不得入楷法，写楷书宜入篆八分法同意。"

［二］"流水之格"：即"流水对"。律诗上联和下联之间往往一气贯注而下，中间并无间断，如同流水一般。如"请看石上藤萝月，已映洲前芦荻花"，"即从巴峡穿巫峡，便下襄阳向洛阳"，"唯将终夜长开眼，报答平生未展眉"，等等。

二十四

诗人构思之功，用心最苦。始则于熟中求生，继则于生中求熟，游于寥廓逍遥之区，归于虚明自在之域，工部所谓"意匠惨淡经营中"也[一]。每一题到手，先须审题所宜，宜古宜今，我作何体，布置略定，然后立意。立意宜审某意为题所应有，某意为题所本无[一]，某意为人人所共见，某意为我所独得，某为先路正面，某为左右对面，孰重孰轻，孰宾孰主，一一审择于微，分毫不爽。于题之真际妙谛[二]，一眼注定，不啻立竿见影。然后沉思独往，选意炼词。凡人人所共有之意，及题中一切应付供给之语，不思而得者，与夫寻常蹊径所有之意境典故，摇笔即来凑手者，皆一扫而空之。专于题之真际，人所未有，我所独见处着想，追入要害。迨思路几至断绝之际，或触于人，或动于天，忽然灵思泉涌，妙绪丝抽，出而莫御，汨汨奔来。于是烹炼之，剪裁之，振笔而疾书之，自然迥不犹人矣。所谓成竹在胸，借书于手，又所谓兔起鹘落，迅追所见，稍纵即逝也。今人惮于费心，非枝枝节节而为之，即以应酬了事。心思尚不能锐入，何能锐出？未曾用心至思路欲断之候，安可希得心应手之技乎！

注

[一]"意在惨淡经营中"：语出杜甫《丹青引·赠曹将军霸》。

[二]真际：佛教用语，指宇宙本体，成佛的境界，又指真切的道理、真实情况。

校

(一)《云南丛书》初编本作"题所应无"，《筱园先生自订钞本》改为"题所本无"，以自订钞本为准。

二十五

纪文达公最精于论诗，所批评如杜诗、苏诗、李义山、陈后山、黄山谷五家诗集，及《才调集》《瀛奎律髓》诸选本，剖析毫芒，洞鉴古人得失，精语名论，触笔纷披，大有功于诗教，尤大益于初学。有志于学诗者，案头日置一编，反复玩味，可启发聪明，销除客气，自无迷途之患。盖公论诗最细，自古大才槃槃[一]，未有不由细入而能得力者。但须看公批点全本，观其圈点之佳作以为法，观其抹勒之不佳作以为戒，方易获益。近有刊公《镜烟堂十种》者[二]，于各集各选，惟专取公所圈点评赏诸作，每种仅十之二三，非全书矣，何必多此一刻为哉！

注

[一] 大才槃槃：指有大才干的人。南朝宋刘义庆《世说新语·赏誉下》，刘孝标注引《续晋阳秋》云："大才槃槃谢家安。"

[二]《镜烟堂十种》：纪昀编，20册，北京首都图书馆藏有清代乾隆二十四年（1759）刻本。

二十六

纪文达公曰："王、孟诗大段相近而微不同。王清而远，体格高浑；孟清而切，体格俊逸。王能厚而孟则未免浅俗，所以不及王也。渔洋于孟颇致不满，世人讶之，由但见选本诸作，未合观二集耳。学王不成，流为空腔；学孟不成，流为浅语。学者须从雄厚切实处入手，斯得之矣。"[一]又曰："香山、微之诗，亦微有不同处。其佳在真切近情，其病亦即在此。二人皆伤于俚直，而香山尤好敷衍，其弊为太尽太滑，太庸太率，不止轻俗颓唐也。初学效之，非浅滑即粗鄙矣。若根柢既深之后，能别白其鄙俚浅率，而独取其真朴天然之处，则亦不无取益。"[二]又曰："李义山诗运意深曲，感事托讽，佳处往往逼杜，非飞卿所可比肩，细阅全集自知。宋代杨、刘诸公但袭其面目，堆垛组织，致招优人掯扯之诮。二冯亦但取其浮艳尖刻之词为宗，实不知其比兴深

微，用意曲折，运笔生动沉着，别有安身立命之处。方虚谷谓学
杜须从山谷、后山、简斋入手，是主江西派一主三宗之说，乃门
户迂僻之见，决不可从。王荆公谓学杜须从义山入手，却是阅历
有得之言。然学诗者总须熔经铸史，以骚、选及八代、三唐为根
柢。根柢既深，识力既确，然后学义山，而得其用笔运意之雄厚
深曲，使事属词之精切婉丽，最为有益。即兼涉西江而得其生峭
新异之致，亦非不佳，所谓兼收博取也。若根柢不深，则从江西
入手，必坠偏锋，致成粗犷之习。即学义山不善，亦有晦涩迂僻
之弊，有浮靡绮缛之弊，久之习气逾深，均不可以正理诘矣。"[三]
此论极确，见解绝高，而以根柢为重，与予意合，故畅衍其说而
全录之。

注

[一] "王、孟诗大段相近而微不同"一段：语出纪昀评方回《瀛奎律髓》
卷二十三孟浩然《过故人庄》，原文为："王、孟诗大段相近，而体格又自微
别。王清而远，孟清而切。学王不成，流为空腔；学孟不成，流为浅语。如此
诗之自然冲淡，初学遽躐等而效之，不为滑调不止也。"

[二] "香山、微之诗，亦微有不同处"一段，语出纪昀评方回《瀛奎律
髓》卷二白居易《闻杨十二新拜省郎遥以诗贺》，原文为："乐天律诗亦自有一
种佳处，而学之易如浅滑，初学不可从此入手。根柢既深之后，胸有主裁，能
别白其野俚率易，而独取其真朴天然，亦不为无益。"

[三] "李义山诗运意深曲"一段，分别出自纪昀评方回《瀛奎律髓》卷三
李商隐《隋宫守岁》"义山诗感事托讽，运意深曲，佳处往往逼杜，非飞卿所
可比肩。细阅全集自见，若专以此种推义山，宜以组织见讥矣"、卷三杨亿
《南朝四首・五鼓端门漏滴稀》"'西昆'多捃摭义山之面貌……昆体虽宗法义
山，其实义山别有安身立命之处，杨、刘但则其字句耳"、卷二十三姚合《题
李频新居》"学杜从贾岛入，所谓北行而适越。王荆公谓学杜当从李义山入，
却是有把握、有阅历语"。朱庭珍合并纪昀诸处观点而畅衍之。

二十七

沈归愚先生《说诗晬语》，赵秋谷《声调谱》《续谱》，王阮亭《古诗平仄定体》[一]，翁覃溪《小石帆亭著录》及洪稚存《北江诗话》，赵云松《云松诗话》[二]，此本朝人诗话之佳者。古人则《姜白石诗说》[三]《沧浪诗话》《怀麓堂诗话》[四]以外，鲜可观者。宋、元人诗话最多，而附会穿凿，最无足取。明人王凤洲《艺苑卮言》可择取而分别观之，徐祯卿《谈艺录》亦有可取，此外无可存之书矣。又国初朱竹垞《静志居诗话》及《阮亭诗话》[五]，并所著各种说部中诗话若干条，近有会萃而合刻之者，亦可助词坛玉屑也。

注

[一]《古诗平仄定体》：即王士禛《王文简古诗平仄论》《律诗定体》。

[二]《云松诗话》：即赵翼《瓯北诗话》。

[三]《姜白石诗说》：即姜夔《白石道人诗说》。

[四]《怀麓堂诗话》：即李东阳《麓堂诗话》。

[五]《阮亭诗话》：即王士禛《渔洋诗话》。

二十八

王述庵（昶）司寇选有《湖海文传》《湖海诗传》二书行世[一]，其诗传亦仿《明诗综》例[二]，以所为《蒲褐山房诗话》分注人名之下[三]，不惟摘句，兼论其造诣，述其生平。盖于知人论世之中，兼寓发潜表幽之意。此选家凡例之最善者也。虽去取未尽公允，而与渔洋《感旧集》[四]，其年《箧衍集》[五]，可以鼎立成一家书矣。（一）

注

[一]括号内为朱庭珍原注。王昶（1725—1806）：字德甫，一字琴德，号

述庵，又号兰泉，青浦（今上海青浦）朱家角人，祖籍浙江兰溪。著有《使楚从谭》《征缅纪闻》《春融堂诗文集》，辑有《明词综》《国朝词综》《湖海诗传》《湖海文传》等书。

[二]《明诗综》：清代朱彝尊辑录，共一百卷。

[三]《蒲褐山房诗话》：清代王昶著有《湖海诗传》《青浦诗传》二种诗歌选本，每本书后作者皆附有小传和诗话。道光三十年（1850），吴县毛庆善从二书中抽出诗话和小传，编为《蒲褐山房诗话》。

[四]《感旧集》：清代王士禛编，共十六卷。

[五]《箧衍集》：清代陈维崧编，共十二卷。

校

（一）此段为《云南丛书》初编本所无，据《筱园先生自订钞本》所加。

卷　二

一

古诗音节，须从神骨片段间体会其抑扬轻重、伸缩缓急、开合顿挫之妙，得其自然合拍、五音相间、无定而有定之音调节奏，乃能铿锵协律，可被管弦。虽穿云裂石，声高壮而滑扬，然往而复回，余音绕梁，言尽而声不尽，篇终犹有远韵。以人声合天籁，故曰"诗为天地元音"也。此中妙旨，自非讲求平仄所可尽，第不从平仄讲求，初学何由致力，渐悟古人不传之秘哉。王阮亭《平仄定体》、赵秋谷《声调谱》，初学宜遵之。始从平仄讲求音节，及工夫纯熟之后[一]，自能悟诗中天然之音之节，纵笔为之，无不协调矣。

校

（一）《云南丛书》初编本作"工夫纯熟之候"，《筱园先生自订钞本》改为"工夫纯熟之后"，以自订钞本为准。

二

《古诗十九首》及苏武、李陵五言诗，皆和平温厚，高浑自然，始终一气相生，化尽笔墨痕迹。此诗家元音，五古正宗也。学者宜沉潜反复，息心静气，探讨于神味意境之间，以求换骨，不可以字句声调袭其面目也。蕴酿既深，涵养既熟，得其气息，自然高妙浑厚矣。无缝天衣，断非凡手针线。学陶诗、选体及古乐府者[一]，皆当如此用力。若不求蕴酿涵养，自培根本，以期遗貌取神，而但模仿其句调，夸面目之相肖，是蹈伪体，甘步前明李于鳞辈后尘矣[二]，何益之有？

注

[一] 选体：指南朝梁萧统《文选》中诗歌所代表的风格体制。宋严羽《沧浪诗话·诗体》云：“选诗时代不同，体制随异，今人例谓五言古诗为选体，非也。”

[二] 李于鳞：即李攀龙（1514—1570），字于鳞，号沧溟，山东济南人。明后七子的领袖人物。

三

学古诗以蕴酿涵养为上乘功夫，然不但求诗于诗也。求诗于诗，必不能超凡入圣，直逼古人。积理于经，养气于史，炼识储材于诸子百家，阅历体验于人情世故，格物壮观于花鸟山水，勿论读书涉世，接物纵游，皆于诗有益。诗人触处会心，贯通融悟，蓄积深厚，酝养粹精，一于诗发之，大小浅深，引之即出，其言有物，自然胜人。释氏所谓“大地山河，无非妙谛”[一]，即诗家工候纯熟之界也。此乃化境神功，决不易到，亦决不可不到者。

注

[一] “大地山河，无非妙谛”：大约出自明代憨山德清《金刚经决疑》：

"青青翠竹，总是真如。郁郁黄华，无非般若。山河及大地，全露法王身。要见法身，须具金刚正眼始得。"

四

本朝汉学最盛，皆经术湛深，考据淹博，宗康成而不满程、朱，诗文则非所长也[一]。兼能诗者，顾宁人、毛西河、朱竹垞、阮芸台诸公而已[二]。惟竹垞诗、古文皆成一家言，兼精填词，诗尤雄视一代，品在渔洋、荔裳、愚山之上，洵通才也[三]。西河诗文皆次乘。宁人诗甚高老，但不脱七子面目气习，其用典使事最精确切当，以读书多，故能擅长。芸台先生诗长于古体，近体殊弱，五古似韦、柳，七古似苏、陆，佳作颇有可传，亦清才也。此外如阎百诗、惠定宇、钱竹汀、杭大宗、顾栋高、朱竹君、陈见复、戴东原[四]，则经学考据之业自足千秋，诗均不工矣。

注

[一]汉学：因汉代人研究经学着重名物、训诂，故后世称研究经、史、名物、训诂、考据之学为汉学。康成：即汉代经学的集大成者郑玄。郑玄（127—200），字康成，北海郡高密县（今山东高密）人。程、朱：即宋代理学家程颢、程颐、朱熹的合称。

[二]顾宁人：即顾炎武（1613—1682），南直隶苏州府昆山（今江苏昆山）人，本名绛，乳名藩汉，别名继坤、圭年，字忠清、宁人，亦自署蒋山拥。南都败后，因为仰慕文天祥学生王炎午的为人，改名炎武。因故居旁有亭林湖，学者尊为亭林先生。明末清初杰出的思想家、经学家、史地学家、音韵学家、诗人，有《亭林诗文集》。毛西河：即毛先舒（1620—1688），原名骙，字驰黄，后改名先舒，字稚黄，仁和（今浙江杭州）人，明末清初文学家。朱竹垞：即朱彝尊（1629—1709），字锡鬯，号竹垞，又号醼舫，晚号小长芦钓师，别号金风亭长，浙江秀水（今浙江嘉兴）人，清朝词人、学者、藏书家，著有《曝书亭集》八十卷。阮芸台：即阮元（1764—1849），字伯元，号芸台、雷塘庵主，晚号怡性老人，江苏仪征人，在经史、数学、天算、舆地、编纂、金石、

校勘等方面都有较高造诣，被尊为三朝阁老、九省疆臣、一代文宗。

[三] 荔裳：指宋琬（1614—1673），清初著名诗人，清代八大诗家之一，字玉叔，号荔裳，山东莱阳人，著有《安雅堂集》。愚山：即施闰章（1619—1683），字尚白，一字屺云，号愚山、媲萝居士、蠖斋，晚号矩斋，后人也称"施侍读"，另称"施佛子"，江南宣城（今安徽宣城）人，清初政治家、文学家，有《愚山诗文集》。

[四] 阎百诗：即阎若璩（1638—1704），字百诗，号潜丘，山西太原人，清朝学者、考据家，著有《眷西堂诗文》。惠定宇：即惠栋（1697—1758），字定宇，号松崖，学者称"小红豆先生"。江南元和（今江苏苏州）人，清代汉学家，吴派代表人物，著有《九经古义》《易汉学》等。钱竹汀：即钱大昕（1728—1804），字晓征，又字及之，号辛楣，晚年自署竹汀居士，江苏嘉定（今上海嘉定）人，清代史学家、汉学家，著有《十驾斋养新录》《二十二史考异》等。杭大宗：即杭世骏（1695—1773），字大宗，号堇浦，别号智光居士、秦亭老民、春水老人、阿骏，室名道古堂，仁和（今浙江杭州）人，著有《道古堂集》《榕桂堂集》等。顾栋高（1679—1759），字复初，一字震沧，又自号左畬。江苏无锡人，清朝官吏、学者，著有《大儒粹语》《春秋大事表》《毛诗类释》《尚书质疑》等。朱竹君：即朱筠（1729—1781），字竹君，又字美叔，号笥河，顺天大兴（今北京大兴）人，清代著名学者，人称"竹君先生"，著有《笥河文集》。陈见复：即陈祖范（1676—1753），字亦韩，号见复，江苏常熟人，著有《经咫》《掌录》《司业集》等。戴东原：即戴震（1724—1777），字东原，又字慎修，号杲溪，休宁隆阜（今安徽黄山）人，清代著名语言文字学家、哲学家、思想家，著有《孟子字义疏证》等。

五

本朝古文家，惟竹垞精于诗，次则邵子湘、刘海峰两君，虽未足成家，然尚有才气工候[一]。潘次耕诗足算一家数，而文未成[二]。汪钝翁诗，格卑才弱，远次于文[三]。姚姬传诗亦不及文远甚[四]。侯朝宗虽有诗集，浅滑空率，殊无足观，古文以才笔胜人，一代罕俦，叔子、尧峰、青门均不如也[五]。宁都三魏，诗皆拙劣^[六]。灵皋方氏，则终身不能作矣^[七]。愚山文非专门，亦颇清雅，此又诗人之兼工文者也。若理学诸公中诗文可观者，则汤文正公一人而已^[八]。

注

［一］邵子湘：即邵长蘅（1637—1704），一名衡，字子湘，号青门山人，武进（今江苏常州）人，文宗唐宋，继承唐顺之、归有光为文传统，与侯方域、魏禧齐名，著有《青门集》。刘海峰：即刘大櫆（1698—1779），字才甫，一字耕南，号海峰，安徽桐城（今安徽枞阳）人，清代散文家、文论家、诗人，著有《海峰先生集》。

［二］潘次耕：即潘耒（1646—1708），字次耕，一字稼堂、南杧，晚号止止居士，藏书室名遂初堂、大雅堂，吴江（今江苏苏州）人，著有《遂初堂诗集》等。

［三］汪钝翁：即汪琬（1624—1691），字苕文，号钝庵，初号玉遮山樵，晚号尧峰，小字液仙，长洲（今江苏苏州）人，清初学者、散文家，与侯方域、魏禧合称明末清初散文"三大家"，著有《尧峰诗文钞》《钝翁前后类稿、续稿》。

［四］姚姬传：即姚鼐（1731—1815），字姬传，一字梦谷，室名惜抱轩（在今安徽桐城中学内），世称"惜抱先生""姚惜抱"，安庆府桐城（今安徽桐城）人，清代著名散文家，与方苞、刘大櫆并称为"桐城派三祖"，著有《惜抱轩文集》《惜抱轩诗集》等。

［五］侯朝宗：即侯方域（1618—1655），字朝宗，明朝归德府（今河南商丘）人，明末清初散文"三大家"之一、明末"四公子"之一、复社领袖，著有《壮悔堂文集》《四忆堂诗集》。叔子：即魏禧（1624—1680），字冰叔，一字凝叔，又字叔子，号裕斋，亦号勺庭先生，江西宁都人，明末清初著名散文家，与侯方域、汪琬合称明末清初散文"三大家"，著有《魏叔子文集》。尧峰：即汪琬。青门：即邵长蘅。汪琬、邵长蘅前已有注。

［六］宁都三魏：即魏禧与其兄魏祥、其弟魏礼并美，世称"宁都三魏"。

［七］灵皋方氏：即方苞（1668—1749），字灵皋，又字凤九，晚号望溪，又号南山牧叟，江南桐城（今安徽桐城）人，清代散文家，与姚鼐、刘大櫆合

称"桐城派三祖"，著有《方望溪先生全集》。

[八] 汤文正公：即汤斌（1627—1687），字孔伯，号荆岘，晚号潜庵，河南睢州（今河南睢县）人，清朝政治家、理学家、书法家，官至工部尚书，卒谥"文正"，著有《潜庵语录》《潜庵文钞》《春秋增注》等。

六

高文和公《味和堂集》，袁枚极推崇之，谓一代作手，直驾新城而上[一]。人多疑其妄许。予观公集中，律诗皆有唐音，能切而不浮，清而不薄，造诣颇深。五古尤高，《蓟州新城》《碧云寺》诸大篇，洋洋洒洒，真挚古厚，卓然可传[一]。合而论之，五古则胜阮亭，七古则不及阮亭，律诗在伯仲间，只可随阮亭肩行。谓胜宋牧仲、田山薑、汤西崖、陈其年诸家一筹，则诚然[二]。谓胜阮亭，则阿好也。当与阮亭、赵秋谷、陈泽州先后并驱中原，为北方诗家四杰耳[三]。至黄莘田《香草斋诗》，以尖新见长，专学晚唐，乃小家伎俩，在闽诗中亦只充偏裨之列，袁枚以性近而尊之，尤乖公论[四]。

注

[一] 高其倬《味和堂诗集》卷一《蓟州新城》云："于役季冬月，东入渔阳城。城圮五十载，奉诏新经营。墉堞一云具，筑作功遂停。胡不事宏丽，役物劳皇情。此州实险要，世界方升平。长驱控八极，内地固所轻。昔当明之季，置镇藩神京。高起两重郭，遍征九州丁。城中贮刍粟，城上罗旗旌。蓟门大帅任，郑重属老成。高议百僚会，推彀千人英。且复命丙魏，不啻求韩彭。陛辞涕汍澜，密诏言丁宁。志鸣伊吾剑，意洗鱼海兵。长计一蹉失，塞马仍纵横。连营一日溃，列障同时崩。尘来白日匿，烧猛苍天赪。九门戒楼橹，六府严关扃。平安一星火，重比千金琼。传呼达禁闼，夜寝始不惊。外召勤王师，内办迁都行。下召责专阃，幕府空抢攘。拥兵不敢救，闭壁如聋盲。侦敌已出境，追骑甫及坰。杀人取其元，受赏都堂厅。累累鞍上级，一一田间氓。更奏塞外勋，肯耻城下盟。懦帅肆欺谩，勃敌生门庭。既以杀其躯，患亦贻朝廷。

呜呼厉有阶，夫谁滋乱萌。或云右文士，误国由书生。或云啬边饷，饥卒难力争。南史与董狐，百喙同一声。敢独曰不然，奄寺实彗荧。监军专将柄，司礼为阿衡。众贿水输海，百度禾生螟。搒笞杀壮士，罗织戕名卿。刚鲠靡孑遗，婫婳忌忠诚。肯效鸷鸟击，转畏走狗烹。潢池弄兵子，竟射承天闳。缅维开创初，明祖垂家型。内官止四品，洒扫供使令。外事付卿贰，着戒在宸屏。孰畀铁牌毁，坐见九鼎倾。惜哉兴戎首，未正司寇刑。我皇法殷鉴，典制原《六经》。寺人无官阶，置员有定程。衣冠带履外，越者诛窜并。皇皇一王法，万世其勿更。愿献五百字，勒作城隅铭。"高其倬《味和堂诗集》卷二《碧云寺》云："崔嵬碧云寺，寿安山南陬。前貌众龙象，后植千松楸。于经首作俑，魏竖复效尤。规制骇心目，宏丽无匹俦。近屏罗翠障，远势交回洲。石室窈中空，缭垣屹外周。镂阶凤襜襦，琢壁龙蚴蟉。借侈陋陵阙，岂止逾王侯。当其缮构际，乾坤困征搜。攻石千仞冈，辇材万里舟。苍生奔流冗，四海输琛赇。竭彼血万斛，就此土一坏。刑余胡敢然，童昏寄垂旒。轸臂夺之柄，蛊虿心舌喉。钳质杀乔固，轩墀延共兜。上擅天赏罚，下快私恩仇。敌张寇盗炽，木蠹禾生蝥。罪虽沦一族，祸乃延九州。高庙血祀斩，泗社苍烟愁。思陵葬无所，麦饭刈可求。昌平寒食日，春惨风飕飗。民家败纸钱，吹挂陵树头。穷奇旧衣冠，乃得归岩幽。百年有余恨，烈士涕横流。伟哉张侍御，一洗异代羞。仆碑划名氏，伐冢为平畴。兹事良义举，我更借箸筹。贤圣律既往，为后世罚褒。善固揭百世，恶亦昭千秋。诛奸赖直笔，不系冢去留。上世戮鲸鲵，封骨高嶻嶭。请肆彼遗骼，存此招魂邱。用之作京观，事异理亦侔。覆辙留眼前，后车庶回辀。殷墟歌离黍，鉴之者有周。作诗述胸臆，以俟采风辀。"

［二］宋牧仲：即宋荦（1634—1714），字牧仲，号漫堂、西陂、绵津山人，晚号西陂老人、西陂放鸭翁，河南商丘人，"雪苑后六子"（侯方域、贾开宗、宋荦、徐作肃、徐邻唐、徐世琛）之一，著有《漫堂说诗》《绵津诗抄》《西陂类稿》等。田山薑：即田雯（1635—1704），字紫纶，一字子纶，亦字纶霞，号漪亭，自号山薑子，晚号蒙斋，山东德州人，著有《山薑诗选》《古欢堂集》等。汤西崖：即汤右曾（1656—1722），字西涯，仁和（今浙江杭州）人，著有《怀清堂集》。陈其年：即陈维崧（1625—1682），字其年，号迦陵，江苏宜兴人，著有《陈检讨词钞》。

［三］陈泽州：即陈廷敬（1638—1712），字子端，号说岩，晚号午亭，清

代泽州府阳城（山西阳城）人，著有《午亭文编》。

[四]黄莘田：即黄任（1683—1768），字于莘，又字莘田，因喜藏砚，自号十砚老人、十砚翁，清代著名诗人，藏砚家，永福（今福建永泰）人，著有《秋江集》《香草笺》。

校

（一）《云南丛书》初编本、《筱园先生自订钞本》均作"高文和公"，高其倬谥号"文良"，应为"高文良公"。高其倬（1676—1738），字章之，号美沼、种筠，辽宁铁岭人，官至工部尚书，卒谥"文良"，著有《味和堂诗集》。朱庭珍称为"高文和公"，不知其所据。

七

《随园诗话》持论多无稽臆说，所谓佞口也[一]。如谓律诗如围棋，古诗如象棋；作古体，不过两日可得佳作(一)，作律体，反十日不成一首，是视律难于古也。渠意谓古诗无平仄对偶，法度甚宽，故以律诗为难，而不知古诗有平仄，有对偶，其法倍严，特非袁、赵辈所可梦见耳。又谓诗亦如物，刀锋贵薄，刀背贵厚；古人杜陵似厚，太白似薄，玉溪似厚，飞卿似薄，并传千载，何今人论诗，贵厚贱薄耶？而不知诗非物比，以厚为贵，绝无贵薄之理。不惟少陵、玉溪诗厚，太白、飞卿，其诗亦厚，自来诗家无以薄传者。渠意以色泽辞藻之浓谓厚，清者为薄，不知诗之厚在神骨意味，不在外面之色泽辞藻也。又览《声调谱》而失笑，谓诗为天地元音，不必拘调，少陵、右丞七古有平仄协谐如律者，韩文公有七字俱平俱仄者，阮亭不能以四仄三平之例绳之也。不知《声调谱》所论平仄，即天地元音，唐、宋诗人无一不合(二)，唐、宋诗人无一不知，非自然元音，岂能两朝之人皆暗合耶？迨元、明诗人，始有知有不知者，其传未显。阮亭得之于钱牧斋尚书，而秋谷则闻于阮亭，又闻于海虞冯氏者也[二]。其中各大家名家诗俱备，无不合符，故天下遵以为式，非王、赵之私论也。凡转韵七古，不戒律句，高、岑、王、李、元、白之七古协律者，转韵诗也。押仄韵七古，亦不忌律句，工部七古协律者，押仄韵及转韵诗也。惟押平韵一韵到底七古，始不可掺入律句，下句以四仄三平为式，如"五岳祭秩皆三公，四方环镇嵩当中"之类是也[三]。上句落尾仄字，须参用上去入三音，亦指平韵七古言之。至七平七仄句法，原非所忌，时可掺用以见变化。如义山《韩碑》句："帝得圣相相曰度"，七仄也；"封狼生貙貙生罴"，七平也[四]。谱中方援引以为例，子才岂未之见，何反以之为讥耶？大抵子才心粗气浮，谱中所云尚多不解，惟耳食"四仄三平"一言，恶其例严，不便于己，遂轻诋訾，亦不知其专为平韵七古立法也。学者付之一笑，勿为所惑可矣。

注

[一] 佞口：有两种含义，一是指谗佞人之口，谗言；二是指利口，巧嘴。

[二] 钱牧斋尚书：即钱谦益（1582—1664），字受之，号牧斋，晚号蒙叟、东涧老人。学者称"虞山先生"。清初诗坛的盟主之一，江苏常熟人，著有《牧斋诗抄》《有学集》《初学集》《投笔集》等。海虞冯氏：即冯舒、冯班兄弟。

[三] "五岳祭秩皆三公，四方环镇嵩当中"：语出韩愈《谒衡岳庙遂宿岳寺题门楼》。

[四] "帝得圣相相曰度""封狼生貙貙生罴"：语出李商隐《韩碑》。

校

（一）《云南丛书》初编本作"佳构"，《筱园先生自订钞本》改为"佳作"，以自订钞本为准。关于袁枚"围棋""象棋"之喻，当代学者叶晔《论袁枚的"以棋喻诗"说及其源流》（载《苏州大学学报》2017 年第 1 期）之说可资参证，他认为袁枚此喻的本意"并不是写作层面的法度宽者（古体诗）为易、法度严者（近体诗）为难，而是法度严者（近体诗）在格律规制下要达成天工状态更难"，指出朱庭珍没能从袁枚的视角出发，换位思考。其理解"从创造层面回落到常规写作层面""算是一次典型的因诗学偏见而造成的错误阐释"。

（二）《云南丛书》初编本作"唐宋大家无一不合"，《筱园先生自订钞本》改为"唐、宋诗人无一不合"，以自订钞本为准。

八

古人诗法最密。有章法，有句法，有字法，而字法在句法中，句法在章法中，一章之法又在连章之中，特浑含不露耳。至于连章则尤难，合观之，连章若一章；分观之，各章又自成章。其先后次第自有一定不紊之条理，观工部《秋兴》《诸将》《咏怀古迹》《前、后出塞》诸作可见[一]。以工部之才力，而生平连章七律，只《秋兴》作至八首，亦可见古人郑重矣⁽一⁾。自宋后，才不逮古，偏好以多为贵，动作连章，呶呶不休，殊可厌也。宋人作梅花七律至六十首[二]，元人叠韵和韵亦一题至数十首⁽二⁾，近人尤好以一题顺押上下平韵作三十首，甚至咏物小题亦多至数十首，且有至百首者。如王蒲衣之《无题》百首[三]，陈其年之《梅花百咏》[四]，邝湛若之《赤鹦鹉》三十首⁽三⁾，黎美周之《黄、白牡丹》各二十首[五]，屈悔翁之《书中干蝴蝶》二十首[六]，《春草》《秋草》各三十首⁽四⁾，鲍以文之《夕阳》二十首[七]，侯坤之《水中梅影》三十首[八]，以及流传《雁字》六十首、《泪诗》三十首之类，皆七律也[九]。绝无意境、气格、篇法，但点缀辞藻，裁红剪翠，饾饤典故，征事填书，虽字句修饰鲜妍，究无风旨，亦终不免重复敷衍，虽多亦奚以为！此雅道中魔趣，初学戒之。

注

［一］《秋兴》：即杜甫《秋兴》八首。《诸将》：即杜甫《诸将》五首。《咏怀古迹》：即杜甫《咏怀古迹》五首。《前、后出塞》：即杜甫《前出塞》九首、《后出塞》五首。

〔二〕南宋诗人张道洽有《梅花》组诗六十首。

〔三〕王蒲衣：即王隼（1644—1700），字蒲衣，广东番禺（今广东广州）人，有西昆体《无题》一百首。

〔四〕《梅花百咏》：指陈维崧为解救徐紫云所作《咏梅》绝句百首。

〔五〕黎美周：即黎遂球（1602—1646），字美周，广东番禺（今广东广州）人，崇祯十三年（1640）过扬州，集于郑超宗影园，赋《影园黄牡丹》诗十首，入选第一，著有《莲须阁诗文集》。

〔六〕屈复（1668—1745），初名北雄，后改复，字见心，号悔翁，晚号逋翁、金粟老人，陕西蒲城人，世称"关西夫子"，著有《弱水集》等。《书中干蝴蝶》二十首出自《弱水集》卷十七。

〔七〕鲍以文：即鲍廷博（1728—1814），字以文，号渌饮，安徽歙县人，著有《知不足斋丛书》。

〔八〕侯坤（1740—1841），字盘石、磻石，号竹愚，安徽无为（今安徽芜湖）人，著有《蠹竹山房诗集》。

〔九〕《雁字》诗，由晚明袁宏道倡导，在明末清初引发了《雁字》诗创作热潮，如屈复有《雁字》诗四十首。冯如京（1603—1670）甚至编刊了《古今雁字诗选》。清代女诗人吴卿怜有《泪诗》十首。朱庭珍所谓"《雁字》六十首、《泪诗》三十首"，不详其所指，待考。

校

（一）《云南丛书》初编本作"而生平连章七律，只《秋兴》作至八首"，《筱园先生自订钞本》改为"而生平七律，只《秋兴》八首"，比较二者，初编本意思表述更精确，以初编本为准。

（二）《云南丛书》初编本作"叠咏和韵"，《筱园先生自订钞本》改为"叠韵和韵"，以自订钞本为准。

（三）《云南丛书》初编本、《筱园先生自订钞本》均作"邝湛若之《赤鹦鹉》三十首"，经查《佛山人物志》，应为十二首。邝湛若，即邝露（1604—1650），原名瑞露，字湛若，号海雪，明末广东南海县人，著有《峤雅》《赤雅》《娇雅》等，曾在扬州作《赤鹦鹉》十二首。

（四）《云南丛书》初编本作"《春草》《秋草》各三十首"，《筱园先生自订钞本》改为"《秋草》《春草》各三十首"，经查屈复《弱水集》，以初编本为准。屈复《弱水集》卷十七有《春草》十二首,卷十八有《秋草》十首,与朱庭珍所言三十首有异。

九

张船山《宝鸡题壁》十八首[一],叫嚣恶浊,绝无诗品,以其谐俗,故风行天下,至今熟传人口,实非雅音也。其诗为纪嘉庆初川、楚教匪之变而作,盖伤时事之诗[二]。少陵伤时感事诸篇,其时、势、人、地一一切合,得失分明,怀抱亦露,故有"诗史"之目,不止作忧乱愤激之词也。今船山十八诗,惟满纸兵戈争战,并痛诋当时大吏而已。究竟各省贼势如何,军情如何,布置若何,谁功谁罪,孰得孰失,一语不切,莫可考也。作者意欲如何,旨归安在,亦无可求也。是名有关系,实无关系,虽不作可也。然后来高堰、广州、桂林、长沙皆传有题壁诗,争相效尤,或仍十八首,或增至三十首,词旨浅俗恶劣更甚,无一稍雅驯可观者,较船山作又有天渊之隔矣。

注

[一] 张问陶(1764—1814),字仲冶,一字柳门,又字乐祖,号船山,另有蜀山老猿、老船、豸冠仙史、宝莲亭主、群仙之不欲升天者、药庵退守等别号,四川遂宁人,著有《船山诗草》等。集中卷十四收录《戊午二月九日出栈宿宝鸡县题壁》十八首,在此仅举一首,其一:"群盗如毛久未平,栈云来往一身轻。干戈草草催离别,婚宦劳劳累死生。有用年华拼弃掷,无聊家计费经营。关山销尽轮蹄铁,猛虎磨牙看此行。"

[二] 嘉庆初川、楚教匪之变:指从嘉庆元年(1796)开始,川、楚、蜀、豫、陕等五省相继爆发的白莲教农民起义。

十

尤西堂先生工填曲[一],其《明史新乐府》百首,自成一家,足夺铁崖、西涯之席,卓然可传[二]。诗恃聪明,意欲以才情见长，究非专门正轨。中年后流入浅近，颇伤俚俗，且多游戏率意之作，不足取也。陈其年以四六名世，与吴园次、章藻功称骈体三家，实非吴、章可及[三]。词与竹垞齐名，亦可成家。其诗宗法面目，不脱七子气习，但非专门，亦不必以诗家绳之。

注

［一］尤西堂先生：即尤侗（1618—1704），字同人、展成，号悔庵、艮斋，晚自号西堂老人，江南苏州府（今江苏苏州）人。明末清初著名诗人、剧作家，戏曲代表作有传奇《钧天乐》，杂剧《读离骚》《黑白卫》《吊琵琶》《桃花源》《清平调》等，又有《西堂全集》。

［二］《明史新乐府》百首：尤侗《拟明史乐府》一百首。西涯：即李东阳（1447—1516），字宾之，号西涯，湖广长沙府茶陵（今湖南茶陵）人，著有《怀麓堂稿》《怀麓堂诗话》《燕对录》等。

［三］吴园次：即吴绮（1619—1694），清代词人，字园次，一字丰南，号绮园，又号听翁，江都（今江苏扬州）人，著有《林蕙堂集》等。章藻功：生卒年不详，字岂绩，浙江钱塘（今浙江杭州）人，著有《思绮堂集》。其骈文以新巧胜。

十一

国初江左三家，钱、吴、龚并称于世，岭南三家，屈、梁、陈亦齐名当代。然江左以牧斋为冠，梅村次之，芝麓非二家匹[一]。岭南以元孝为冠，翁山、药亭均不及也[二]。钱牧斋厌前后七子优孟衣冠之习，诋为伪体，奉韩[三]、苏为标准，当时风尚，为之一变。其识诚高于前后七子，才力学问亦复过之[一]。所为诗长于七言，以七律、七古为上，七绝次之，五言则工候甚浅。《初学集》中，佳作较多。《有学集》乃晚年诗，惟七律尚有沉雄博丽之篇，七古则好以驰骋为豪，五言亦好征引涂泽，精华竭矣。生平持论多偏而且苛，又阿好推崇程孟阳，是仍党同伐异之私[四]。况既臣事熙朝，复敢以诗文讪上，致干禁令，遂少嗣音[五]。吴梅村祭酒诗，入手不过一艳才耳，迨国变后诸作，缠绵悱恻，凄丽苍凉，可泣可歌，哀感顽艳。以身际沧桑陵谷之变，其题多纪时事，关系兴亡，成就先生千秋之业，亦不幸之大幸也。七古最有名于世，大半以《琵琶》《长恨》之体裁，兼温、李之辞藻风韵，故述词比事，浓艳哀婉，沁人肝脾。如《永和宫词》《圆圆曲》诸篇，虽情文兼至，姿态横生，未免肉多于骨，词胜于意，少沉郁顿挫、鱼龙变化之巨观[六]。惟《雁门尚书行》较有笔力，《悲歌赠吴季子》一作亦得杜陵神髓，惜不多见耳[七]。五古如《临江参军》《南园曳》《吴门遇刘雪舫》诸作，洋洋大篇，神骨俱肖少陵，较胜七古多矣[八]。七律佳者，神完气足，殊近玉溪。五律处处求工，如剪彩为花，终少生韵。取其长而知其短，此平心之论也。至龚芝麓宗伯诗，词采有余骨力不足，好用典而乏剪裁烹炼之妙，好骋笔而少酝酿深厚之功。气虽盛，然剽而不留直而易尽；调虽高，然浮声较多切响较少。当时幸得才子之称，后世难入名家之列。三子优劣见于是矣。岭南三君，药亭七古，翁山五律，元孝七律，当代夸为三绝。梁药亭七古，虽气势雄放而简炼未足，除《养马行》《日本刀歌》诸名作外，往往失于奔放，堕入空滑一路，如《木瓜上人打鼓歌》，则叫嚣粗率，近恶道矣[九]。五律矜炼，犹欠高浑，五古、七律更多平衍，又其次也。屈翁山五律，忽而高浑沉着，忽而清苍雅淡，气既流荡，笔复老成，不拘一格，时出变化，尽得少陵、右丞、襄阳、嘉州四家之妙，真神技也。七律佳作在盛、中唐之间，不失高调雅音。七绝学都官、庶子，亦颇可玩。惟五、七古则委靡不振，平冗拖沓，吾无取焉。独陈元孝诗雄厚浑成，警策古淡，天分人工，两造其极，故各体兼善，不容轩轾也。其神骨峻而坚，其格调高而壮，其才力肆而醇，其气魄沉而雄，其意思深而醒，其笔致爽而辣，其篇幅谨而严，其法度密而精，其风韵清而远，真诗家全才也。五言大篇如《王将军挽歌》，古音古节，古色古香，足为《孔雀东南飞》嗣音^[十]。短篇得力选体，造诣亦深。七古如《日本刀歌》《柏舟行》《木棉花歌》《崇祯御琴》等篇，皆力开生面之作^[十一]。五律如《怀翁山》《浮湘》《咏物》《园居》诸章，卓然杰构^[十二]。七律名作更多，如咏古、游览诸诗，人人皆知，勿庸多赞。不惟岭南当推第一，即江左亦应退避三舍。明末国初，作家如林，几莫与抗衡，可云巨擘矣。

注

〔一〕牧斋：即钱谦益。梅村：即吴伟业（1609—1672），字骏公，号梅村，别署鹿樵生、灌隐主人、大云道人，江苏太仓人。明末清初诗人，与钱谦益、龚鼎孳并称"江左三大家"，又为娄东诗派开创者。长于七言歌行，初学"长庆体"，后自成新吟，后人称为"梅村体"，著有《梅村家藏稿》。芝麓：即龚鼎孳（1615—1673），字孝升，号芝麓，安徽合肥人，明末清初诗人，著有《定山堂集》等。

〔二〕元孝：即陈恭尹（1631—1700），字符孝，初号半峰，晚号独漉子，又号罗浮布衣，广东顺德人，著有《独漉堂全集》。翁山：即屈大均（1630—1696），初名邵龙，又名邵隆，号非池，字骚余，又字翁山、介子，号莱圃，汉族，广东番禺人，著有《翁山诗外》等。药亭：即梁佩兰（1629—1705），字芝五，号药亭、柴翁、二楞居士，晚号郁洲，广东南海（今广东广州）人，著有《六莹堂前后集》等。

〔三〕伪体：指违背《风》《雅》规范的诗歌或风格不纯正的文章，也指专事模拟而无真实内容和独特风格的作品。

〔四〕程孟阳：即程嘉燧（1565—1643），明代书画家、诗人。字孟阳，号松圆、偈庵，又号松圆老人、松圆道人、偈庵居士、偈庵老人、偈庵道人。晚年皈依佛教，释名海能。南直隶徽州府休宁县（今安徽休宁）人，著有《浪淘集》。

〔五〕熙朝：指兴盛的朝代。干禁令：指钱谦益去世后100多年，乾隆帝鉴于钱谦益诗文中对清朝"荒诞悖谬""多有诋谤"，故屡下诏，毁其人，禁其书，指责钱谦益"非复人类"，并认为其文章无光。

〔六〕《永和宫词》：关于崇祯帝宠妃田贵妃的七言歌行，篇幅较长，此处不录。《圆圆曲》：是关于明末清初名妓陈圆圆和吴三桂聚散离合的七言歌行，较常见，此处不录。

[七]《雁门尚书行》：关于明末名将孙传庭的七言歌行，篇幅较长，节选开首几句："雁门尚书受专征，登坛顾盼三军惊。身长八尺左右射，坐上咄咤风云生。家居绝塞爱死士，一日费尽千黄金。读书致身取将相，关西鼠子方纵横。"《悲歌赠吴季子》：关于吴兆骞蒙冤遭难的七言歌行，其诗云："人生千里与万里，黯然消魂别而已。君独何为至于此，山非山兮水非水，生非生兮死非死！十三学经并学史，生在江南长纨绮。词赋翩翩众莫比，白璧青蝇见排诋。一朝束缚去，上书难自理。绝塞千山断行李，送吏泪不止，流人复何倚。彼尚愁不归，我行定已矣。八月龙沙雪花起，橐驼垂腰马没耳。白骨皑皑经战垒，黑河无船渡者几。前忧猛虎后苍兕，土穴偷生若蝼蚁。大鱼如山不见尾，张鬐为风沫为雨。日月倒行入海底，白昼相逢半人鬼。嗫嗫乎悲哉！生男聪明慎勿喜，仓颉夜哭良有以，受患只从读书始，君不见，吴季子！"

[八]《临江参军》：关于明末崇祯年间杨廷麟的长篇五言古诗。《南园叟》：即《遇南厢园叟感赋八十韵》，关于在明代南京国子监司业服役的老叟的长篇五言古诗，反映改朝换代的凄凉景色。《吴门遇刘雪舫》：刘雪舫是崇祯帝生母刘太后的侄子，这首五言古诗通过刘雪舫的遭遇反映了皇亲国戚在改朝换代时的凄凉下场。

[九]《养马行》：其诗序云"庚寅冬，耿、尚二王入粤，广州城流离窜徙于乡，城内外三十里所有庐舍坟墓，悉令官军筑厩养马，梁子见面哀焉，作《养马行》。"梁佩兰《日本刀歌》：此诗认为日本刀华贵锋利，又断言它在中国卖不出去，因为"兵者凶器"。《木瓜上人打鼓歌》：此诗篇幅较长，略引数句以资参考："木瓜上人时带病，请医无钱药不应。伛偻身背瘿瘤颈，一到打鼓精神胜。未打鼓前先索酒，酒以酹口鼓拊手。鼓椎维桐贯之柳，椎而无绳翼以袖。初打格格角角声，再打洞洞冬冬鸣。"

[十]陈恭尹《王将军挽歌》：关于明末王兴将军抗清殉节的故事，此处略引几句："南方有义士，姓王名曰兴。十三学杀人，十五学搏狼。三十建义旗，姓名惊一方。天子锡虎符，作镇鼍江阳。"

[十一]陈恭尹《日本刀歌》：借宝刀赞美贤才，感叹贤才不得其用。诗云："白日所出金铁流，铁之性刚金性柔。铸为宝刀能屈伸，屈以防身伸杀人。

星飞电击光离合，日华四射瞳瞳湿。阴风夜半刮面来，百万愁魂鞘中泣。中原岁岁飞白羽，世人见刀皆不顾。为恩为怨知是谁，宝刀何罪逢君怒。为君昼盛威与仪，为君夜伏魍与魑。水中有蛟贯其颐，山中有虎抉其皮。以杀止杀天下仁，宝刀所愿从圣人。"陈恭尹《柏舟行》：即《柏舟行为区母陈太君赋》，诗序云："太君，愧我陈大夫之女也。许适见五区大夫之子宝宸文学。文学早卒，太君当未笄之年，矢靡他之节，于今五十矣。同人嘉其志有成，绘图为祝。予既为之序，复作此歌。"《木棉花歌》：乐府诗，诗云："粤江二月三月天，千树万树朱花开。有如尧时十日出沧海，又似魏宫万炬环高台。覆之如铃仰如爵，赤瓣熊熊星有角。浓须大面好英雄，壮气高冠何落落！后出棠榴枉有名，同时桃杏惭轻薄。祝融炎帝司南土，此花无乃群芳主？巢鸟须生丹凤雏，落花拟化珊瑚树。岁岁年年五岭间，北人无路望朱颜。愿为飞絮衣天下，不道边风朔雪寒。"《崇祯御琴》：即《崇祯皇帝御琴歌》，诗序云："甲申春，烈皇帝宴坐便殿，鼓'翔凤'之琴，中曲而七弦俱绝，龙颜不怡良久。未逾月而有煤山之变，其琴流落人间，济南李家购藏之。屈翁山具述见闻，中座罢酒，各请为歌。夫物犹如此，哀哉！"

[十二]《怀翁山》：即《雨夜怀翁山》，诗云："风雨怀人坐，无灯亦到明。流萤分夜色，疏竹聚秋声。别酒尚余醉，春花今不荣。终知吾与子，白发路傍生。"《咏物》，《独漉堂诗集》有《咏物集》一卷，收录咏物诗八十首。《园居》：即《园居杂诗三首》，其一云："有月鸣莺早，无风乳燕高。倚檐花刺帽，循竹露沾袍。散诞从吾得，驱驰与世劳。晓凉开卷罢，耕凿语儿曹。"

校

（一）《云南丛书》初编本作"才力学问亦似过之"，《筱园先生自订钞本》改为"才力学问亦复过之"，以自订钞本为准。

十二

顺治中海内诗家称南施北宋，康熙中称南朱北王，谓南人则宣城施愚山、秀水朱竹垞，北人则新城王阮亭、莱阳宋荔裳也[一]。继又南取海宁查初白，北取益都赵秋谷益之，号六大家，后人因有《六家诗选》之刻[二]。宋荔裳诗格老成，笔亦健举。七古法高、岑、王、李，整齐雅炼，时有警语，篇幅局阵，最为完密[三]。五律亦是高、岑、王、李一派。七律虽不脱七子面目，往往堕入空声，至其合作，固北地、信阳之俦也，所少者变化之妙耳[四]。然而宗法既正，规格复整，固是节制之师，耆贤典型，于斯未坠[五]。晚年入蜀，诗格一变，苍老雄肆，异于平时，可为《安雅堂集》之冠[六]。选家多未采及，岂未见全诗耶？施愚山诗长于五言，短于七言。五古温厚清婉，善学魏、晋、六朝，殊近自然。五律则盛唐格调、中唐神韵兼而有之，造诣不在中山、文房之下[七]。歌行、七律多肤廓语，不足尚也。古文清雅，尤长记序，亦可并传。所谓学人之诗，洵无愧矣！王阮亭诗为昭代雅音，执吟坛牛耳者几五十年。生平标神韵为正宗，长于用典，工于运法，如良工裁衣不爽尺寸，老师度曲悉协管弦。故清俊庄雅，玉润珠圆，而品复落落大方，绝无偏锋傍门之病也。然囿于奉法，未窥变化，富于取材，未知独造。能正而不能奇，能因而不能创，能清丽而不能精深，能高华而不能深厚，无纵横飞荡、沉郁顿挫之伟观使人目动心折。自成一家数则可，未足副大家之实，为后人取法也。朱竹垞诗，书卷淹博，规格浑成，才力雄富，工候湛深，造诣实过阮亭，惟时有疏于法处。其精华多在未仕以前，通籍后近体每流入平易。歌行多长短句，意欲尽捐绳墨，自创一家。如《玉带生歌》，兴酣落笔，纵横跌荡，雄奇盖世，信为长篇绝调[八]。其他往往贪多务博，散漫驰骤无归宿处，有类游骑矣。五古得力选体，五律得力工部，七律在信阳、北地间，五排亦得力于杜。其使事精确处，分寸切合，具见用书本领，亦他人所罕及。与阮亭齐名，如老、韩同传，非鲁、卫也[九]。查初白诗宗苏、陆，以白描为主，气求条畅，词贵清新，工于比喻，善于形容，意婉而能曲达，笔超而能空行，入深出浅，时见巧妙，卓然成一家言。惟气剽则嫌易尽，意露则嫌无余，词旨清倩则嫌味不厚，局阵宽展则嫌诣不深，古人所谓骨重神寒者，苦未能焉。且投赠公卿，动为连章，尤好为长篇，急于求知，冗繁皆不暇烹炼，虽多中年以前之作，究自累诗品，为白璧一瑕矣。《云松诗话》举梅村、初白以足十家，继唐、宋、元、明诸大家之言，若统绪相传，昭代只此二家足为正宗者然，宜稚存非之，而人多议其阿好溢美，实无当于公论也[十]。（十家者，太白、工部、昌黎、香山、东坡、放翁及金之元遗山、明之高青丘、国初则吴、查二人也。）赵秋谷诗笔力沉挚，意主刻露，殊少含蓄酝酿之功。其意境真切处固胜阮亭，而锻炼未纯，时有率笔，篇外亦无余味，不及阮亭处处典雅大方，得失正复相等。心余讥其篇幅窘狭[十一]，诚中其病。以笔力之锐入快出直击鼓心而论，亦胜阮亭。然是证辟支佛者之力量神通，非如来正眼法藏，不可思议之大自在神力也[十二]。生平与阮亭不睦，至作《谈龙录》以诮之。然集矢阮亭，而于海虞二冯服膺推崇，竟欲铸金以事，癖同嗜痂，令人莫解[十三]。岂以二冯持论偏刻，巧于苛议前哲，轻于诋訾时流，天性相近，故易于契合耶？秋谷诗长于古体，律诗气薄而格不高，往往有句无篇，绝少完璧，无可观也。

注

[一] 王阮亭：即王士禛。

[二] 查初白：即查慎行（1650—1727），初名嗣琏，字夏重，号查田；后改名慎行，字悔余，号他山，赐号烟波钓徒，晚年居于初白庵，所以又称查初白，浙江海宁人，著有《他山诗钞》。《六家诗选》：即乾隆三十二年（1767）刘执玉选辑的《国朝六家诗钞》。

[三] 高、岑、王、李：即唐代诗人高适、岑参、王维、李颀。

[四] 北地、信阳：指明代诗人李梦阳、何景明。

[五] 典型：指旧法、模范，足以代表某一类事物特性的标准形式。

[六] "晚年入蜀，诗格一变，苍老雄肆，异于平时"：主要指宋琬《入蜀集》而言。

[七] 中山：即刘禹锡，刘禹锡自言系出中山，其先为中山靖王刘胜。文房：即刘长卿（约709—790），字文房，安徽宣城人，自诩"五言长城"，有《刘随州集》。

[八] 朱彝尊《玉带生歌并序》云："玉带生，文信国所遗砚也。予见之吴下，既摹其铭而装池之，且为之歌曰：玉带生，吾语汝：汝产自端州，汝来自横浦。幸免事降表金名谢道清，亦不识大都承旨赵孟頫。能令信公喜，辟汝置幕府。当年文墨宾，代汝一一数：参军谁？谢皋羽；寮佐谁？邓中甫；弟子谁？王炎午。独汝形躯短小，风貌朴古；步不能趋，口不能语。既无鹣鹠之活眼睛，兼少犀纹彪纹好眉妩。赖有忠信存，波涛孰敢侮？是时丞相气尚豪，可怜一舟之外无尺土，共汝草檄飞书意良苦。四十四字铭厥背，爱汝心坚刚不吐。自从转战屡丧师，天之所坏不可支。惊心柴市日，慷慨且诵临终诗，疾风蓬勃扬沙时。传有十义士，表以石塔藏公尸。生也亡命何所之？或云西台上，晞发一叟涕涟洏；手击竹如意，生时亦相随。冬青成阴陵骨朽，百年踪迹人莫知。会稽张思廉，逢生赋长句。抱遗老人阁笔看，七客寮中敢哤怒。吾今遇汝沧浪亭，漆匣初开紫衣露。海桑陵谷又经三百秋，以手摩挲尚如故。洗汝池上之寒泉，漂汝林端之霏雾，俾汝长留天地间，墨花恣洒鹅毛素。"

[九] 老、韩同传：即司马迁《史记》中的《老子韩非列传》，其中勾勒出道、法两家的嬗变传承之关系。鲁、卫：语本《论语·子路》："鲁卫之政，兄弟也。"比喻情况类似，实质相同。

[十]《云松诗话》：即赵翼《瓯北诗话》。稚存：即洪亮吉（1746—1809），字稚存，号北江，阳湖（今江苏武进）人，著有《北江诗话》。"稚存非之"：见洪亮吉《更生斋集》诗卷四《赵兵备翼以所撰唐宋金七家诗话见示、率跋三首·其三》云："杀青自可缘成例，初白差难踵后坐。"

[十一] 心余：即蒋士铨（1725—1784），字心余、苕生，号藏园，又号清容居士，晚号定甫，清代戏曲家、文学家，江西铅山人，祖籍湖州长兴（今浙江湖州），著有《忠雅堂诗集》。

[十二] 辟支佛：辟支迦佛陀的简称，汉译为缘觉或独觉，因观飞花落叶或十二因缘而开悟证道，故名"缘觉"，又因无师友之教导，全靠自己的觉悟而成道，故又名"独觉"。正眼法藏：即正法眼藏，佛的心眼彻见正法，名"正法眼"，深广而万德含藏，叫作"藏"。

［十三］海虞二冯：即冯舒、冯班兄弟。铸金以事：语出王士禛《古夫于亭杂录》卷五："常熟冯班，字定远，着《钝吟杂录》，多拾钱宗伯牙慧，极诋空同、沧溟，于弘、正、嘉诸名家，多所訾謷……余见其兄弟所评《才调集》，亦卑之无甚高论，乃有皈依顶礼，不啻铸金呼佛者，何也？"赵执信《钝吟冯先生宅感怀二绝句·其二》云："间世钟期强听琴，潜依流水写徽音。敝庐未解相料理，枉被名卿妒范金。"赵执信自注云："阮亭司寇谓余尊奉先生，几欲范金事为不可解。"嗜痂：即嗜痂之癖，原指爱吃疮痂的癖性，后形容怪癖的嗜好。出自《南史·刘穆之传》："邕性嗜食疮痂，以为味似鳆鱼。"

十三

前明一代诗家以高青丘为第一，自元遗山后，无及青丘者，不止一变元风，为明诗冠冕已也。前后七子之徒，及青丘同时之杨孟载、袁景文、徐、张诸人，视青丘岂止上下床之分耶[一]。青丘才力、天分、工候皆极其至，所为诗，自汉、魏、六朝及李、杜、高、岑、王、孟、元、白、温、李、张、王、昌黎、东坡无所不学，无所不似，妙笔仙心几于超凡入圣矣。惜不及四十枉死，未及融会贯通，聚众长以别铸真我，造于大成，亦可哀也。然自元至今所有诗家无出青丘右者，洵可直继遗山为一大宗矣。归愚翁于青丘时有微词，而推青田冠明诗，颠倒黑白，殊乖公论[二]。夫刘青田之诗多皮傅盛唐(一)，已兆七子先声，远逊青丘，稍有识者不难立辨，岂以其身列佐命[三]，遂可阿附为一代风雅领袖乎？青丘以后，宜以陈元孝继，虽造诣迥然不同，然同为一代大名家无疑也。

注

［一］杨孟载：即杨基（1326—1378）元末明初诗人，字孟载，号眉庵。原籍嘉州（今四川乐山），大父仕江左，遂家吴中（今江苏苏州），"吴中四杰"之一，著有《眉庵集》。袁景文：即袁凯，生卒年不详，字景文，号海叟，明初诗人，松江华亭（今上海市松江）人，以《白燕》一诗负盛名，人称"袁白

燕",著有《海叟集》。徐:即徐贲(1335—1380),字幼文,南直隶毗陵(今江苏常州)人,后迁平江(今江苏苏州)城北,自号北郭生,"吴中四杰"之一,"明初十才子"之一,著有《北郭集》。张:即张羽(1333—1385)元末明初文人,字来仪,更字附凤,号静居,浔阳(今江西九江)人,后移居吴兴(今浙江湖州),与高启、杨基、徐贲称为"吴中四杰",又与高启、王行、徐贲等十人,人称"北郭十子",著有《静居集》。

[二]青田:即刘基(1311—1375),字伯温,谥号"文成",青田(今浙江温州)人,著有《诚意伯文集》。沈德潜《明诗别裁集》卷一评刘基云:"元李诗都尚辞华,文成独标高格,时欲追逐杜、韩、故超然独胜,允为一代之冠。"

[三]佐命:指辅助帝王创业的功臣。

校

(一)《云南丛书》初编本作"刘青田之诗",《筱园先生自订钞本》作"刘青田之",抄漏"诗"字,以初编本为准。

十四

有明前七子中,以何信阳为最。以信阳秀骨天成,笔意俊爽,其雅洁圆健处非李空同所及。且持论力主独造,较空同议论专宗模仿,谓临帖以相似为贵,作诗亦然者,高下相去远矣[一]。故信阳可云一代清才,空同则粗才也[二]。后七子以王凤洲为第一,谢茂秦、徐祯卿次之[三]。以凤洲学问淹富才气有余,乐府佳者饶有汉、魏风味。《袁江流》一篇,洋洋千言,古健朴老,足备诗史[四]。归愚以学古有痕迹议之,与议青丘蹊径未化,皆故为高论过事苛求,实未公允[五]。谢山人、徐迪功二人皆精于律诗、短于古体,律诗尤工五言。谢以炼胜,殊似嘉州,徐以格胜,殊似襄阳,均自成一队者。若李于鳞则空调浮声,肤词陈言,触目生憎,与空同均落剽贼套袭恶道中,不止有乖雅音也。

注

[一]"临帖以相似为贵,作诗亦然":语出李梦阳《再与何氏书》:"夫文

与字一也，今人摹临古帖，即太似不嫌，反曰能书。何独至于文，而欲自立一门户邪？"

[二] 清才：指卓越的才能。粗才：指粗俗之才。

[三] 王凤洲：即王世贞（1526—1590），字元美，号凤洲，又号弇州山人，南直隶苏州府太仓州（今江苏太仓）人，著有《弇州山人四部稿》《续稿》《弇山堂别集》《艺苑卮言》《觚不觚录》等。谢茂秦：即谢榛（1495—1575），字茂秦，号四溟山人、脱屣山人，山东临清人，著有《四溟集》。徐祯卿（1479—1511），字昌谷，江苏吴县人，著有《迪功集》，前七子之一，朱庭珍谓为后七子，误。

[四]《袁江流》：即王世贞《袁江流钤山冈当庐江小吏行》，诗篇过长，兹摘录如下："汤汤袁江流，巇嵲钤山冈，钤山自言高，袁江自言长。不知何星宿，独火或贪狼，降生小家子，为灾复为祥。瘦苦鹳雀立，步则鹤昂藏。朱蛇戢其冠，光彩烂纵横；孔雀虽有毒，不能掩文章。十五齿邑校，二十荐乡书，三十拜太史，矻矻事编摩。五十天官卿，藻镜在留都。六十登亚辅，少保秩三孤。七十进师臣，独秉密勿谟。八十加殊礼，内殿敕肩舆。任子左司空，孽孙执金吾，诸儿胜拜跪，一一赐银绯。甲第连青云，冠盖罗道途。偃直不复下，中禁起周庐，凉堂及便房，事事皆相宜。文丝织隐囊，细锦为床帷。尚方铸精鏐，胡碗杯苁篚。雕盘盛玉膳，黄票封大禧。五尺凤头尖，时时遣问遗。黄绒团蟒纱，织作自留司。匹匹压纱银，百两颇有余。煎作百和香，染为混元衣。温凉四时药，手自剂刀圭。日月报薄蚀，朝贺当暑祁，但卧不必出，称敕撰直词。御史噤莫声，缇骑勿何谁。相公有密启，为复未开封，九重不斯须，婕妤贴当胸。密诏下相公，但称严少师，或字呼惟中。"

[五] "青丘蹊径未化"：语出沈德潜《明诗别裁集》卷一，沈德潜评高启云："侍郎诗，上自汉魏盛唐，下至宋元诸家，靡不出入其间，一时推大作手。特才调有余，蹊径未化，故一变元风，未能直追大雅。"

十五

何大复答空同书，谓诗盛于陶、杜，文盛于韩、欧，而诗之亡即自陶、杜始，文之亡即自韩、欧始[一]。后人执为口实，群起而攻，此论遂为诟府。其实确有所见，意不尽妄^(一)，特放言高论过易，故招尤丛谤，理无由伸耳。自古极衰之根每伏于极盛之中，循环往复，不止诗文为然。陶、杜出而人争学为陶、杜，韩、欧出而人争学为韩、欧，既未窥见本原，又未洞其得失，于是陶、杜、韩、欧独至之诣不能法也，其不至处与无心之失、率意之病则尽法之，遗其内之精英，袭其外之面目，高自位置，流弊百出，不可救药矣。此非陶、杜、韩、欧之过，学为陶、杜、韩、欧之过也。极衰始于极盛，理本不诬。大复任意纵笔，故作大言惊人，而词不达意，致招掊击，原属自取。第不究其言之所以然，一味诋诃，则又耳食之过矣。

注

［一］何大复答空同书：何景明《何大复先生全集》中有《与李空同论诗书》云："夫文靡于隋，韩力振之，然古文之法亡于韩；诗弱于陶，谢力振之，然古诗之法亦亡于谢。"

校

（一）《云南丛书》初编本作"意非尽妄"，《筱园先生自订钞本》改为"意不尽妄"，以自订钞本为准。

十六

明七子论文必秦汉，诗必盛唐，戒读唐以后书，力争上流，论未尝不高也。然拘常而不达变，取径转狭，犹登山者一望昆仑，观水者一朝南海，即侈然自足，而不知五岳、四渎、九江、五湖、三十六洞天之奇，天下尚别有无数妙境界也^[一]。则拘于方隅，必不能高涉昆仑之巅，远航大海之外，徒自崖而返，望洋兴叹已耳。若近代名流文集，或恃才而欠雅洁，或守法而苦薄弱^(一)。诗集则贪书卷者多乏剪裁融化之功^(二)，主神韵者绝少雄厚生辣之力，又似专法秦、汉、盛唐以后诗文，专读宋以后书者也^[二]。降而逾下，又不如取法乎上之为得矣。

注

[一] 五岳：即东岳泰山、西岳华山、南岳衡山、北岳恒山、中岳嵩山。四渎：长江、黄河、淮河、济水的合称。五湖：近代一般以洞庭湖、鄱阳湖、太湖、巢湖、洪泽湖为"五湖"。古代的说法不同，如《国语》《史记》中的五湖专指太湖，或太湖及其附近的湖泊。六湖：我国的几个大湖，说法不一，一般指洞庭湖、鄱阳湖、太湖、巢湖、洪泽湖、千岛湖。在《地理通释十道山川考》中，原先的五湖名称是指彭蠡、洞庭湖、巢湖、太湖、鉴湖。（彭蠡即鄱阳湖。鉴湖到了清代则被洪泽湖代替。）三十六洞天："洞天"意谓山中有洞室通达上天，贯通诸山。三十六洞天是道教仙境的一部分，多以名山为主景，或兼有山水。认为此中有神仙居住，乃众仙所居，道士居此修炼或登山请乞，则可得道成仙。

[二] 沈德潜《说诗晬语》："不读唐以后书，固李北地欺人语。然近代人诗，似专读唐以后书矣。又或舍九经而征佛经，舍正史而搜稗史小说，且但求新异，不顾理乖。淮雨别风，贻讥踳驳，不如布帛菽粟，常足厌心切理也。"

校

（一）《云南丛书》初编本作"或欠雅洁，或苦薄弱"，《筱园先生自订钞本》改为"或恃才而欠雅洁，或守法而苦薄弱"，以自订钞本为准。

（二）《云南丛书》初编本作"诗集贪书卷者多乏剪裁融化之功"，《筱园先生自订钞本》改为"诗集则贪书卷者多乏剪裁融化之功"，以自订钞本为准。

十七

七子以前，李茶陵《怀麓堂集》诗已变当时台阁风气，宗少陵，法盛唐，格调高爽，首开先派。吾滇杨文襄公著有《石淙类稿》，与茶陵同时提唱风雅，明诗中起衰复盛之巨手也^[一]。石淙声名亚于茶陵，工候学力亦逊茶陵一筹，七古才气、律诗格调则抗不相下。二公倡复古之说，李、何从而继起，大振其绪，王、李再继法席，复衍宗风^[二]，本一脉相传而下^(一)。乃李、何欲推倒前人自命创霸，王元美遂独尊空同主盟中夏，谓茶陵之于李、何，犹陈涉之启汉高[三]，文襄则直抑而不录(二)，何党同伐异颠倒是非一至于此！物不得其平则鸣，是以钱牧斋又翻前案，力推茶陵为一代正宗，痛抑前后七子[四]。平心而论，茶陵在明自是名家，与李、何、王、李并立无让，其乐府自成一格，非七子所及，即杨文襄公亦足与七子把臂，无稍逊也。

注

［一］杨文襄公：即杨一清（1454—1530），字应宁，号邃庵，别号石淙，原籍安宁（今云南安宁），出生化州（今广东化州），后徙居京口（今江苏镇江），著有《石淙诗稿》《关中奏议》等。

［二］法席：指讲解佛法的座席，泛指讲解佛法的场所。宗风：指佛教各宗系特有的风格、传统，多用于禅宗。有时也用以泛指道教或文学艺术各流派独有的风格和思想。

［三］茶陵之于李、何，犹陈涉之启汉高：见王世贞《艺苑卮言》卷六："长沙公少为诗有声，既得大位，愈自喜，携拔少年轻俊者，一时争慕归之。虽模楷不足，而鼓舞攸赖。长沙之于何、李也，其陈涉之启汉高乎?"

［四］力推茶陵为一代正宗，痛抑前后七子：见钱谦益《列朝诗集小传》丙集"李少师东阳"条："公以金钟玉衡之质，振朱弦清庙之音，含咀宫商，吐纳和雅，飒飒乎，洋洋乎，长离之和鸣，共命之交响也。"钱谦益《牧斋初学集》卷八十三《书李文正公手书东祀录略卷后》云："李空同后起，力排西涯，以劫持当世，而争黄池之长。中原少俊，交口訾謷。百有余年，空同之云雾，渐次解驳，后生乃稍知西涯。呜呼晞矣！试取空同之集，汰去其吞剥寻扯，吽牙龃齿者，而空同之面目，犹有存焉者乎?"

校

（一）《云南丛书》初编本作"一派相传而下"，《筱园先生自订钞本》改为"一脉相传而下"，以自订钞本为准。

（二）《云南丛书》初编本作"则抑而不录"，《筱园先生自订钞本》改为"则直抑而不录"，以自订钞本为准。

十八

　　杨升庵学问之博著述之多，为有明一代之冠[一]。然好英雄欺人，伪撰古书以眩人目，议论考据时有附会穿凿。如《杂事秘辛》《天禄阁外史》《峋嵝碑词》《石鼓全诗》皆杜撰流传，以己手笔托名古人[二]。是以并所考古音古韵，后人多不全信，转自累也。升庵诗才情华丽，惟词多于意，骨少于肉，有土衡才多之患。且宗法六朝、初唐，苦为所囿，五言尤甚。本非专门，实未深造，不足成家也。七律颇多佳作，然好袭用成句，终不可训。壮年戍滇，足迹遍于三迆，而在迆西尤久。滇中风雅实开于升庵，故有"杨门六君子"之称，当时以媲苏门六君，文采风流，极一时之选，亦吾滇艺林佳话也[三]。六君子中，以永昌张含字愈光者为第一[四]。其诗调高笔健，佳者直可媲明七子，余人莫及。吾滇诗人，前明当以杨文襄、张含为两巨擘，雄视一代矣(一)。文襄诗，选明诗者未见全集，所录不多，皆非其出色得意之笔。愈光诗，选家更未之见，仅采录一二应酬之作，尤非其佳章也。嘉庆初，保山袁文揆昆季辑《滇诗略》，杨、张二公采录甚多，犹以未窥全豹为恨[五]。后于吾乡陈海楼大令处得《石淙全稿》，乃录为补遗，至满一卷，约百数十首，佳篇如林，读者意满(二)。惟愈光诗集板毁于明末之乱，散亡已久，所选或得于传抄，或得于地志，竟无可觅其全矣。惜哉！

注

　　[一] 杨升庵：即杨慎（1488—1559），字用修，号升庵，四川新都人，有《升庵集》《升庵诗话》等。

　　[二]《杂事秘辛》：即《汉杂事秘辛》，一般认为是杨慎伪作，也有学者认为是产生于中晚唐的小说（参考朱国伟《"〈汉杂事秘辛〉明杨慎作伪说"考辨》）。《天禄阁外史》：明万历时何允中编辑的《广汉魏丛书》收录《天禄阁

外史》八卷，署名为汉黄宪，亦有说法该书乃明人王逢年伪撰。至于杨慎与《天禄阁外史》的关系，待考。《岣嵝碑词》：岣嵝碑（禹王碑、大禹功德碑）原刻于湖南省境内南岳衡山岣嵝峰，故称"岣嵝碑"，相传此碑为颂扬夏禹遗迹，亦被称为"禹碑""禹王碑""大禹功德碑"，上刻有碑词，文字古奥难识。由于杨慎好造古物，故朱庭珍认为此碑文为杨慎伪造。杨慎还对岣嵝碑词作了释文，原文如下："承帝曰咨，翼辅佐卿。洲渚与登，鸟兽之门。参身洪流，而明发尔兴。久旅忘家，宿岳麓庭。智营形折，心罔弗辰。往求平定，华岳泰衡。宗疏事裒，劳余伸禋。郁塞昏徙，南渎愆亨。衣制食备，万国其宁，窜舞永奔。"《石鼓全诗》：不详，或指杨慎《石鼓文音释》中所录李东阳旧本《石鼓文》，朱彝尊《曝书亭集》第四卷《石鼓文跋》《四库全书提要》认为此《石鼓文》是杨慎伪托之作。

［三］"杨门六君子"：即"杨门六学士"，杨慎《升庵集》卷三十《病中永诀李张唐三公》诗后自注："吴高河懋尝以杨弘山士云、王钝庵廷表、胡在轩廷禄、张半谷含、李中溪元阳、唐池南锜为杨门六学士，以拟苏门秦、黄、晁、张、廖明略云。余曰：'得非子而七乎？'七子文薮，皆在滇云，一时盛事，余固不敢当也。然余之遭妒中害，而卒不得还者，竟以此。不欲言其人姓名，如柳子厚传河间云。噫！"所谓"六学士"即杨士云、王廷表、胡廷禄、张含、李元阳、唐锜六人。

［四］张含（1479—1565），字愈光，一字用光，号愚山，云南保山人，有《愚山诗文集》传世。

［五］《滇诗略》：即袁文典、袁文揆同辑的《滇南诗略》，它由先后编定的三部书构成，即嘉庆四年（1799）刊刻成书的《明滇南诗略》，袁文典、袁文揆同辑；同年刊刻的《国朝滇南诗略》，袁文揆辑；嘉庆七年（1802）刊刻的《续刻滇南诗略》，袁文揆、张登瀛同辑。

校

（一）《云南丛书》初编本作"有明"，《筱园先生自订钞本》改为"前明"，以自订钞本为准。

（二）杨一清有《石淙诗钞》《石淙诗稿》，并无《石淙全稿》，朱庭珍称《石淙全稿》，不知其所据。陈海楼大令：即陈履和（1760—1825），字海楼，一字介存，云南石屏人，著有《海楼文集》。他是清代著名历史学家崔述的学生，曾在山西太谷、浙江东阳做知县，故朱庭珍以"大令"称之。

十九

明代诗人如林子羽、贝清江、边华亭[一]、高苏门、杨梦山之流，虽附庸风雅，皆秀拔不俗，自有所得[一]。谢在杭、区海若[二]、公文介之属，亦庸中之矫矫者，均有可观[二]。若康海、梁有誉、吴国伦、胡元瑞等辈则庸俗可厌，不足数矣[三]。布衣山人中，如孙太初、王百谷、陈仲儒辈[三]，皆徒有虚名[四]，无可取者[四]。程孟阳七律七绝，佳者饶有风调、神韵深婉[五]，得力于中、晚唐人，特瑕多瑜少，如沙中拣金，时可一遇。牧斋激赏溢美，太逾分量，竟谓李茶陵后一人，扬之以抑七子，则诞妄已甚，宜招后人之訾议也。汤若士为词、曲所掩，沈石田、文衡山、李长蘅为画所掩，其诗均有可观，颇多佳句，但非专门，故佳作止于秀逸，气格不大，力量不厚耳[五]。然犹属雅音，非如唐子畏、祝枝山辈随笔任意，堕落野狐禅也[六]。武臣如郭定襄诗，才力纵横，直可分诗家一席，不止为明代武将之冠[七]。古今名将武臣能诗者多[六]，均不及定襄远甚，戚、刘二将军，拜下风矣[八]。公安袁中郎昆季，竟陵钟伯敬、谭友夏，皆攻七子，变风气自成门径，然论诗入魔，人人知之，勿庸赘论[九]。徐青藤一时才人，一时狂士，画品甚高，另开生面，诗文佳者皆有英气生趣，劣者恣野特甚，实非正宗，不足列入家数，然超出沈嘉则、黄省曾诸人之上，不啻倍之[十]。末年诗人，惟陈卧子雄丽有骨，国变后诗尤哀壮，足殿一代矣[十一]。

注

[一] 林子羽：即林鸿，生卒年不详，字子羽，福建福清人，以《龙池春晓》和《孤雁》两诗得到明太祖朱元璋赏识，"闽中十才子"之一，有《鸣盛集》。贝清江：即贝琼（1314—1378），字廷琚，又字廷臣，一名阙，崇德（今

浙江桐乡）人，二十岁起从杨维桢学诗，但诗风较平易，有《清江诗集》。边华泉：即边贡（1476—1532），字庭实，号华泉，历城（今山东济南）人，早负才名，名列"前七子"中，有《边华泉集》。高苏门：即高叔嗣（1501—1537），字子业，祥符（今河南开封）人，诗清新婉约，有《苏门集》。杨梦山：即杨巍（1516—1608），字伯谦，号二山，又号梦山，明海丰县尚义里（今山东无棣）人，有《梦山存家诗稿》。

　　〔二〕谢在杭：即谢肇淛，生卒年不详，字在杭，福建长乐人，其诗清朗圆润，为闽派作家代表，著有《五杂俎》《文海披沙》等。公文介：即公鼐（1558—1626），字孝与，蒙阴（今属山东临沂）人，论诗主张一代有一代之声情，反对模拟，著有《问次斋集》。

　　〔三〕康海（1475—1540），字德涵，号对山、沜东渔父，陕西武功（今陕西咸阳）人，明"前七子"之一，著有《对山集》。梁有誉（1521—1556），字公实，别号兰汀，顺德（今广东顺德）人，明"后七子"之一，诗风婉约，著有《梁比部集》。吴国伦（1524—1593），字明卿，号川楼、南岳山人，湖广兴国州（今湖北阳新）人，明"后七子"之一，著有《甔甀洞稿》《甔甀洞续稿》等。胡元瑞：即胡应麟（1551—1602），字符瑞，更字明瑞，号石羊生，又号少室山人，浙江兰溪人，著有《少室山房类稿》《诗薮》《少室山房笔丛》等。

　　〔四〕孙太初：即孙一元（1484—1520），字太初，号太白山人，与刘麟、吴珫等结社吟诗，称"苕溪五隐"，著有《太白山人漫稿》。王百谷：即王稚登（1535—1612），字百谷，长洲（今江苏苏州）人，与陈继儒齐名，著有《南有堂诗集》《客越志略》等。

　　〔五〕汤若士：即汤显祖（1550—1616），字义仍，号若士、清远道人，江西临川人，著有《玉茗堂全集》《牡丹亭》《紫钗记》《邯郸记》《南柯记》等。沈石田：即沈周（1427—1509），字启南，号石田、白石翁、玉田生、有竹居主人，明代绘画大师，吴门画派的创始人，长洲（今江苏苏州）人，著有《石田集》《客座新闻》等。文衡山：即文征明（1470—1559），原名壁（或作璧），字征明，四十二岁起，以字行，更字征仲。因先世衡山人，故号衡山居士，世称"文衡山"，长洲（今江苏苏州）人，在诗文上与祝允明、唐寅、徐祯卿并称"吴中四才子"，著有《甫田集》。李长蘅：即李流芳（1575—1629），字长蘅，一字茂宰，号檀园、香海、泡庵、晚号慎娱居士、六浮道人，歙县（今安徽歙县）人，著有《檀园集》。

[六] 唐子畏：即唐寅（1470—1524），字伯虎，又字子畏，自号六如居士、桃花庵主、逃禅仙吏等，南直隶吴县（今江苏苏州）人，著有《六如居士全集》。祝枝山：即祝允明（1461—1527），字希哲，号枝山，自号枝指生、枝指山人，长洲（今江苏苏州）人，有《怀星堂集》。野狐禅：禅宗对一些妄称开悟而流入邪僻者的讥刺语，用以比喻似是而非之禅。后以"野狐禅"泛指歪门邪道。典故来自盛唐时期一个禅宗公案，百丈禅师在江西的百丈山开堂说法，点化一野狐而得。古来人们将没有真正悟达禅境却自以为因果者，称作"野狐禅"。

[七] 郭定襄：即郭登（？—1472），字符登，临淮（今安徽凤阳）人，武定侯郭英之孙，以功封定襄伯，著有《联珠集》。

[八] 戚、刘二将军：戚，即戚继光（1528—1587），字元敬，号南塘，晚号孟诸，登州（今山东蓬莱）人，著有《止止堂集》；刘，即刘显（？—1581），字草堂，本姓龚，江西南昌人。二人均为明代抗倭名将。

[九] 公安袁中郎昆季：即袁宗道、袁宏道、袁中道三兄弟，荆州公安县（今湖北公安）人，其文学流派世称"公安派"或"公安体"。钟伯敬，即钟惺。谭友夏，即谭元春。

[十] 徐青藤：即徐渭（1521—1593），字文清，改字文长，号天池道人、青藤道士、青藤道人、田水月，山阴（今浙江绍兴）人，著有《徐文长集》《四声猿》《南词叙录》。沈嘉则：即沈明臣（1518—1595），字嘉则，鄞县（今浙江宁波）人，著有《越草》《丰对楼诗选》等。黄省曾（1490—1540），字勉之，号五岳，长洲（今江苏苏州）人，著有《五岳山人集》。

[十一] 陈卧子：即陈子龙（1608—1647），字人中，更字卧子，号大樽，松江华亭（今上海松江）人，著有《陈忠裕公全集》。

校

（一）《云南丛书》初编本、《筱园先生自订钞本》均作"边华亭"，明代诗人边贡，号华泉，应为"边华泉"。

（二）《云南丛书》初编本、《筱园先生自订钞本》均作"区海若"，按明代诗人区大相（1549—1616），字用孺，号海目，广南高明（今广东佛山）人，著有《太史诗集》《使集》《图南集》《濠上集》等。故应为"区海目"。

（三）《云南丛书》初编本、《筱园先生自订钞本》均作"陈仲儒"，按明代诗人陈继儒（1558—1639），字仲醇，号眉公、麋公，华亭（今上海松江）人，著有《陈眉公全集》等，故应为"陈继儒"。

（四）《云南丛书》初编本作"徒有虚名"，《筱园先生自订钞本》改为"皆徒有虚名"，以自订钞本为准。

（五）《云南丛书》初编本作"佳者饶有风调神韵"，《筱园先生自订钞本》改为"佳者饶有风调、神韵深婉"，以自订钞本为准。

（六）《云南丛书》初编本作"古今名将武臣能诗者"，《筱园先生自订钞本》改为"古今名将武臣能诗者多"，以自订钞本为准。

二十

国初遗老如湖北杜茶村《变雅堂诗》，古体粗率颓唐，劣恶已甚，直门外汉耳[一]；近体枯槁、粗硬(一)，与前明闽诗郑继夫同病(二)，皆不善学杜者也。佳作则颇有气骨，时诣老境。顾黄公与茶村同乡齐名，所著《白茅堂集》虽贪多芜杂，然较胜茶村，尚多雅音[二]。山西顾宁人、傅青主二征君，以顾为优，诗甚高老雄整，虽不脱七子气习，然使事运典确切不移分寸悉合，可谓精当，此则过于七子[三]。青主《霜红庵集》亦有气格(三)，而逊顾一筹。徐州阎古古尔梅独工七律[四]，对仗极齐整，时有生气，亦颇能造警句，惟粗率廓落处太多耳。如西泠十子中则毛稚黄、陆丽京二人尤为矫矫，然格局殊不高大，多染宋习，其余更造诣浅矣[五]。

注

[一] 杜茶村：即杜浚（1618—1687），字于皇，号茶村，别号蹇翁，黄冈（今湖北黄冈）人，著有《变雅堂集》。

[二] 顾黄公：即顾景星（1621—1687），字赤方，号黄公，湖广蕲州（今湖北蕲春）人，著有《白茅堂集》。

[三] 顾宁人：即顾炎武（1613—1681），初名绛，字宁人，世称"亭林先

生"，昆山（今江苏昆山）人，著有《日知录》《亭林诗文集》等。傅青主：即傅山（1607—1684），初名鼎臣，字青竹，改字青主，又有浊翁、观化等别名，忻州（山西忻县）人，著有《霜红龛集》《荀子评注》等。顾炎武并非山西人，郭绍虞《清诗话续编》已指出，不赘。

〔四〕阎尔梅（1603—1679），字用卿，号古古，自号白耷山人，江苏沛县人，著有《白耷山人诗集》。

〔五〕西泠十子：指清朝顺治、康熙年间，杭州诗人陆圻、柴绍炳、沈谦、陈廷会、毛先舒、孙治、张纲孙、丁澎、虞黄昊、吴百朋等十位诗人，陈子龙等十人于杭州西湖上结诗社，因西湖有西泠桥（又称西陵桥），故诗社名为西泠诗社，十名诗人号称"西泠十子"，又称"西陵十子"。毛稚黄：即毛先舒（1620—1688），原名骙，字驰黄，后改名先舒，字稚黄，仁和（今浙江杭州）人，其诗音节浏亮，有七子余风，著有《蕊云集》《东苑诗钞》《诗辩坻》等。陆丽京：即陆圻（1614—?），字丽京，一字景宣，号讲山，浙江钱塘（今杭州）人，著有《从同集》《威凤堂集》《西陵新语》等。

校

（一）《云南丛书》初编本作"近体枯槁、粗硬、肤廓者"，《筱园先生自订钞本》删去"肤廓者"三字，改为"近体枯槁、粗硬"，以自订钞本为准。

（二）《云南丛书》初编本、《筱园先生自订钞本》均作"郑继夫"。按郑善夫（1485—1523），字继之，号少谷，又号少谷子、少谷山人等，闽县（今福建福州）人，著有《郑少谷集》《经世要谈》。朱庭珍误，此处立为"郑善夫"。

（三）《云南丛书》初编本、《筱园先生自订钞本》均作"《霜红庵集》"，按清代诗人傅山诗集应为《霜红龛集》。

二十一

阮翁极赏吴天章诗[一]，称为仙才。洪昉思、汤西崖皆及门高弟子也[二]。然天章《莲洋集》才力单弱，昉思篇幅尤狭。二人诗造诣浅薄，均乏生气，短章近体时复斐然，全集索然，阅半卷即令人倦而思睡。西崖词旨雅训，清整而欠雄厚，亦无足动人者。山东德州冯大木，诗笔爽俊，阮翁以大木、秋谷诗合选，号《二妙集》[三]。秋谷以此成名，故后人多议其攻阮亭之过也。大木惜早死，未及深造。时德州田山薑侍郎，河间庞工部垲，于阮亭虽不服从，亦不敢攻击，另树一帜，若附庸然[四]。田有才情而杂，庞有意趣而小，皆未成家。宋牧仲才力亦弱，当时名望与阮翁并称，因其宏奖人才，故争相推崇，实非阮翁敌手，亦附庸之小国耳[五]。王西樵为阮亭长兄，故阮翁尊之，然去阮翁甚远，不过清雅而已[六]。徐东痴、张历友皆尔日山左诗家，然徐诗故求峭削，转入鼠穴，不如历友笔气俊逸，较有才力也[七]。然后来高密李氏宗《主客图》，其派颇行于齐鲁间，卑隘浅弱，视诸人又古民之三疾矣[八]。

注

[一] 吴天章：即吴雯（1644—1704），字天章，号莲洋，原籍辽阳（今辽宁辽阳），后居山西蒲州（今山西永济），著有《莲洋集》。

[二] 洪昉思：即洪昇（1645—1704），字昉思，号稗畦，浙江钱塘县（今浙江杭州）人，以《长生殿》闻名于世，著有《稗畦集》。汤西崖：即汤右曾（1656—1722），字西崖，浙江仁和（今浙江杭州）人，著有《怀清堂集》。

[三] 冯大木：即冯廷櫆（1649—1700），字大木，山东德州人，著有《冯舍人遗诗》。《二妙集》：赵执信《冯舍人遗诗序》云："渔洋欲裒两人酬唱之篇为二妙集，行诸世，先生与余并辞乃止。"可见，《二妙集》并未行于世。

[四] 田山薑：即田雯。庞垲（1657—1725），字霁公，号雪崖，河北任丘人，著有《丛碧山房文集》《丛碧山房诗集》。

[五] 宋牧仲：即宋荦（1634—1714），字牧仲，号漫堂、西陂、绵津山人，晚号西陂老人、西陂放鸭翁，河南商丘人，著有《绵津山人集》《西陂类稿》《筠廊偶笔》等。

[六] 王西樵：即王士禄（1626—1673），字子底，一字伯受，号西樵山人，山东新城（今山东桓台）人，著有《表余堂诗》《十笏草堂诗选》《辛甲集》《上浮集》等。

[七] 徐夜（1614—1683），初名元善，字长公，钦慕嵇叔夜的为人而更名"徐夜"，字东痴，号嵇庵，山东新城（今山东桓台）人，有《阮亭选徐诗》《隐君诗集》。张笃庆（1642—1715），字历友，号厚斋，别号昆仑山人，山东淄川（今山东淄博）人，著有《昆仑山房集》等。

[八]《诗人主客图》：诗论专著，简称《主客图》。书中论述中晚唐诗人流派，以白居易为"广德大化教主"、孟云卿为"高古奥逸主"、李益为"清奇雅正主"、孟郊为"清奇僻苦主"、鲍溶为"博解宏拔主"、武元衡为"瑰奇美丽主"，共设六主。又把"法度一则"、风格类同的若干诗人分别列入六主门下为客，并分为上入室、入室、升堂、及门等级别。在主客诸家名下各摘若干诗句为例，也有少数录全诗，故称主客图。高密诗派，主要成员为：李怀民、李宪乔、李宪暠，以及追随他们的王克绍、单襄荣、单可惠等。其诗宗张籍、贾岛，欣赏清寒瘦削的诗风。古民之三疾：语出《论语》"子曰：'古者民有三疾，今也或是之亡也。古之狂也肆，今之狂也荡；古之矜也廉，今之矜也忿戾；古之愚也直，今之愚也诈而已矣。'"

二十二

沈归愚先生持论极正，持法极严，便于初学。所为诗平正而乏精警，有规格法度而少真气，袭盛唐之面目，绝无出奇生新略加变化处，殊无谓也。朱竹君、翁覃溪北方之雄，记问淹博[一]。朱讲经学，不长诗文，翁以考据为诗，饾饤书卷死气满纸，了无性情，最为可厌。差强人意者，能宏奖风流耳。边随园亦北方诗人，诗尚清稳，无超诣也[二]。归愚所定"吴门七子"，惟曹来殷、王兰泉二人后有进境[三]。赵损之笔颇健，惜早死[四]。余俱平平无奇矣。

注

[一] 朱竹君：即朱筠。翁覃溪：即翁方纲（1733—1818），字正三，一字忠叙，号覃溪，晚号苏斋，顺天大兴（今北京大兴）人。清代书法家、文学家、金石学家，著有《粤东金石略》《苏米斋兰亭考》《复初斋诗文集》《小石

帆亭著录》等。

[二] 边随园：即边连宝（1701—1773），字赵珍，又作肇畛，号随园，晚年自号茗禅居士，直隶任丘（今河北任丘）人，诗人边汝元之子，幼承家学，著有《随园集》。

[三] 吴门七子：即"吴中七子"，清代文学家钱大昕、曹仁虎、王昶、赵文哲、王鸣盛、吴泰来、黄文莲等都是江苏嘉定、青浦（今上海市）一带人，且以文学词章齐名，被沈德潜推为"吴中七子"。曹来殷：即曹仁虎（1731—1787），字来殷，号菜婴，又号习庵，江南嘉定人（今上海嘉定），诗宗三唐，格律醇雅，酝酿深厚，著有《宛委山房诗集》。

[四] 赵损之：即赵文哲（1725—1773）：字升之，一作损之，号璞庵、璞函，上海人，著有《媕雅堂诗集》《娵隅集》等。

二十三

大雅不作，诗道沦芜。归愚自命起衰复古，未免力小任重，举鼎折膑，然宗旨、规格、法律一出于正，未可深贬，特才气短弱(一)，不能副其志耳。姚姬传谓其以帖括之余攀附风雅，过矣[一]。迹其生平，门户依傍渔洋，而于有明前后七子之徒及卧子、竹垞诸公遗言绪论，亦多摭拾。故《说诗晬语》所论，虽未入三昧悟，精深微妙之诣，得未曾有，然古今诗家源流正变之别，及各体句调章法规格，则言之娓娓，大旨略具，亦初学发轫之一助。从其言，可望入正路，不致误于歧途。引人入门，此叟功也。所选诸集，今并盛行，惟《古诗源》一集，矜慎平允，可云公当，盖生平得力所自，用心良苦[二]。他如唐、明诗及国朝诗之选，徒夸"别裁"之鉴，未脱门户之私[三]。罔象失珠，滥收鱼目；荆山遗玉，浪采碔砆[四]。按图索骏，执相求禅，昧密昧之中边，眩宝器之饭色，岂非未得为得未证为证，有以言白黑无以知白黑乎？[五]盖滞于有迹，未能空诸所有，悟无声无臭之最上乘，故不知诗家神功圣诣，自别具大而化之之妙谛也。夫操选政者以识为要，识不精则执格律如奉法吏矣。以貌取诗，所得几何！

注

[一] 姚姬传：即姚鼐（1731—1815），字姬传，一字梦谷，室名惜抱轩，世称"惜抱先生""姚惜抱"，安庆府桐城（今安徽桐城）人，著有《惜抱轩文集》《惜抱轩诗集》等。姚范《援鹑堂笔记》卷四十四评《明诗别裁》时论沈德潜云："大雅不作，诗道沦芜。归愚以帖括之余研究风雅，自汉魏以及胜国篇章悉所甄录，迹其生平门径依傍渔洋，而于有明诸公及本朝竹垞之流绪言余论皆上下采获。然徒资探讨殊鲜契悟，结习未忘，妄仞大乘。昧密味之中边，眩宝器之饭色。未得为得，未证为证，禅家所谓'用尽气力，不离故处'、《淮南》所云'有以言白黑，无以知白黑'也。兹选亦仍云间、秀水之遗意，而去取未当。负沧溟之瑰奇，笑鼠璞之未辨，徒标矜慎，漫诩赏音者矣。"姚范是姚鼐的叔父，朱庭珍认为是姚鼐所言，误。由此段论述亦可见朱庭珍对沈德潜的评价，很大程度上受到了姚范的影响。

[二]《古诗源》：清人沈德潜选编的上溯先秦、下迄隋代的古诗选集，全书共十四卷，录诗七百余首，因其内容丰富，篇幅适当，笺释简明，遂为近代以来流行的古诗读本。

[三] 唐、明诗及国朝诗之选：即沈德潜编选的《唐诗别裁集》《明诗别裁集》《清诗别裁集》。

[四] 碔砆：似玉之石，亦作"珷玞""碔玞"。

[五] 有以言白黑无以知白黑，语出《淮南子·主术训》："问瞽师曰：'白素何如？'曰：'缟然。'曰：'黑何若？'曰：'黮然。'援白黑以示之，则不处焉。人之示白黑以目，言白黑以口。瞽师有以言白黑，无以知白黑。故言白黑与人同，其别白黑与人异。"

校

（一）《云南丛书》初编本作"才气短"，《筱园先生自订钞本》改为"才气短弱"，以自订钞本为准。

二十四

常州四子，黄仲则才力恣肆，笔锋锐不可当，如骁将舞梨花枪陷阵，万人辟易所向无前，自是神勇，又如西域婆罗门吐火吞刀变幻莫测，具大神通[一]。仲则七古佳篇，造诣颇似如是。如《余忠宣祠》《焦节妇行》《黄山松歌》《前后观潮行》等作，其才气横绝一时，可谓诗坛飞将，有大神通矣[二]。故当时推其似太白也。然自非大将本领气度，能不动声色立摧强敌而弥见整暇，如武侯以纶巾羽扇指挥百万兵，进退分合从容自得；又如郤縠敦《诗》说《礼》，祭遵雅歌投壶，虽为将不失名士风流也。佛家贵正眼法藏，不尚神通[三]。拈花微笑时，万法俱化，不屑以神通见，而自在神通充满法界(一)，不可思议，何必演幻法乎！诗家亦然。真正大作者，才力无敌而不逞才力之悍，神通具足而不显神通之奇。敛才气于理法之中，出神奇于正大之域，始是真正才力，自在神通也。仲则七古尚未望见此境，然足以自豪，卓有可传矣。五古殊欠浑厚，律诗则不免靡靡之音。盖天赋奇才，中年早死，故养未纯粹，诣未精深耳。杨蓉裳、荔裳昆季，学初唐四子及温、李、西昆者也，华多实少，有腴词未剪，终累神骨之病[四]。蓉裳颇工四六，诗则品格不高[五]。洪稚存以经学考据专长，诗学选体，亦有笔力，时工锻炼，往往能造奇句。惜中年以后既入词馆，与张船山唱和甚密，颓然降格相从，放手为之，遂染叫嚣粗率恶习。自以为如此乃是真我，不囿绳墨，独具天趣也，而不知已入魔矣。损友移人，岂学人亦难免哉！孙渊如早年诗笔颇悍，造语亦多峭拔，惜中年改攻经学考据家业，不作诗矣[六]。如顾峄沙、翁郎夫、刘芙初等皆浅近狭小，不足言家数[七]。赵云松翼则与钱塘袁枚同负重名，时称袁、赵。袁既以淫女狡童之性灵为宗，专法香山、诚斋之病，误以鄙俚浅滑为自然、尖酸佻巧为聪明，谐谑游戏为风趣，粗恶颓放为雄豪，轻薄卑靡为天真，淫秽浪荡为艳情，倡魔道妖言以溃诗教之防[八]。一盲作俑，万瞽从风，纷纷逐臭之夫如云继起，因其诗不讲格律，不贵学问，空疏易于效颦。其诗话又强词夺理，小有语趣，无稽臆说，便于借口。眼前琐事，口角戏言，拈来即是诗句。稍有聪慧之人，挟彼一编奉为导师，旬月之间便成诗人。钝根人多用两月功夫，亦无不可于彼教自雄，诚为捷径矣[九]。不比正宗专门，须有根柢学力，又须讲求理法才气，屡年难深造成功，用力之久且勤也。是以谬种蔓延不已[十]，流毒天下，至今为梗。赵翼诗比子才虽典较多，七律诗时工对偶(二)，但诙谐戏谑，俚俗鄙恶，尤无所不至。街谈巷议、土音方言以及稗官小说、传奇演剧、童谣俗谚、秧歌苗曲之类无不入诗，公然作典故成句用，此亦诗中蟊贼，无丑不备矣[十一]。袁、赵二家之为诗魔，较前明钟、谭，南宋江湖、九僧、四灵、江西诸派末流之弊更增十百，实风雅之蠹、六义之罪魁也。至西川之张船山问陶，其恶俗叫嚣之魇，亦与袁、赵相等。若李雨村调元，则专拾袁枚唾余以为能，并附和云松，其俗鄙尤甚，是直犬吠驴鸣，不足以诗论矣[十二]。学者于此种下劣诗魔(三)，必须视如砒毒，力拒痛绝，不可稍近，恐一沾余习即无药可医，终身难澌洗振拔也。予固知今人多中彼法之毒，其徒如林，此论未免有犯众忌，将为招尤之鹄，然为诗学计，欲扶大雅，不能不大声疾呼痛斥邪魔左道，以警聋瞆而挽颓波，实有苦心，原非好辨(四)。其词亦系对症药石，并未过苛过激，当代诗坛同志君子，自能谅之信之。

注

[一] 常州四子：清代诗坛有毗陵四子，指的是邹祇谟、陈维崧、董以宁、黄永。黄景仁是"毗陵七子"之一，七子分别是黄景仁、洪亮吉、孙星衍、赵怀玉、杨伦、吕星垣、徐书受。朱庭珍所述或许有误，黄景仁并非"常州四子"。黄仲则：即黄景仁（1749—1783），字汉镛，一字仲则，号鹿菲子，常州府武进县（今江苏武进）人，著有《两当轩集》《西蠡印稿》。

[二] 朱庭珍颇为推重黄景仁，为便于理解，特将所涉黄氏诸诗全文列出。

黄景仁《余忠宣祠》，全文如下："至正国步何仓皇，将军许国躯堂堂。生为孝宽易易耳，一死直是张睢阳。妖星十丈横轸翼，两淮东西已归贼。龙舒重镇实弹丸，贼畏将军至倾国。裹疮前后数十战，渐见全城气皆墨。蜂屯蚁聚当平明，巷战杀贼挥短兵。贼酋大呼宜得生，生当官汝付汝城。将军戟手指贼语，死为厉鬼当杀汝。青萍三尺水一泓，去此一步无死所。将军已死殉合门，纷纷部曲呼其群。曰余将军死死君，我辈何忍辜将军！从而死者千余人。此千人者驱可战，宁死相从不生叛。生得死力死得心，将军才大空古今。用之乃副宣慰使，国是披猖可知矣。斗大城犹守六年，百战身经中三矢。真人濠濮提剑来，扫清六合浮云开。崇祠遣祭议隆谥，碧血静掩蓬蒿堆。灵风何事尚含怒？应为阶前老臣素。呜呼元亡尚有人，尽如将军元可存。呜呼安得如将军！"黄景仁《焦节妇行》，全文如下："雄鸡齐唤霜满天，看郎刀裹肩上肩。里胥促发似豺虎，语声未毕行尘前。茕茕为君守乡里，妾身虽生不如死。床头有儿呱呱声，此时欲死还宜生。翠钿罗襦一时卸，转托邻翁向街卖。郎行慎勿忧家中，妾身可碎妾不嫁。生当努力青海头，死当瞑目黄泉下。等闲一度十九秋，儿成学贾事远游。妾存已似枝上露，郎在亦白天边头。五更城头吹觱篥，黑云如轮月如漆。荧荧一点青釭寒，蟋蟀在户鬼在室。忽然四面来血腥，举头瞥见神魂惊。一人手提髑髅立，遍体血污难分明。汝近前来妾不惧，果是郎归定何据。一风暗来飘血衣，去日曾穿此衣去。郎归妾已知，但怪来何迟。床头一灯灭，梁上长绳垂。昔闻瀚海风沙一万里，郎兮几时飞度此。妾死尚欲随郎行，看郎白骨沙场里。"黄景仁《黄山松歌》，全文如下："黟山三十有六峰，峰峰石骨峰峰松。有时松石不可辨，一理交化千年中。丹砂琥珀共胎孕，亭亭上结霞封。人言松相逊石相，即以松论何能穷！沐日浴月晕苍翠，苔色散点周秦铜。蜷绶上偃雨君盖，纠结下固虬灵宫。鳞张鬣缩爪入肉，万劫避过雷火攻。昔观图画讶未见，到眼更觉描无功。悬崖嵌峒不知数，莘莘縦縦皆鬼工。及至触手膏溢节，极瘦驳处春华同。清泉洗根泻浏浏，瑶草分润生蒙茸。翻嫌石相奇太过，相助为理论始公。青牛伏龟不可得，几辈对此颜如童？明当遍觅茯苓去，短锄碎劚千芙蓉。"《前后观潮行》，即黄景仁《观潮行》和《后观潮行》。《观潮行》全诗如下："客有不乐游广陵，卧看八月秋涛兴。伟哉造物此巨观，海水直挟心飞腾。瀴溟万万夙未届，对此茫茫八埏隘。才见银山动地来，已将赤岸浮天外。砰岩磁岳万穴号，雌咶雄吟六节摇。岂其乾坤果呼吸，乃与晦朔为盈消。殷天怒为排山入，转眼西追日轮及。一信将无渤澥空，再来或恐鸿蒙湿。唱歌踏浪输吴侬，曾赉何物邀海童。答言三千水犀弩，至今犹敢撄其锋。我思此语等儿戏，员也英灵实南避。只合回头撼越山，那因抉目仇吴地。吴颠越蹶曾几时，前脊后种谁见知？潮生潮落自终古，我欲停杯一问之。"《后观潮行》全诗如下："海风卷尽江头叶，沙岸千人万人立。怪底山川忽变容，又报天边海潮入。鸥飞艇乱行云停，江亦作势如相迎。鹅毛一白尚天际，倾耳已是风霆声。江流不合几回折，欲折涛头如折铁。一折平添百丈飞，浩浩长空舞晴雪。星驰电激望已遥，江塘十里随低高。此时万户同屏息，想见窗棂齐动摇。潮头障天天亦暮，苍茫却望潮来处。前阵才平罗刹矶，后来又没西兴树。独客吊影行自愁，大地与身同一浮。乘槎未许到星阙，采药何年傍祖洲。赋罢观潮长太息，我尚输潮归即得。回首重城鼓角哀，半空纯作鱼龙色。"

[三]"武侯以纶巾羽扇指挥百万兵"：见《太平御览》卷七〇二引晋代裴启《语林》："诸葛武侯与宣王（案即司马懿）在渭滨将战，武侯乘素舆，葛巾、白羽扇，指挥三军。""郤縠敦《诗》说《礼》"：郤縠（前682—前632年），姬姓，郤氏，名縠，春秋时代晋国大夫。据《左传·僖公二十七年》，（晋）作三军。谋元帅。赵衰曰："郤縠可。臣亟闻其言矣，说礼、乐而敦《诗》《书》。《诗》《书》，义之府也。礼、乐，德之则也。德、义，利之本也。《夏书》曰：'赋纳以言，明试以功，车服以庸。'君其试之。""祭遵雅歌投壶"：《后汉书·祭遵传》："遵为将军，取士皆用儒术，对酒设乐，必雅歌投壶。"李贤注："雅歌谓歌《雅诗》也。《礼记·投壶经》曰：'壶颈修七寸，腹修五寸，口径二寸半，容斗五升。壶中实小豆焉，为其矢之跃而出也。矢以柘若棘，长二尺八寸，无去其皮，取其坚而重。投之胜者饮不胜者，以为优劣也。'"后常指武将之儒雅行为。神通：变化莫测谓之"神"，通达无碍谓之"通"，不可测又无碍之力用，谓为"神通"或"通力"。

[四]杨蓉裳、荔裳昆季：即杨芳灿、杨揆兄弟。杨芳灿（1753—1815），字才叔，号蓉裳，江苏省常州府金匮县（今江苏无锡）人，著有《吟翠轩初稿》《真率斋稿》《芙蓉山馆诗词稿》。杨揆（1760—1804），字荔裳、同叔，江苏省常州府金匮县（今江苏无锡）人，著有《藤华吟馆集》。

[五]四六：代指骈文。骈文全篇以双句为主，注重对偶声律，多以四字、六字相间成句，故又称"四六"文。

[六] 孙渊如：即孙星衍（1753—1818），常州府阳湖县（今江苏常州）人，字渊如，号伯渊，别署芳茂山人、微隐，著有《尚书古今文注疏》《周易集解》《芳茂山人诗录》。家业：此处为学业之意。

[七] 顾屿沙：具体所指何人尚有疑义。若从"顾"来看，则应为顾敏恒（约1746—约1790），字立方，号笠舫，江苏无锡人，著有《笠舫诗稿》及《古文辨体》等集。但顾敏恒没有"屿沙"之号。若从"屿沙"来看，则应为钱琦（1709—1790），字相人，一字湘纯，号屿沙、述堂，晚号耕石老人，仁和（今浙江杭州）人，著有《澄碧斋诗钞》十二卷，《别集》一卷，未知孰是。若从地域来看，朱庭珍提到的顾敏恒、翁照、刘嗣绾在清代均属常州府，则此处或应指顾敏恒而言。未知孰是，待考。翁朗夫：即翁照（1677—1755），初名玉行，字朗夫，一字霁堂，号子静，江苏江阴人，著有《赐书堂诗文集》。刘芙初：即刘嗣绾（1762—1821），字简之，又字芙初，号醇甫，江苏省常州府阳湖县（今江苏常州）人，著有《尚䌹堂集》。

[八] 诚斋：即杨万里（1127—1206），字廷秀，号诚斋，吉州吉水（今江西吉水）人，与陆游、尤袤、范成大并称为"中兴四大诗人"。因宋光宗曾为其亲书"诚斋"二字，故学者称其为"诚斋先生"，著有《诚斋集》等。

[九] 钝根：泛指缺少灵性。

[十] 谬种：指荒唐、错误的言论、流派等。

[十一] 蟊贼：蟊、贼本为两种虫类，后人将之合称，多泛指蝗虫之类吃禾苗的昆虫。中国古代以农为本，农民多受此类昆虫所害，视为害虫。与蠹虫相同，它被后世用以称呼危害国家或人民的人或事。

[十二] 李调元（1734—1803），字羹堂，一字赞庵，号雨村、墨庄，四川绵州罗江县（今四川罗江）人，著有《万善堂稿》《石亭诗集》《石亭文集》。

校

（一）《云南丛书》初编本作"充满法身"，《筱园先生自订钞本》改为"充满法界"，以自订钞本为准。

（二）《云南丛书》初编本作"七律时工对偶"，《筱园先生自订钞本》改为"七律诗时工对偶"，以自订钞本为准。

（三）《云南丛书》初编本作"此等下劣诗魔"，《筱园先生自订钞本》改为"此种下劣诗魔"，以自订钞本为准。

（四）《云南丛书》初编本作"原非好辩"，《筱园先生自订钞本》改为"原非好辨"，以自订钞本为准。

二十五

浙派自西泠十子倡始，先开其端，至厉太鸿而自成一派，后来多宗之[一]。其清俊生新、圆润秀媚之篇，佳处自不可没。然病亦坐此，往往求妍丽姿态，而神骨不峻[一]，气格不高，力量不厚，无雄浑阔大之局阵篇幅，谐时则易，去古则远也。《樊榭集》中，工于短章拙于长篇，工于五言拙于七言，七古尤劣。其宗派囿于宋人，唐风败尽。好用说部丛书中琐屑生僻典故，尤好使宋以后事。不惟采冷峭字面及掇拾小有风趣之谐语入诗[二]，即一切别名、小名、替代字、方音、土谚之类，无不倚为词料。意谓另开蹊径，色泽新异别致，生趣姿态并不犹人也。殊不知大方家数非不能用此种故实字样，大方手笔非不能为此种姿态风趣，乃不屑用并不屑为，不肯自贬气格自抑骨力，遁入此种冷径别调耳。是小家卖弄狡狯伎俩，非名家之品也。吴谷人等，皆系此一派门径[二]。故洪稚存谓如画家学元人着色山水，虽使青着绿渲染韶秀[三]，而气韵未能苍老，境界未能深厚，诚中其病。近人吴仲云尚书《花宜馆诗》，亦是浙派，但无其替代琐屑诸弊，圆秀冷峭，门径弥小，幸神韵犹较深远，亦近代一小名家也[三]。如童二树、刘豹君之属，均未成家[四]。惟山阴胡天游稚威，幽峭曲折，笔锐而奇，虽法郊、岛、山谷，取径僻狭，有生涩、晦僻、枯硬诸病，然笔力较为沉着深刻，亦足以成一家，又非樊榭、谷人、仲云辈所及矣[五]。

注

[一] 厉太鸿：即厉鹗（1692—1752），字太鸿，又字雄飞，号樊榭、南湖花隐等，钱塘（今浙江杭州）人，著有《樊榭山房集》《宋诗纪事》《辽史拾遗》《东城杂记》《南宋杂事诗》等。

[二] 吴谷人：即吴锡麒（1746—1818），字圣征，号谷人，钱塘（今浙江杭州）人，著有《有正味斋全集》。

[三] 吴仲云：即吴振棫（1790—1870），字仲云，号毅甫，晚年自号再翁，钱塘（今浙江杭州）人，著有《国朝杭郡诗续辑》四十六卷、《无腔村笛》二卷、《黔语》二卷、《花宜馆诗钞》十六卷及《续钞》一卷等。

[四] 童二树：即童钰（1721—1782），字璞岩，又字二如，号二树，浙江山阴（今浙江绍兴）人，少弃举业，专攻古诗文，著有《二树山人集》《香雪斋余稿》。刘豹君：即刘文蔚（1700—1776），字伊重，又字豹君，号楠亭，浙江山阴（今浙江绍兴）人，著有《石帆山人诗集》及《重订诗学含英》。

[五] 胡天游（1696—1758），一名骘，字稚威，一字云持，浙江山阴（今浙江绍兴）人，诗学韩愈、孟郊，风格奇诡镵刻，雄健有力，不屑蹈袭，著有《石笥山房集》。

校

（一）《云南丛书》初编本作“遂失于神骨不俊”，《筱园先生自订钞本》改为“而神骨不峻”，以自订钞本为准。

（二）《云南丛书》初编本作“小有风趣谐语”，《筱园先生自订钞本》改为“小有风趣之谐语”，以自订钞本为准。

（三）《云南丛书》初编本作“施青绿渲染韶秀”，《筱园先生自订钞本》改为“使青着绿渲染韶秀”，以自订钞本为准。另，此处朱庭珍所引洪亮吉语，出自《北江诗话》卷一：“吴祭酒锡麒诗，如青绿溪山，渐趋苍古。”

二十六

江西诗家以蒋心余为第一。其诗才力沉雄生辣，意境亦厚，是学昌黎、山谷而上摩工部之垒，故能自开生面，卓然成家。七古佳作最多，新乐府亦非近人所及。又善叙事，每遇节妇烈女、忠臣孝子，则行以古文传记之法，不惟叙述其事，并将姓氏、年月、地名之类，或顺或逆或前或后一一点出。其叙事既勃勃又生气，而点其世族、名字、居址、时地又错综参差，具见手法，真大手笔也。惜存诗过多，不免贪多好奇。且全集所叙忠孝节烈，均只一幅笔墨，亦觉数见不鲜。其失手之作，颇犯槎牙、颓放、粗硬之病^(一)。然自树赤帜，必传无疑矣。吴兰雪《香苏山馆诗》笔力雄宕清峭，得力苏、陆二家^[一]。七古、五古胜于近体，尤长于写山水名胜。全集以《庐山纪游》一册为冠，卓然可传，无忝名家^[二]。惟集中应酬诗太多，满卷公卿投赠感激之什，十居其七，致后人以为口实。又律诗好贪秀句，不免媚时，自贬品格，神完气足之篇绝少。以此自累，殊可惜也。然在近人，亦铁中铮铮、庸中佼佼者矣。同时岭南之黎二樵、江左之王惕甫，楚南之邓湘皋、欧阳磵东，西川之张雨山^(二)，丹徒之严丽生，松江之姚春木，皆一时才士，各有所长，海内知名，至今人多称之，先后有集刊行，然造诣均不如兰雪^[三]。可与兰雪敌手者，惟闽中张亨甫际亮而已^[四]。又皖江有鲁通甫，徽州有齐梅麓，皆负才名，亦不及兰雪也^[五]。以上所列，皆嘉、道中天下诗家，然兰雪、亨甫为优。此平心之论，非阿好语，试取各人专集细看，则知予论不妄矣^(三)。

注

〔一〕吴兰雪：即吴嵩梁（1766—1834），字子山，号兰雪，江西东乡人，翁方纲誉之为"诗坛射雕手"，洪亮吉称其诗"如仙子拈花，自饶风格"，著有《香苏山馆诗集》《石溪舫诗话》等。

〔二〕《庐山纪游》：即吴嵩梁《庐山纪游图咏》。

〔三〕黎二樵：即黎简（1747—1799），字简民，一字未裁，号二樵，又号石鼎道人、百花村夫子，广东顺德人。性耿介，不慕名利，世人目之为"狂"，遂自署"狂简"，著有《五百四峰草堂诗文钞》《药烟阁词钞》等。朱庭珍《书黎二樵诗集后》云："二樵淡荡人，诗笔绝生峭。岂争字句奇，刻意独深造。烟雨罗浮山，离合为写照。幽思一缕沈，曲折诣微妙。惜哉处山林，早赴玉楼召。岭南无屈陈，斯人孰同调？"王惕甫：即王芑孙（1755—1817），字念丰，一字沤波，号惕甫，一号铁夫、云房，又号楞伽山人，长洲（今江苏苏州）人，著有《楞伽山房集》《渊雅堂集》等。邓湘皋：即邓显鹤（1777—

1851），字子立，一字湘皋，宝庆府新化（今湖南新化）人，著有《南村草堂诗钞》等。欧阳碉东：即欧阳辂（1767—1841），初名绍洛，字念祖，又字碉东，宝庆府新化（今湖南新化）人，著有《碉东诗钞》。严丽生：即严学洤，生卒年不详，字丽生，别号海云堂主人，江苏丹徒人，著有《金粟香龛词钞》。姚春木：即姚椿（1777—1853），字子寿，又字梦谷，号春木，一号鲁亭，江苏娄县（今上海松江）人，与洪亮吉、杨芳灿、张问陶等交游，工诗文，著有《通艺阁诗录》《晚学斋文录》等。

［四］张际亮（1799—1843），绍武府建宁县（今福建建宁）人，字亨甫，号华胥大夫、松寥山人，与魏源、龚自珍、汤鹏并称为"道光四子"，著有《松寥山人集》《思伯子堂诗集》等。

［五］鲁通甫：即鲁一同（1804—1865），字兰岑，一字通甫，清河（今江苏淮阴）人，著有《通甫类稿》《通甫诗存》等。齐梅麓：即齐彦槐（1774—1841），字梦树，号梅麓，安徽婺源（今属江西）人，曾从姚鼐受古文法，又曾以诗谒袁枚，著有《梅麓诗文集》《双溪草堂全集》等。

校

（一）《云南丛书》初编本作"槎枒"，《筱园先生自订钞本》改为"槎牙"，二者意同，以自订钞本为准。

（二）《云南丛书》初编本、《筱园先生自订钞本》均为"张雨山"，按张祖同（1835—1905），字雨珊，号词缘，湖南长沙人，著有《湘雨楼诗钞》。此处应为"张雨珊"。

（三）《云南丛书》初编本作"予论不诬"，《筱园先生自订钞本》改为"予论不妄"，以自订钞本为准。

二十七

大家如海，波浪接天，汪洋万状，鱼龙百变，风雨分飞；又如昆仑之山，黄金布地，玉楼插空，洞天仙都，弹指立现。其中无美不备，无妙不臻，任拈一花一草，都非下界所有。盖才学识俱造至极，故能变化莫测，无所不有，孟子所谓"大而圣，圣而神"之境诣也[一]。大名家如五岳五湖，虽不及大家之千门万户变化从心，而天分学力两到至高之诣，气象力量能俯视一代，涵盖诸家，是已造大家之界，特稍逊其神化耳。名家如长江大河，匡庐雁宕，各有独至之诣，其规格壁垒迥不犹人，成坚不可拔之基，故自擅一家之美，特不能包罗万长，兼有众妙，故又次之。小家则如一丘一壑之胜地，其山水风景未始不佳，亦足怡情悦目，特气象规模不过五里十里之局，非能有千百里之大观，及重岭迭嶂，千崖万壑，令人游不尽而探不穷也。然其结撰之奇，林泉之丽，尽可擅一方之胜，故亦能自立，成就家数也[二]。若专学古人一家，肖其面目而自己并无本色，以及杂仿前贤名家(一)，孰学孰似不能稍加变化者，虽有才笔，皆不得谓之成就，只可概谓"诗人"而已，则又小家之不若矣。

注

［一］"大而圣，圣而神"之境诣：语出《孟子·尽心下》："可欲之谓善，有诸己之谓信，充实之谓美，充实而光辉之谓大，大而化之之谓圣，圣而不可知之之谓神。"

［二］家数：表征作家整体实力和风格特点的综合性概念。

校

（一）《云南丛书》初编本作"前贤各家"，《筱园先生自订钞本》改为"前贤名家"，以自订钞本为准。

二十八

宋人承唐人之后，而能不袭唐贤衣冠面目，别辟门户，独树壁垒，其才力学术自非后世所及。如苏、黄二公，可谓一朝大家，前无古人后无来者也。半山、欧公、放翁，亦皆一代作手，自有面目，不傍前贤篱下，虽逊东坡、山谷两家一格，亦卓然在名大家之列。阮亭选《古诗钞》，谓半山微妙不及六一翁，亦故为轩轾，其实鲁、卫之政，伯仲间耳(一)。元人一代，无卓卓成家者。

大约元诗皆学飞卿、长吉，靡靡成风。虞道园不过骨力稍苍老，风格较简净耳，然篇幅窄狭，才力薄而不厚，未能深造。吴渊颖歌行，真意真气皆苦不足，惟繁称博引堆垛典故，擘积藻采以炫外貌，又乏剪裁之妙，融化之功，如涂涂附，非作者也。渔洋知薄杨廉夫之靡怪妖艳，屏而不录，而不知道园之造诣浅薄，渊颖之鸿文无范，竟录道园以继遗山，采渊颖以殿全集，谓道园老成、渊颖奇丽，是为古人瞒过，未云具眼[一]。岂知道园之才气远不如高青丘，渊颖之笔力亦不及杨铁崖耶！

注

[一] 道园老成、渊颖奇丽：语出王士禛《古诗选》凡例之七言诗："元诗靡弱，自虞伯生而外，唯吴立夫长句瑰玮有奇气，虽疏宕或逊前人，视杨廉夫之学飞卿、长吉，区以别矣。《渊颖集》宋文宪公所编，愚幼而好之。"

校

（一）《云南丛书》初编本、《筱园先生自订钞本》均作《古诗钞》，误，应为"古诗选"。王士禛《古诗选》，是汉代至元代五言、七言古体诗选集，以"神韵说"为宗旨，所选较为精当。"半山微妙不及六一翁"，语出王士禛《古诗选》之七言诗凡例："宋季承唐季衰陋之后，至欧阳文忠公始拔流俗，七言长句高处直追昌黎，自王介甫辈皆不及也。"

二十九

古今大家，至曹子建始[一]。汉代去古未远，尚无以诗名家之学。如《十九首》，不著作者姓氏；苏、李诗，乃情不容已，各抒心所蕴结之意，非欲以立言见长，自炫文彩[二]。其独绝千古处，正在称情而言，略无琱琢粉饰，自然浑成深厚耳。两汉之诗，不可以家数论也。自建安作者，始有以诗传世之志，观子桓兄弟之文可见[三]。嗣后历代诗家，莫不欲以诗鸣，为不朽计矣。古今合计，惟陈思王、阮步兵、陶渊明、谢康乐、李太白、杜工部、韩昌黎、苏东坡可为今古大家，不止冠一代一时。若左太冲、郭景纯、鲍明远、谢宣城、王右丞、韦苏州、李义山、岑嘉州、黄山谷、欧阳文忠、王半山、陆放翁、元遗山，则次于大家，可谓名大家^[四]。如王仲宣、张景阳、陆士云^(一)、颜延之、沈隐侯、江文通、庾子山、陈伯玉、张曲江、孟襄阳、高达夫、李东川、常盱眙、储太祝、王龙标、柳柳州、刘中山、白香山、杜牧之、刘文房、李长吉、温飞卿、陈后山、张宛丘、晁冲之、陈简斋等，虽成就家数各异，然皆名家也^[五]。惟名家之中又有正、副，合分为二等论次之耳。如郊、岛、张、王，郊犹可附列名家，岛则小家，张、王亦是小家^[六]。又如刘祯、张华、潘岳等，虽魏、晋时人，亦是小家。即初唐四子及沈、宋二家，并中晚之郎士元、钱起、元微之、李庶子、郑都官、罗江东、马戴，及宋之秦淮海、梅圣俞、苏子美、范石湖等^(二)，皆小家也^[七]。而小家亦有上、中、下之分焉。其余旁支别流不一而足，不可以家数论，只可统名曰"诗人"而已。元明诗家前曾论列，兹不多赘。自遗山后，青丘最为名家，可遥继遗山之绪。盖在明代为一朝大家，合古今统论则为名家。南渡以来，惟遗山高于名家，可列古今名大家中。其余最高者可参名家，如明之青丘、元孝是也^[八]。余人皆在小家之列。盖上下千古，不比一时一地、一朝一代之较易雄长也^[九]，成家岂易言哉！今之人动以大家自命，亦可笑矣。

注

[一] 曹子建：即曹植（192—232），字子建，沛国谯县（今安徽亳州）人，曹操第三子，封陈思王，有《曹子建集》。

[二] 苏：即苏武（前140—前60），字子卿，京兆杜陵（今陕西西安）人，有古诗四首。李：即李陵（？—前74），字少卿，李广之孙，陇西成纪（今甘肃秦安）人，有《与苏武诗》三首。

[三] 子桓兄弟：即曹丕、曹植。曹丕（187—226），沛国谯县（今安徽亳

州）人，有《魏文帝集》，诗歌注本有黄节《魏文帝诗注》。

[四] 郭景纯：即郭璞（276—324），字景纯，河东郡闻喜县（今山西闻喜）人，建平太守郭瑗之子，有《郭弘农集》。韦苏州：即韦应物（737—792），京兆长安（今陕西西安）人，少游侠，曾为唐玄宗的三卫郎，历任滁州、江州、苏州刺史，世称"韦江州"或"韦苏州"，有《韦苏州集》。

[五] 王仲宣：即王粲（177—217），山阳高平（今山东邹城）人，"建安七子"之一，被刘勰称为"七子之冠冕"，有《王侍中文集》。张景阳：即张协（？—307），字景阳，安平（河北安平）人，有《杂诗》十首。颜延之（384—356），字延年，琅琊临沂（今山东临沂）人，有《颜光禄集》。沈隐侯：即沈约（442—513），字休文，吴兴武康（今江西德清）人，曾入南齐竟陵王萧子良幕，为"竟陵八友"之一，其诗"长于清怨"，有《沈隐侯集》。江文通：即江淹（444—505），字文通，济阳考城（今河南兰考）人，有《江文通集》。庾子山：即庾信（513—581），字子山，南阳新野（今河南新野）人，有《庾子山集》。常盱眙：即常建，生卒年不详，长安（今陕西长安）人，有《常建集》。储太祝：即储光羲（约707—约762），润州延陵（今江苏丹阳）人，曾出任太祝，世称"储太祝"，有《储光羲诗集》。王龙标：即王昌龄（约698—约756），字少伯，京兆（今陕西西安）人，曾任秘书省校书郎、汜水尉、江宁丞、龙标尉等职，被称为"七绝圣手"，有《王昌龄集》。柳柳州：即柳宗元（773—819），字子厚，汉族，河东（今山西运城）人，世称"柳河东""河东先生"，因官终柳州刺史，又称"柳柳州"，有《河东先生集》。杜牧之：即杜牧（803—852），字牧之，京兆万年（今陕西西安）人，祖居长安南樊川，世称杜樊川，有《樊川文集》《外集》《别集》等。

[六] 岛：即贾岛（779—843），字阆仙，范阳（今河北涿州）人，有《长江集》。张：即张籍（约767—约830），字文昌，吴郡（今江苏苏州）人，历任水部员外郎、国子司业等职，世称"张水部"或"张司业"，有《张司业集》。

[七] 郎士元（约727—约780），字君胄，中山（今河北定州）人，与钱起齐名，"大历十才子"之一，有《郎士元集》。钱起（720—782），字仲文，吴兴（今浙江湖州）人，与刘长卿齐名、与郎士元并称，"大历十才子"之一，有《钱考功集》。李庶子：即李益（约748—约827），字君虞，凉州姑臧（今甘肃武威）人，后随家迁居洛阳，今人范之麟有《李益诗注》，王亦军、裴豫

敏有《李益集注》。郑都官：即郑谷（约851—约910），字守愚，袁州宜春（今江西宜春）人，有《宜阳集》，已佚。罗江东：即罗隐（833—909），本名横，字昭谏，自号江东生，杭州新城（今浙江杭州）人，有《罗昭谏集》。马戴：生卒年不详，字虞臣，华州（今陕西华县）人，今人杨军有《马戴诗注》。其他诸人，前已有注。

[八] 陈恭尹跨明、清两代，朱庭珍有时把他归在明代，有时归在清代。如《筱园诗话》卷二夸赞陈恭尹诗"当代夸为三绝"，朱庭珍所谓当代显指清代。此处却又说陈恭尹是明代诗人。

[九] 雄长：指称霸、称雄。

校

（一）《云南丛书》初编本、《筱园先生自订钞本》均作"陆士云"，误，据郭绍虞《清诗话续编》、张国庆《云南古代诗文论著辑要》，此处应为"陆士衡"。

（二）《云南丛书》初编本作"梅圣愈"，《筱园先生自订钞本》改为"梅圣俞"，以自订钞本为准。

三十

本朝满洲诗人，如梦文子麟、法梧门式善，皆清矫不凡[一]。又辽东三老，今惟李铁君集传于世，其诗笔峭拔，骨力高瘦，亦近代诗人之杰者[二]。又如吴汉槎之《秋笳集》，高者近高、岑及初唐四子，次亦七子派中之不空滑者，亦一小作家也[三]。若徐芝仙塞外诸诗，境奇语奇，才力横绝，在昭代诗人中另出一头地[四]。其边塞诗可谓独擅之技，实未易才。稚存、兰泉、荔裳诸君出塞篇什[五]，并多佳章，然均不能及芝仙之奇横矣（荔裳，谓杨荔裳也）（一）。

注

[一] 梦文子麟：即梦麟（1728—1758），清代蒙古正白旗人，西鲁特氏，字文子，号午塘，有《大谷山堂集》。法梧门式善：即法式善（1752—1813），原名

运昌，字开文，号时帆，又号梧门，蒙古正黄旗人，乌尔济氏，论诗颇采王士禛神韵说，作诗以王、孟、韦、柳为宗，著有《存素堂诗》，编有《湖海诗》。

〔二〕辽东三老：学界有三种说法，一是指清初辽东满族诗人陈景元、戴亨、长海；二是指李锴、陈景元、戴亨；三是指李锴、马长海、梦麟（见张杰《"辽东三老"与林本裕》，出自顾奎相主编《辽海历史名人传》，辽宁教育出版社 2012 年版，第 578 页）。李铁君：即李锴（1686—1755），字铁君，号鹰青，汉军正黄旗，辽东铁岭（今辽宁铁岭）人，其诗古奥峭削，自辟门径，有《睫巢集》。

〔三〕吴汉槎：即吴兆骞（1631—1684），字汉槎，号季子，吴江（今江苏吴江）人，早年诗清丽雅秀，谪戍后写塞外风情景物，风格苍老沉雄，有《秋笳集》《西曹杂诗》。

〔四〕徐芝仙：即徐兰（约 1660—1730），字芬若，一字芝仙，江苏常熟人，曾随安郡王出居庸关到归化，雍正初又远征青海，有《出塞诗》。

〔五〕兰泉：即王昶。

校

（一）括号内为《筱园先生自订钞本》所加。杨荔裳：即杨揆。

三十一

吴中布衣黄子云、泰州布衣吴嘉纪、昆山布衣徐兰、长洲布衣张锡祚，四人均负诗名，其诗卓然可传，各成家数，可谓我朝四大布衣[一]。黄著有《野鸿诗稿》(一)。吴号野人，著有《何陋轩诗》(二)。徐字芬若，一字芝仙，工画，著有《出塞集》。今并有刊本行世，予曾见之。独张之诗集世无传者，想未刊木，所以失传，仅于各选本中略见一班而已(三)。张字永夫，吴门高士，亦畸人也。寒饿终身，遗集竟泯，惜哉！又浙中诗人沈方舟者，名用济，上舍生，客游四海，终老幕府[二]。诗最沉雄有格，专工近体，其佳者直凌前后七子而追攀工部，卓卓可传。沈归愚尚书与方舟为同社诗友，为方舟作诗集序，极推崇之[三]。选其诗入《别裁集》，评语亦深扬诩，谓其律诗出梁药亭上，又谓其《登岱》及《华山》七律高于明七子，倾倒之者至矣[四]。尚书以主持风雅自命，方舟、永夫皆故人也，何不为方舟、永夫刊刻遗集传世，听其泯没，又不多录入选本以表彰幽潜，岂非负亡友乎[五]！

注

[一] 黄子云（1691—1754），字士龙，号野鸿，江苏昆山人，有《长吟阁诗集》《野鸿诗的》。吴嘉纪（1618—1684），字宾贤，号野人，泰州（今江苏泰州）人，其诗擅长白描，风格苍峻，著有《陋轩诗集》。张锡祚（1672—1724），字永夫，江南吴县（今江苏苏州）人，其诗初以生新为宗，后一归平淡，著有《唉蔗轩诗》《锄茅遗稿》。

[二] 沈方舟：即沈用济，生卒年不详，字方舟，浙江钱塘（今浙江杭州）人，有《方舟集》。

[三] 沈归愚尚书与方舟为同社诗友：见沈德潜《归愚文钞》卷十二《方舟兄遗诗序》云："犹记庚子（1720）、辛丑（1721）间，结社于北郭、方舟每课必至。诗成，传示众坐，人人推射雕手。"

[四]《别裁集》：即《清诗别裁集》。"谓其律诗出梁药亭上……高于明七子"，见沈德潜《清诗别裁集》卷二十五，评沈用济《登泰山绝顶》云："无懈字，无浮词，胜于鳞、元美作。方舟诗虽切磋于药亭，然古体或逊于药亭，五七言律远过之也。近人用耳不用言，谁能信之。"

[五] 尚书：指沈德潜。

校

（一）《云南丛书》初编本作"《野鸿诗稿》"，《筱园先生自订钞本》改为"《野鹤诗稿》"，自订钞本误，以初编本为准。

（二）吴嘉纪著有《陋轩诗集》，《云南丛书》初编本、《筱园先生自订钞本》均作"《何陋轩诗》"，误。据郭绍虞《清诗话续编》、张国庆《云南古代诗文论著辑要》，应为"《陋轩诗》"。

（三）《云南丛书》初编本、《筱园先生自订钞本》均作"略见一班"，误。据郭绍虞《清诗话续编》、张国庆《云南古代诗文论著辑要》，应为"略见一斑"。

三十二

闽中近代诗人张亨甫，一代奇才，久负盛名[一]。其集刊于近年，约数千首，七古七律最多杰作，卓然成家。生平目空四海，于前人亦多不满，如黄仲则、蒋心余、翁覃溪，均有訾议，自谓造诣胜于诸人[二]。视同时吴兰雪、梅伯言、邓湘皋诸君子，亦似皆不己若[三]。独极口佩服山左高密单明经诗，深恨见其集晚，不及一晤其人，推为我朝诗第一[四]。因手抄其集，分类品选，欲为刊行，并欲重刻其集以传后人(一)。称其七古七律为二绝，堪为师法(二)，而叹世人无能知之者，其倾倒不啻五体投地。夫以亨甫才力横绝当时，而推服单君如此，想单君之诗必工，其才必有大过人者。然竟未得显于词坛重于后世，是可惜也。予偶忘单之名，其诗亦未曾见，见亨甫集中题诗及所作序跋而已。据亨甫言，单是乾隆末某科副车，曾官文登训导，殁于道光初年(三)。诗集十卷已刊于济南，未知今尚存否？心殊向往，行将遍访求之。

注

[一] 张亨甫，即张际亮。生平简介见卷二"二十六"下 [四] 注释。

[二] "于前人亦多不满，如黄仲则、蒋心余、翁覃溪，均有訾议"：语出张际亮《与徐廉峰太史书》："大抵自乾隆以来，其负盛名如沈归愚、朱竹君、袁子才、赵云松、蒋心余、黄仲则、翁覃溪、张船山诸先达，固皆一时人才，然于风雅之旨，正多未逮。袁佻赵犷，蒋薄黄轻，张介于黄、蒋之间，惟沈之持论颇正，惜才力不厚，故其所自著无足感人。竹君学士欲自溯源于昌黎，然徒以奇字险韵为工，则所谓工者，亦何与于温柔敦厚之教邪！况昌黎之诗，其佳在气奇而骨重，学邃而理粹，不于此求之，而欲横空盘硬语，何可得邪！翁则直以诗为考订，而盛传海外，实怪事也。近日颇有知袁、赵之非者，然复扬竹君、心余、覃溪之余波，则亦为狂澜而已。"

[三] 梅伯言：即梅曾亮（1786—1856），字伯言，江苏上元（今江苏南京）人，师事姚鼐，桐城派重要作家，有《柏枧山房诗集》。"视同时吴兰雪、梅伯言、邓湘皋诸君子，亦似皆不己若"：出处不详，然可参考张际亮《答姚石甫明府书》："旧作虽气韵有未渊厚处，要其才情自杰然耳。若竟其所至，可比唐高、岑，宋苏、陆，就见有而论，则国朝第三、四人也，若闽中前辈，固欲第一席耳。"

[四] 单明经：即单可惠，生卒年不详，号芥舟，山东高密人，著有《白羊山房诗钞》。单可惠《题国朝六家诗钞后》评赵执信云："傲物振奇未免狂，罢官不独为歌场。《谈龙录》又无端作，轻薄为文与道妨。"

校

（一）《云南丛书》初编本作"分类评选，到处示人"，《筱园先生自订钞本》改为"分类品选"，以自订钞本为准。

（二）《云南丛书》初编本作"堪奉为己师法"，《筱园先生自订钞本》改为"堪为师法"，以自订钞本为准。

（三）《云南丛书》初编本作"没"，《筱园先生自订钞本》改为"殁"，以自订钞本为准。张际亮卒于清道光二十三年（1843），朱庭珍认为卒于道光初年，误。

三十三

亡友孙菊君（清元）孝廉[一]，生平论诗，极尊渔洋而不喜秋谷，作《反谈龙录》以贬之。上元方伯雄（俊）观察则又喜秋谷而薄渔洋[二]，盖性情所嗜各殊也。观察少时，受知于其乡先达潘公士龙[三]，与闻绪论。潘公论文宗桐城三家，论诗主秋谷。观察服膺潘公，为作年谱，故议论多从其说，而于潘之诗文集，尤所崇奉宝重。不惟感知己，亦先入为主也。咸丰丙辰、丁巳间[四]，观察驻节临安，菊君亦客郡署，相与论诗，一右渔洋，一右秋谷，坚不相下，观察又以潘诗集示菊君，菊君列其短数十条，彼此以书辩论，往复相争甚苦。会予至郡，二公均就质焉。

予乃援河间笔记中木客所论二家诗派当调停相济之说，以释其争，而两解之[五]。又为潘公诗集作书后文，举其所长，而以微词绳其短，二公均喜，其争乃止。噫，各执己见，门户喧争，今古皆然，贤者不免，聚讼日增，实学日减，可叹也夫。(一)

注

[一] 孙清元（1822—1860），字仲初，一字亨甫，号菊君，道光甲辰（1844）举人，入赀候选同知，著有《抱素堂遗诗》。

[二] 方俊（1803—1877），字伯雄，晚号枕善巢老人，江苏江宁（今属南京）人，道光十六年（1836）进士，曾出守云南临安（今红河州建水），有《暖春书屋诗删》。

[三] 潘士龙：生卒年不详，江苏江宁人，待考。

[四] 咸丰丙辰、丁巳间：即 1856—1857 年间。

[五] 河间笔记：即纪昀《阅微草堂笔记》。"木客所论二家诗派当调停相济之说"，见纪昀《阅微草堂笔记》卷三《滦阳消夏录三》"益都李词畹"条，山中木客云："魅谓渔洋山人诗如名山胜水，奇树幽花，而无寸土五谷；如雕栏曲榭，池馆宜人，而无寝室庇风雨；如彝鼎罍洗，斑斓满几，而无釜甑供炊爨；如纂组锦绣，巧出仙机，而无裘葛御寒暑；如舞衣歌扇，十二金钗，而无主妇司中馈；如梁园金谷，雅客满堂，而无良友进规谏。秋谷极为击节。又谓明季诗庸音杂奏，故渔洋救之以清新；近人诗浮响日增，故先生救之以刻露。势本相因，理无偏胜。窃意二家宗派，当调停相济，合则双美，离则两伤。秋谷颇不平之云。"

校

（一）此段为《筱园先生自订钞本》新增。

卷 三

一

宋人七律句中好用虚字，每流滑弱，南渡后尤甚。赵松雪力矫其失，谓七律须有健句压纸，为通篇警策处，以树诗骨[一]。此言极是。又谓七律中二联以用实字无一虚字为妙，则矫枉过正，未免偏矣[二]。诗之工拙，句之软健，在笔力气势，不在用字虚实也。用虚字者能庄重精当，使虚字如实字，则运虚为实，句自老成；用实字者能生动空灵，使实字如虚字，则化实入虚，句自峭拔。是在平日体贴之功，临文运用之妙耳。用笔果超妙，运气果雄浑，则勿论用虚用实，皆可成健句也，何必定忌虚字耶？

注

[一] 赵松雪之论：出处不详，可参李重华《贞一斋诗说》："赵子昂论七律不可多用虚字，专为句易软弱，然亦看笔意若何。"

[二] "七律中二联以用实字无一虚字为妙"：出处不详，可参陶宗仪《南村辍耕录》卷九："赵魏公云：作诗用虚字殊不佳，中两联填满方好，出处才使唐以下事，便不古。"

二

纯用实字，杰句最少，不可多得。古今句可法者，如少陵"五更鼓角声悲壮，三峡星河影动摇"；"锦江春色来天地，玉垒浮云变古今"；"西山白雪三城戍，南浦清江万里桥"；"路经滟滪双蓬鬓，天入沧浪一钓舟"数联，皆雄浑高壮，气势凌跨一切，又复确切老当，景中有情，诗中有我，既非空声，亦无用力痕迹，真大手笔也[一]。王右丞"九天阊阖开宫殿，万国衣冠拜冕旒"，气象阔大而稍欠精切；"云里帝城双凤阙，雨中春树万人家"，秀健而欠雄厚，又逊一格矣[二]。刘中山"天子旌旗分一半，八方风雨会中州"[一]；李义山"永忆江湖归白发，欲回天地入扁舟"，高唱入云，气魄雄厚，亦名句之堪嗣响工部者[三]。宋人杰句如东坡之"令严钟鼓三更月，野宿貔貅万灶烟"；放翁之"四海一家天历数，两河百郡宋山川"，"楼船夜雪瓜洲渡，铁马秋风大散关"；陈简斋之"晚木声酣洞庭野，晴天影抱岳阳楼"[四]；杨诚斋之"千古英雄鸿去外，六朝形胜雪晴中"(二)。金元遗山之"劫前宝地三千界，梦里琼枝十二楼"[五]。元人杨仲孚之"大地山河微有影，九天风露寂无声"(三)。明人宋仲敏之"禾黍秋风周洛邑，山河残照汉咸阳"，"翠华去国三千里，玉玺传家九十年"(四)；高青丘之"四塞山河归版籍，百年父老见衣冠"[六]；李空同之"金缯社稷和戎日，花石君臣弃国秋"[七]；王凤洲之"夜月旌旗五马渡，秋风草木八公山"(五)；陈卧子之"九龙移帐春无草，万马窥边夜有霜"[八]，"金陵文物牙签尽，建业风流玉树残"(六)，"三市铜驼愁夜月，五陵石马泣秋风"(七)。国初钱牧斋之"桃叶春流亡国泪，槐花秋冷故宫烟"(八)，"神愁玉玺归新室，天泣铜人别汉家"(九)。以上各联，或沉雄或悲壮，或凄丽或新警，虽逊老杜，亦卓然可传，参看亦可取益也(十)。

注

[一]"五更鼓角声悲壮，三峡星河影动摇"：出自杜甫《阁夜》。"锦江春色来天地，玉垒浮云变古今"：出自杜甫《登楼》。"西山白雪三城戍，南浦清江万里桥"：出自杜甫《野望·其一》。"路经滟滪双蓬鬓，天入沧浪一钓舟"：出自杜甫《将赴荆南寄别李剑州》。

[二]"九天阊阖开宫殿，万国衣冠拜冕旒"：出自王维《和贾舍人早朝大明宫之作》。"云里帝城双凤阙，雨中春树万人家"：出自王维《奉和圣制从蓬莱向兴庆阁道中留春雨中望之作应制》。

[三]"永忆江湖归白发，欲回天地入扁舟"：出自李商隐《安定城楼》。

[四]"令严钟鼓三更月，野宿貔貅万灶烟"：出自苏轼《次韵穆父尚书侍祠郊丘，瞻望天光，退而相庆，引满醉吟》。"四海一家天历数，两河百郡宋山川"：出自陆游《感愤》。"楼船夜雪瓜洲渡，铁马秋风大散关"：出自陆游《书愤》。"晚木声酣洞庭野，晴天影抱岳阳楼"：出自陈与义《巴丘书事》。

[五]"劫前宝地三千界，梦里琼枝十二楼"：出自元好问《卫州感事·其

一》。此二句写金朝全盛时的繁华景象。

［六］"四塞山河归版籍，百年父老见衣冠"：出自高启《送沈左司从汪参政分省陕西》。

［七］"金缯社稷和戎日，花石君臣弃国秋"：出自李梦阳《艮岳篇》。

［八］"九龙移帐春无草，万马窥边夜有霜"：出自陈子龙《酬李司马萍槎先生》。

校

（一）《云南丛书》初编本、《筱园先生自订钞本》均作"天子旌旗分一半，八方风雨会中州"，据刘禹锡《郡内书情献裴侍中留守》，原诗为"万乘旌旗分一半，八方风雨会中央"。

（二）《云南丛书》初编本、《筱园先生自订钞本》均作"千古英雄鸿去外"，据杨万里《过扬子江·其一》，原诗为"千载英雄鸿去外"。

（三）《云南丛书》初编本、《筱园先生自订钞本》均作"杨仲孚'，元代诗人杨载，字仲弘，故应为"杨仲弘"。"大地山河微有影，九天风露寂无声"：出自杨载《宗阳宫望月》。

（四）《云南丛书》初编本、《筱园先生自订钞本》均作"玉玺传家九十年"，据宋讷《壬子秋过故宫》，原诗为"玉玺传家四十年"。

（五）《云南丛书》初编本、《筱园先生自订钞本》均作"王凤洲"，经查，此诗为王翃所作，出自王翃《杂感·其一》。王翃（1603—1653），字介人，浙江嘉兴人，此处应为"王介人"。

（六）《云南丛书》初编本、《筱园先生自订钞本》均作"金陵文物牙签尽"，据陈子龙《秋日杂感·其八》，原诗为"江陵文物牙签尽"。

（七）《云南丛书》初编本、《筱园先生自订钞本》均作"五陵石马泣秋风"，据陈子龙《秋日杂感·其五》，原诗为"五陵石马恸秋风"。

（八）《云南丛书》初编本、《筱园先生自订钞本》均作"桃叶春流亡国泪，槐花秋冷故宫烟"，据钱谦益《病榻消寒杂咏·其十七》，原诗为'桃叶春流亡国恨，槐花秋踏故宫烟"。

（九）《云南丛书》初编本、《筱园先生自订钞本》均作"天泣铜人别汉家"，据钱谦益《病榻消寒杂咏·其十八》，原诗为"天哭铜人别汉家"。

（十）《云南丛书》初编本作"皆当参看，亦可取益也"，《筱园先生自订钞本》改为"参看亦可取益也",以自订钞本为准。

三

　　陈元孝名句极多,如《咸阳怀古》之"龙虎片云终王汉,诗书余火竟烧秦"[一];《黄河》之"三万里从星海出,一千年为圣人清"[二];《隋堤》之"十年士女河边骨,一笑君王镜里头"(一);《衡寺》之"灯前鬼芋穿沙出,霁后僧门凿雪开"[三];《虎丘》之"半楼月影千家笛,万里天涯一夜砧","南国干戈征士泪,西风刀剪美人心"[四];《镇海楼》之"五岭北来山到地,九州南尽水连天"(二),皆生警雄伟,声出金石,即少陵亦当激赏,洵可传可法也。

　　注

　　[一]"龙虎片云终王汉,诗书余火竟烧秦":出自陈恭尹《怀古十首·咸阳》。

　　[二]"三万里从星海出,一千年为圣人清":出处不详,待考。

　　[三]"灯前鬼芋穿沙出,霁后僧门凿雪开":出自陈恭尹《送姜山上人游南岳》。

　　[四]"半楼月影千家笛,万里天涯一夜砧""南国干戈征士泪,西风刀剪美人心":出自陈恭尹《虎丘题壁》。

　　校

　　(一)《云南丛书》初编本、《筱园先生自订钞本》均作"《隋堤》",据《陈恭尹诗笺校·增江后集》,原诗题为"《隋宫》"。

　　(二)《云南丛书》初编本、《筱园先生自订钞本》均作"五岭北来山到地,九州南尽水连天",据陈恭尹《九日登镇海楼》,原诗为"五岭北来峰在地,九州南尽水浮天"。

四

　　朱竹垞之"阴洞蛟龙晴有气,虚堂神鬼昼无声"[一];宋荔裳之"山色古今含王气，江流天地变秋声"^(一)；王阮亭之"鱼龙昼偃三巴路，蛇鸟秋悬八阵图"^(二)，亦用实字之铮铮有声者^(三)。至于用虚字佳句，古今尤多，录之不胜录矣。

注

[一]"阴洞蛟龙晴有气，虚堂神鬼昼无声"：出自朱彝尊《题南昌铁柱观》。

校

（一）《云南丛书》初编本、《筱园先生自订钞本》均作"宋荔裳之'山色古今含王气，江流天地变秋声'"。经查，此联出自明代王守仁《登阅江楼》"山色古今余王气，江流天地变秋声"。宋琬《九日同姜如农、王西樵、程穆倩诸君登慧光阁》诗云："山色浅深随夕照，江流日夜变秋声"。由于此句前后均为清人诗句，此处重点在谈宋琬，故应为"宋荔裳之'山色浅深随夕照，江流日夜变秋声'"。

（二）《云南丛书》初编本《筱园先生自订钞本》均作"鱼龙昼偃三巴路"，据王士禛《晚登夔府东城楼望八阵图》，应为"鱼龙夜偃三巴路"。

（三）《云南丛书》初编本作"亦用实字杰句之铮铮有声者"，《筱园先生自订钞本》改为"亦用实字之铮铮有声者"，以钞本为准。

五

七律贵有奇句，然须奇而不诡于正，若奇而无理，殊伤雅音，所谓"奇过则凡"也^[一]。如赵秋谷之"客舍三千两鸡狗，岛人五百一头颅"^(一)，不惟显露槎丫，绝无余味，亦嫌求奇太过，无理取闹矣。此外如诗话所传"金欲两千酬漂母，鞭须六百报平王"^(二)；"羲画破天烦妹补，羿弓饶月待妻奔"^(二)，皆故为过火语，实无取义，不可为训。石破天惊之句，出人意外者，仍须在人意中也^(三)。

注

[一]奇过则凡：若有意为奇巧之语，太过则易流于平凡、低俗。所谓

"太过"，正如美国豪塞尔《艺术史的哲学》所言："一件艺术品要是完全由独特的、严密的、创造性的元素构成，那它将是不可理解的。"

［二］"羲画破天烦妹补，羿弓饶月待妻奔"：出自袁枚《随园诗话》，原文为：沈子大先生，梦至一处：上坐二儒者，皆姓周；素不识面，笑向沈云："'羲画破天烦妹补'，君可对之。"沈沉吟良久，忽唐孙华太史从外来，曰："我代对'羿弓饶月待妻奔'，何如？"两周为之拍手。唐字实君，沈之业师也。

校

（一）《云南丛书》初编本、《筱园先生自订钞本》均作"客舍三千两鸡狗"，据赵执信《田横寨咏古》，应为"舍客三千两鸡狗"。

（二）《云南丛书》初编本、《筱园先生自订钞本》均作"鞭须六百报平王"，此句出自明代屠户徐英所题对联，梁章钜《楹联丛话》卷一有记载，应为"鞭须六百挞平王"。

（三）《云南丛书》初编本作"其意仍须在人意中也"，《筱园先生自订钞本》改为"仍须在人意中也"，以自订钞本为准。

六

凡怀古诗，须上下千古包罗浑含，出新奇以正大之域，融议论于神韵之中，则气味雄壮[一]，情文相生，有我有人，意不竭而识自见，始非史论一派。唐宋名篇选本林立，今略摘近代数首为法。明人高青丘《岳王墓》云："大树无枝向北风，十年遗恨泣英雄。班师诏已来三殿，射房书犹说两宫。每忆上方谁请剑，空嗟高庙自藏弓。栖霞岭上今回首，不见诸陵白露中。"杨升庵《武侯祠》云："剑江春水绿沄沄，五丈原头日又曛。旧业未能归后主，大星先已落前军。南阳祠宇空秋草，西蜀关山隔暮云。正统不惭传万古，莫将成败论三分。"[一]边华亭《文丞相祠》云："丞相英灵迥未消，绛帷灯火飒寒飙。黄冠天地牵羊礼，碧血山河饮马谣。花外子规燕市月，水边精卫浙江潮。祠堂亦有西湖树，不遣南枝向北朝。"[二]国朝吕履恒《金川门》云："金川北望日黄昏，闻道燕师入此门。不见古公传季历，只知太甲是汤孙。风雷岂为鸥鸮变，江汉难招杜宇魂。南渡降旗何面目，西山省恨旧乾坤。"[三]宋聚业《南阳怀古》云："真人白水生文叔，名士青山卧武侯。水自奔腾趋汉口，山犹层迭枕城头。时来一夕收铜马，事去经年运木牛。叹息兴亡千载上，荒村野庙两悠悠。"[四]黄子云《太白酒楼》云："文章睥睨世无敌，湖海飘零气转遒。六代骚坛余此席，一江春色独登楼。为君天特开青嶂，题壁人今亦白头。犹有浣花草堂在，怀铅直欲锦城游。"（二）严遂成《三垂岗》云："英雄立马起沙陀，奈此朱梁跋扈何！赤手难扶唐社稷，连城犹拥晋山河。风云帐下奇儿在，鼓角灯前老泪多。萧瑟三垂岗畔路，至今人唱《百年歌》。"（三）蒋士铨《题南史》云："半壁销沉霸业荒，髑髅腥带粉脂香。皇天好杀非无故，乱世多才定不祥。六代文章藏虎豹，百年花月化鸳鸯。南朝几片风流地，酒色乾坤战马场。"（四）袁枚《睢阳庙》云："刀上蛾眉唤奈何，将军邻境尚笙歌。残兵独障全淮水，壮士同挥落日戈。六射须眉浑不动，一城人肉已无多。而今鸟鼠空啼窜，暮雨灵旗冷薜萝。"（五）家叔方伯公丹木先生《甲马营》云："天心厌乱真人出，甲马营同石纽村。五季腥风污日月，一儿香气荡乾坤。黄袍开国君臣义，金匮传家母子恩。南渡文孙承大统，可怜引领望中原。"[五]家兄次民观察《紫柏山留侯祠》云："少时任侠老求仙，龙虎风云壮盛年。天眷汉家成帝业，人从秦季得师传。五湖臣节开先路，三顾君恩让后贤。岂有赤松游世外，空余紫柏满祠前。"（六）以上诸作，或高浑沉雄，或生辣苍凉，或清丽超妙，均属盖代名篇，怀古诗中卓然可传之笔，学者所当熟玩而以为法者也。

注

[一] 杨升庵《武侯祠》：见杨慎《升庵诗话》卷六有《武侯祠诗》条："正德戊寅，予访余方池编修于武侯祠，见壁间有诗云：'剑江春水绿沄沄，

五丈原头日又曛。旧业未能归后主，大星先已落前军。南阳祠宇空秋草，西蜀关山隔暮云。正统不惭传万古，莫将成败论三分。'后有题云：'此诗始终皆武侯事，子美或未过之。'方池不以为然，予曰：'此亦微显阐幽，不随人观场者也，惜不知其名氏。'"当代学者吕剑《与俞平老讨论〈武侯庙〉》，认为根据建文本《元音》卷十，此诗作者为元代诗人吴漳，诗题为《题南阳诸葛庙》。

[二]边华亭《文丞相祠》：边贡原诗题作《谒文山祠》，颔联为"黄冠日月胡云断，碧血山河龙驭谣"，与朱庭珍所引略有不同。另，边贡字延实，号华泉，而非华亭。

[三]国朝吕履恒《金川门》：吕履恒原诗题作《金川门咏史》。吕履恒（约1650—1719），字元素，号坦安，又号月岩，河南新安人，著有《梦月岩集》《冶古堂集》。

[四]宋聚业：生卒年不详，字嘉升，清代江南长州县（今江苏苏州）人，著有《南园诗稿》。宋聚业原诗题作《题南阳旅壁》。

[五]家叔方伯公丹木先生：即朱腾（1794—1852），字丹木，云南石屏人，朱庭珍之叔父，官至陕西布政史，故称"方伯公"，著有《朱丹木诗集》《积风阁初集》《味无味斋诗钞》等。

校

（一）《云南丛书》初编本作"气韵雄壮"，《筱园先生自订钞本》改为"气味雄壮"，以自订钞本为准。

（二）《云南丛书》初编本、《筱园先生自订钞本》均作"犹有浣花草堂在"，据黄子云《题太白楼》，应为"犹有浣花祠屋在"。

（三）《云南丛书》初编本、《筱园先生自订钞本》均作"赤手难扶唐社稷"，据严遂成《三垂冈》，应为"只手难扶唐社稷"。严遂成（1694—1762？），字崧瞻，号海珊，湖州乌程（今浙江省湖州市吴兴区）人，擅长七律，与厉鹗、钱载、王又曾、袁枚、吴锡麟并称"浙西六家"，著有《海珊诗钞》。据当代学者张玉顺《清代湖州诗人严遂成三考》，严遂成卒年当在1762年前后。

（四）《云南丛书》初编本、《筱园先生自订钞本》均作《题南史》，"半壁销沉霸业荒""百年花月化鸳鸯"，据蒋士铨《忠雅堂诗集》卷三《读南史》，此处诗题应为《读南史》，全诗为："篡弑相寻竞灭亡，髑髅腥带脂粉香。皇天好杀非无故，乱世多才定不祥。六代文章藏虎豹，百年花月醉鸳鸯。南朝几片风流地，酒色乾坤战马场。"首联、颈联与朱庭珍所引略有不同。

（五）《云南丛书》初编本、《筱园先生自订钞本》均作"而今鸟鼠空啼窜"，据袁枚《小仓山房诗集》卷一，原诗题为《题张睢阳庙壁》。"而今鸟鼠空啼窜"应为"而今雀鼠空啼窜"。

（六）家兄次民：即朱在勤（1824—1894），字幼木，号次民，朱腆之子，云南石屏人，著有《次民诗钞》《退学斋诗稿》《吏隐草》等。朱在勤《紫柏山留侯祠》，见朱在勤《退学斋诗稿》上卷，原诗题为《紫柏山张留侯祠》，"五湖臣节开先路"原诗作"五湖臣迹开先路"。"空余紫柏满祠前'原诗作"但看紫柏满祠前"。

七

咏古七绝尤难，以词意既须新警，而篇终复须深情远韵，令人玩味不穷，方为上乘。若言尽意尽，索然无余味可寻，则薄且直矣。陈元孝《题秦纪》云："谤声易弭怨难除，秦法虽严亦甚疏。夜半桥边呼孺子，人间犹有未烧书"，较元人陈刚中《咏博浪椎》之"如何十二金人外，尚有民间铁未销"，更觉兀色[一]。邓孝威《咏息夫人》云："楚宫慵扫黛眉新，只自无言对暮春。千古艰难惟一死，伤心岂独息夫人？"[一]包罗广远，意在言外，较唐人小杜之"至竟息亡缘底事？可怜金谷坠楼人"，更觉含蓄有味[二]。所谓微词胜于直斥，不著议论转深于议论也。钱牧斋《读汉书》诗曰："汉家争道孝文明，左右临朝问亦轻。绛灌但知谗贾谊，可思流汗愧陈平？"[二]颇有玉溪生笔意，则又著议论之佳者。诗固不可执一格论也。

注

[一]邓孝威《咏息夫人》：邓汉仪原诗题为《题息夫人庙》。邓汉仪（1617—1689），字孝威，江南泰州人，辑有《诗观》，著有《过岭集》。

[二]"至竟息亡缘底事？可怜金谷坠楼人"：出自杜牧《题桃花夫人庙》。

校

（一）《云南丛书》初编本、《筱园先生自订钞本》均作"《咏博浪椎》""尚有民间铁未销"，据元代陈孚《陈刚中诗集》卷二，应为"《博浪沙》""犹有民间铁未销"。陈孚（1259—1309），元代学者、诗人，字刚中，号勿庵，浙江临海人，有《观光集》《交州集》等。

（二）《云南丛书》初编本作"诗云"，《筱园先生自订钞本》改为"诗曰"，以自订钞本为准。诗题《读汉书》，经查钱谦益诗集，原诗题为《戊寅元日偶读史记戏书纸尾·其四》。

八

国初阎古古咏汉高帝诗句云："能通霸上风云气，不讳山东酒色名。嫚骂原分何等客，腐儒从古使人轻。"（一）又云："英雄本不羞贫贱，歌舞何曾损帝王。"（二）造语警快。其他警句如"杀汝安知非赏鉴，因人决不是英雄"（三）；"天哀孝妇三年旱，山畏愚公一夕移"（四）；"门罗将相文中子，例变《春秋》太史公"，皆有生气[一]。《献吴三桂》诗云："力穷楚覆求秦救，心冷韩亡受汉封。"（五）吴逆灭后（六），籍家得诗，逮下狱。圣祖爱其才，谓使事雅切，且曰："少陵亦曾有上哥舒翰诗，一时慕势，安能逆料其后之猖獗？朕终不以诗文罪人。"时相亦为之解，遂蒙恩宥[二]。赦后谢冯益都、魏柏乡两相国诗云："君相殊恩能造命，湖山归隐好藏身。"（七）立言清婉，尤可味也。

注

[一] 阎尔梅（1603—1679）：字用卿，号古古，江苏沛县人。明末清初诗人，有《白耷山人诗集》。"门罗将相文中子，例变《春秋》太史公"：出自阎尔梅《河津诸友以公席见招，志之》。

[二] 康熙元年（1662），阎尔梅以诗贾祸事：其《年谱》《家传》均未记载。王汝涛、蔡生印《白耷山人诗集编年注》仅称阎尔梅"为仇家所告，再次出亡。……其旧友龚孝升时为清刑部尚书，为之疏通，得宽免。"朱庭珍所据不详。

校

（一）《云南丛书》初编本、《筱园先生自订钞本》均作"咏汉高帝诗句云：'能通霸上风云气，不讳山东酒色名。嫚骂原分何等客，腐儒从古使人轻。'"据王汝涛、蔡生印《白耷山人诗集编年注》，阎尔梅原诗题为《歌风台》，此句出自第六首，对照原文，诗句应为"直开关内星辰气，不讳山东酒色名。漫骂亦看何等客，腐儒原自使人轻。"

（二）《云南丛书》初编本、《筱园先生自订钞本》均作"英雄本不羞贫贱，歌舞何曾损帝王。"据王汝涛、蔡生印《白耷山人诗集编年注》，阎尔梅《歌风台·其二》，应为"英雄原不羞贫贱，歌舞何曾损帝王。"

（三）《云南丛书》初编本、《筱园先生自订钞本》均作"杀汝安知非赏鉴"，据王汝涛、蔡生印《白耷山人诗集编年注》，阎尔梅《太峰谈栗阳事颇悉，余亦别有所感，作此志之》，应为"杀我安知非赏鉴"。

（四）《云南丛书》初编本、《筱园先生自订钞本》均作"山畏愚公一夕移"，据王汝涛、蔡生印《白耷山人诗集编年注》，阎尔梅《中秋张崇者李玉弢见访作此励之·其三》，应为"山畏愚公一夜移"。

（五）《云南丛书》初编本作"《献吴三桂》诗曰"，《筱园先生自订钞本》改为"《献吴三桂》诗云"，以自订钞本为准。袁枚《随园诗话》曾记载此诗，朱庭珍所述大抵本此。《随园诗话》云："本朝有某孝廉献吴逆诗云：'力穷楚覆求秦救，心死韩亡受汉封。'圣祖爱其巧于用典，遣人访之。其人逃。"袁枚并未明言此诗为阎尔梅所作。故有学者对此诗是否为阎尔梅所作存疑，王汝涛、蔡生印《白耷山人诗集编年注》即持此观点。

（六）"吴逆灭后"四字为《筱园先生自订钞本》所增。

（七）《云南丛书》初编本、《筱园先生自订钞本》均作"君相殊恩能造命，湖山归隐好藏身。"据王汝涛、蔡生印《白耷山人诗集编年注》，阎尔梅《出都谢魏相国龚尚书兼示伯紫仲调》，应为"君相从来能造命，湖山此去好容身。"阎尔梅在诗中感谢了魏裔介、龚鼎孳，并未提及冯溥。

九

元遗山诗云："神仙不到秋风客，富贵空悲春梦婆。"[一]哀婉

L

凄丽，情文双到，故天下后世传为名句，非仅以"秋风客"对"春梦婆"为工致也。玉溪生"此日六军同驻马，当时七夕笑牵牛"；飞卿"回日楼台非甲帐，去时冠剑是丁年"，此二联皆用逆挽句法，倍觉生动，故为名句[二]。所谓逆挽者，倒扑本题，先入正位，叙现在事写当下景，而后转溯从前、追述以往，以反衬相形，因不用平笔顺拖而用逆笔倒挽，故名。且施于五、六一联，此系律诗筋节关键处。中、晚以后之诗，此联多随笔敷衍，平平顺下。二诗能于此一联提笔振起，逆而不顺，遂倍精彩有力，通篇为之添色，是以传诵人口，亦非以"马""牛""丁""甲"见长，故求工对仗也。然使二联出工部手，则必更神化无迹，并不屑以"此日""当时""回日""去时"字面明点，必更出以浑成，使人言外得之。盖工部以我运法，其用法入化；温、李就法用法，其驭法有痕，此大家所由出名家上也。后人学其句，而不得所以然之妙，仅以字句对仗求工。如宋人"人间化鹤三千岁，海上看羊十九年"，徒凑两典切姓以为工对，究之与其人身分毫不相合，何所取义乎[三]？元人"秋千院落春将半，夏五园林月正中。杨柳昏黄水西月，梨花明白夜东风"，徒掇拾华泽字面串凑成句，不惟景尽句中，了无意味，而格卑气靡，弄巧反拙矣[一]。若明人之"春风颠似唐张旭，天气和如鲁展禽"；"白鹭下田千点雪，黄莺上树一枝花"，则卑靡纤佻，已近魔道[四]。近人之"月影分明三太白，水光荡漾百东坡"[二]；"酒瓶在手六国印，花露上身一品衣"[五]；"事无可奈仍归赵，人恐相沿又发棠"[六]；"白蛱蝶飞芳草外，红蜻蜓立藕花中"[七]；"柳条软似千行线，荷叶圆于五两钱"[三]，或工整而乏意趣，或雕琢而入尖巧[四]，或写景琐屑，小而易尽，或取譬浅佻，俚而伤雅，既无高格，又失远神，皆下下乘诗也，不可为训，学诗者勿为所惑[五]，从而效颦。

注

[一]"神仙不到秋风客,富贵空悲春梦婆":出自元好问《出都》。

[二]"此日六军同驻马,当时七夕笑牵牛":出自李商隐《马嵬二首·其二》。"回日楼台非甲帐,去时冠剑是丁年":出自温庭筠《苏武庙》。

[三]"人间化鹤三千岁,海上看羊十九年":出自黄庭坚《次韵宋懋宗三月十四日到西池,都人盛观翰林公出邀》。

[四]"春风颠似唐张旭,天气和如鲁展禽":出自杨基《渐老》。"白鹭下田千点雪,黄莺上树一枝花":杨基诗句,篇目不详,朱庭珍此处所引应出自沈德潜《明诗别裁集》卷一杨基小传:"孟载《春草》诗云:'六朝旧恨斜阳里,南浦新愁细雨中。'诚为佳句,然大概近纤。他如'春风颠似唐张旭,天气和如鲁展禽''白鹭下田千点雪,黄莺上树一枝花',殊乖大雅矣。"

[五]"酒瓶在手六国印,花露上身一品衣":出自袁枚《随园诗话》卷十六,诗的作者是张埙,字商言,又字商贤,号瘦铜、吟乡,诗歌篇目不详。

[六]"事无可奈仍归赵,人恐相沿又发棠":出自袁枚《随园诗话》卷十六,张埙《借书》。

[七]"白蛱蝶飞芳草外,红蜻蜓立藕花中":出自清代诗人汪琬,篇目不详。

校

(一)《云南丛书》初编本、《筱园先生自订钞本》均作"秋千院落春将半,夏五园林月正中。杨柳昏黄水西月,梨花明白夜东风。"根据元代宋无《次友人春别》中间四句,应为"杨柳昏黄晚西月,梨花明白夜东风。秋千庭院人初下,春半园林酒正中。"

(二)《云南丛书》初编本、《筱园先生自订钞本》均作"月影分明三太白",经查清代马朴臣《秦淮水阁醉题》原诗,应为"月影分明三李白"。

(三)《云南丛书》初编本、《筱园诗话自订钞本》均作"柳条软似千行线,荷叶圆于五两钱",据汪琬《池上(予新得一池灌山田,其上有树五十株)》:"暖日和风处处妍,独来池上听潺湲。柳条细似千行线,□叶圆于半两钱。丘壑固应酬雅尚,勋名终是欠前缘。袷衣纨扇粗相称,且乐人间有尽年。"故此句应为"柳条细似千行线,□叶圆于半两钱。"

(四)《云南丛书》初编本作"雕凿",《筱园先生自订钞本》改为"雕琢"，以自订钞本为准。

（五）《云南丛书》初编本作"学者"，《筱园先生自订钞本》改为"学诗者"，以自订钞本为准。

十

使事运典，最宜细心。第一须有取义，或反或正，用来贵与题旨相浃洽，则文生于情，非强为比附，味同嚼蜡也^[一]。次则贵有剪裁融化，使旧者翻新，平者出奇，板重化为空灵，陈闷裁为巧妙，如是则笔势玲珑，兴象活泼，用典征书悉具天工，有神无迹，如镜花水月矣。所以多多逾善，虽用书卷，而不觉为才情役使故也。不善用者，则以词累意，其病百出。非好学深思之士，心细如发者，断不能树极清之诗骨，提极灵之诗笔，驱役典籍，从心所欲，无不入妙也。吴梅村诗云："苏小宅边桃叶渡，昭君村畔木兰舟"^[二]；王阮亭诗云："景阳宫外文君井，明圣湖头道韫家"^{（一）}，二联同一病痛。夫"桃叶渡"不在"苏小宅"边，而"昭君村"亦无"木兰舟"故实；"文君井""道韫家"与"景阳宫""明圣湖"天各一方，风马牛不相及也。上下全无交涉，本各自一事，今乃强以两典扭合凑成一句，毫不相生，徒取字面鲜妍好看，修饰外貌而已^{（二）}，实无意义融贯于中，前后竟判然两截。如此涂泽支离，真用典苦事矣。梅村、阮亭两大诗家，犹犯此病，皆心不细之失。若顾宁人、朱竹垞，读书多而心思细，则斟酌分寸，决无此累矣。又，阮亭《三小学乐府》中一首云："长揖横刀出，将军一代雄。头颅行万里，失计杀田丰。"^{（三）}此首咏袁本初事，其病全在三句。夫长揖横刀而出及杀田丰，皆言袁绍事，而第三句忽用公孙康语。史载，绍子尚及熙败奔辽东，见公孙康，天寒，求坐席。康曰："汝头颅将行万里，何席之有？"^[三]是"头颅行万里"乃绍子熙、尚，非绍身也。今用此语，紧承

"将军一代雄"句，下文又接"失计"，则似袁绍之"头颅"真"行万里"，因"失计杀田丰"而贻误丧身者然。文义相左，与事不符。若谓此句指绍子，则前后均言绍事，前既无根，后又无接，何以凭空插入？未免突兀少绪，上下竟不相贯。若言绍，则绍未断头也。三国事何致误记？岂非因心思不细，以致诗骨不清，诗笔不灵，故意反为词所累，弗克畅达耶！予为酌改曰："儿头行万里，遗恨杀田丰。"只换三字，迥然改观，词意显豁，上下贯串矣。不过用心于一两字间，斟酌而出，即判若天渊[四]。个中分寸所争，毫厘千里。故心细则词意清使事切，法自完密。古人重下字工夫，有以也夫！

注

[一] 取义：即"取事类之义"，指恰当择取所用典故的含义，使之与所作诗歌互相融洽。

[二] "苏小宅边桃叶渡，昭君村畔木兰舟"：出自吴伟业《赠荆州守袁大韫玉·其一》，原诗句与此不同，原句为："卢女门前乌桕树，昭君村畔木兰舟。"

[三] 袁尚、袁熙与公孙康事：出自《三国志·魏书·董二袁刘传》裴松之注引《典略》："尚为人有勇力，欲夺取康众，与熙谋曰：'今到，康必相见，欲与兄手击之，有辽东犹可以自广也。'康亦心计曰：'今不取熙、尚，无以为说于国家。'乃先置其精勇于厩中，然后请熙、尚。熙、尚入，康伏兵出，皆缚之，坐于冻地。尚寒，求席，熙曰：'头颅方行万里，何席之为！'遂斩首。"原文与此略不同。

[四] 针对朱庭珍修改此诗事：由云龙《定庵诗话续编》上卷引用金运同的观点，表达了不同看法："金君谓'儿头'二字，未能如'遗恨'二字之浑成，仍不相称。余谓三四句，皆系论古者统论本初后之疏阔，殃及其子，致丧身之祸，咎其失计。词意未尝不贯，三字不改可也。"

校

(一)《云南丛书》初编本作"明圣湖边道韫家"，《筱园先生自订钞本》改为"明圣湖头道韫家"，以自订钞本为准。朱庭珍所引大约出自赵翼《瓯北诗话》,《瓯北诗话》卷九云:"王阮亭诗:景阳楼畔文君井,明圣湖头道韫家。"与此处略不同。

(二)《云南丛书》初编本作"但修饰外面而已",《筱园先生自订钞本》改为"修饰外貌而已",以自订钞本为准。

(三)《云南丛书》初编本作"将军一世雄",《筱园先生自订钞本》改为"将军一代雄",经查王士禛《咏史小乐府二十四首·其三》,以自订钞本为准,以下正文有提及此句者,与此例同。

十一

陈星斋通政以时文名满宇内,诗笔颇秀[一]。《题画》句云:"秋似美人无碍瘦,山如良友不嫌多"(一)。翁郎夫征君照句云:"友如作画须求淡,山似论文不喜平",与星斋约略同调[二]。昔竹垞翁曾讥放翁七律贪秀句而调多重复,词意往往合掌[三],略无变换,谓比兴乃诗家六义之一,可偶见而不可屡用,若数见不鲜,转落窠臼。摘其以"如"对"似"之句,多至八十余联,以为诗病。其论甚细,学者不可不知。今星斋、郎夫二联,皆以"如"对"似"(二),亦未免放翁故辙。此种句法,秀媚工巧,易招人爱,初学往往效之,作手宜以为戒,如朱竹垞所议,今人不可再犯矣。郎夫又有《五日泛舟丁卯桥》句云:"小桥疏柳唐人宅,落日寒潮楚客魂",一时传为名句[四]。又,《咏帆影》云:"残月半痕巫峡晓,夕阳一片洞庭秋"[五];《簪衣》云:"烟波双棹晚,风雨一身秋"(三);《柳枝词》云:"千里因依惟夜月,一生消受是春风","迎来桃叶如相识,错认杨枝是小名",皆佳句也[六]。"桃叶""杨枝"二句,颇嫌尖佻,幸施于《柳枝词》,如作小题文,无妨稍巧耳。闻郎夫馆稽相国文敏家最久,相国非郎夫唱和从不作诗,京师呼为"诗媒",亦文苑中佳话,可想见升平名臣风雅矣[七]。

注

[一] 陈星斋：即陈兆仑（1700—1771），字星斋，号句山，浙江钱塘（今浙江杭州）人，有《紫竹山房集》。

[二] 翁郎夫征君照：即翁照（1677—1755），字朗夫，号霁堂，江南江阴（今江苏江阴）人，有《赐书堂诗文集》。"友如作画须求淡，山似论文不喜平"：出自翁照《与友人寻山》。

[三] 合掌：指律诗上下联虽字面变化，而意思完全一样，就像同一个人的两个手掌合在一起。

[四] "小桥疏柳唐人宅，落日寒潮楚客魂"：据沈德潜《清诗别裁集》，此句应出自余京《五日泛舟丁卯桥》，并非翁照所作。余京，字文圻，江南丹徒（今属江苏）人，有《江干诗钞》。

[五]《咏帆影》：沈德潜《清诗别裁集》作《帆影》。

[六] "千里因依惟夜月，一生消受是春风""迎来桃叶如相识，错认杨枝是小名"：出自袁枚《随园诗话》卷五，原文为："朗夫有《春柳》诗云：'千里因依惟夜月，一生消受是东风''迎来桃叶如相识，猜得杨枝是小名'。"

[七] 稽相国文敏：即稽曾筠（1670—1739），字松友，号礼斋，江苏无锡人，官至兵部尚书、吏部尚书，清代水利专家，著有《师善堂集》。朱庭珍所引"诗媒"之事，出自袁枚《随园诗话》卷五。

校

（一）与《云南丛书》初编本相比，《筱园先生自订钞本》在"秋似美人无碍瘦，山如良友不嫌多"句后，删除"《西湖晚归》云：'山气昏黄天骤暝，湖光明白月徐来'；皆楚楚有致"一句，以自订钞本为准。"秋似美人无碍瘦，山如良友不嫌多"：出自袁枚《随园诗话》卷一，原句为："秋似美人无碍瘦，山如好友不嫌多。"与朱庭珍所引略不同。

（二）"皆以'如'对'似'"句，为《筱园先生自订钞本》所增加，《云南丛书》初编本并无此句。

（三）《云南丛书》初编本、《筱园先生自订钞本》均作"烟波双棹晚"，据沈德潜《清诗别裁集》所录翁照《簑衣》，应为"烟波双鬓老"。

十二

五言长篇，始于乐府《孔雀东南飞》一章，而蔡文姬《悲愤诗》继之。唐代则工部之《北征》《奉先述怀》二篇，玉溪《行次西郊》一篇，足以抗衡[一]。退之《南山》稍次一格，然古香古色，并峙词坛，皆文章家冠冕也[二]。香山《悟真寺》诗，多至百三十韵，在集中亦是巨制，然雅秀清圆而乏浑厚高古之诣，用笔用法又鲜变化，所以不能与杜、韩、李诸诗并立[三]。宋人五古，薄于有唐，古格古意浸以沦丧，又好以文为诗，品逾趋下。终宋之世，短章五古，各大家尚有可与唐贤抗衡者，而长篇则无一出色大文可配前哲矣。元人好作长篇，而才力薄弱，词旨敷衍浅率，竟难求一完璧。其品格较宋诗尤劣，不堪为古人役，况敢望肩随耶！前明如邓远游《哀武定》，杨文襄公《闻人道汉中事》诸作，篇幅虽长，而不免牵强，且率句稚句笨句，时见败笔，皆未完善，亦不足道[四]。惟王元美《袁江流》一篇，篇幅大而才力沛然，差足为一代巨擘[五]。而归愚议其仿古痕迹未化，有心苛求，论殊过当。《将军行》亦有古致，均为传作。若本朝，则吴梅村之《临江参军》《吴门遇刘雪舫》《南园叟》三篇[六]，陈元孝之《王将军挽歌》一篇，胡稚威之《烈女李三行》一篇[七]，皆淋漓沉郁，神骨色泽、气味意旨俱逼古人[一]。而《王将军歌》神骨尤古健绝伦，足为《孔雀东南飞》及《北征》《西郊》嗣音，较王元美《袁江流》有过之而无不及也。古今大篇，佳者举列于此。各诗皆长，不能录入诗话，学者当于选本及各专集中细心玩之。

注

[一]《奉先述怀》：即杜甫《自京赴奉先咏怀五百字》。《行次西郊》：即李商隐《行次西郊作一百韵》。

[二]《南山》：即韩愈《南山诗》。

〔三〕《悟真寺》：即白居易《游悟真寺诗》。

〔四〕邓远游：即邓渼（1569—1628），字远游，江西新城（今江西黎川）人，有《大旭山房诗》《南中集》等。杨文襄公：即杨一清。

〔五〕《袁江流》：即王世贞《袁江流钤山冈当泸江小吏行》。

〔六〕《南园叟》：即吴伟业《遇南厢园叟感赋八十韵》。

〔七〕胡稚威：即胡天游。

校

（一）《云南丛书》初编本作"气味意旨皆逼古人"，《筱园先生自订钞本》改为"气味意旨俱逼古人"，以自订钞本为准。

十三

唐人七古，高、岑、王、李诸公规格最正，笔最雅炼[一]。散行中时作对偶警拔之句以为上下关键，非惟于散漫中求整齐，平正中求警策，而一篇之骨，即树于此。兼以词不欲尽，故意境宽然有余；气不欲放，故笔力锐而时敛，最为词坛节制之师。至李、杜而纵横动荡，绝迹空行，如风雨交飞，鱼龙变化，几于鬼斧神工，莫可思议矣。然文成法立，规矩森严，个中自有细针密缕，丝毫不乱，特运用无痕耳，所谓神而明之，大而化之也。歌行至此，已臻绝诣，后人莫能出其范围。韩退之特从奇伟处力造光怪陆离之境，欲自辟生面力树赤帜，实则仍系得杜一体，不过扩充恢张，略变面目耳，非能外李、杜而另创壁垒，以期凌跨也。长吉奇而篇幅局势不宽，退之奇而堂庑意境甚阔；长吉奇伟，专工炼句，退之奇伟，兼能造意入理；长吉求奇，时露用力之痕，退之造奇，颇有自得之致；长吉专于奇之一格，退之则奇正各半，不止一体。此退之才力大于长吉，学养深于长吉处，所以能与李、杜鼎足而立，为古今大家也。若卢仝辈，则无理求奇而怪诞过甚，大乖雅音。任华辈尤放恣粗野，均自堕恶道矣[二]。盖奇过则凡，必也奇而不诡于正，肆而不悖于醇，方不失风雅本意。诗之为道，理如是也。玉川子《月蚀》一诗，退之喜之，修饰删润，收入集中；及《和陆浑山火》诗效皇甫湜体，又联句诸篇，皆一时乘兴之作，等于戏笔，非韩公极诣[三]。学韩者须法其专长，勿步此种后尘，致沉沦于迷津中，不能登道岸也[四]。宋、元人误蹈覆辙者，多为后人口实，当以为戒。如前明刘青田《二鬼》诗，郭定襄《山王庙》诗、《咏枭》诗，钱牧斋《效月蚀》诗，皆学卢仝、任华辈，而恣肆太甚，时近粗恶[五]。朱竹垞赏之，未为卓见[六]。沈归愚谓非正声，力斥其伤雅道，一概摈而不取，自是正论特识。学七古者，才力学力俱强，则当以李、杜、韩、苏为宗，否则宗法高、岑、王、李，不失正格。勿误于歧途，窜入荆榛，致为大雅所弃也。

注

[一] 高、岑、王、李：即高适、岑参、王维、李颀。

[二] 任华：生卒年不详，唐青州乐安（今山东博兴）人，散文家、诗人。

[三] 韩愈《月蚀诗效玉川子作》，或即朱庭珍所谓"修饰删润，收入集中"，事实是否如此，自有专门学者研究。韩愈《陆浑山火》诗题下原有"和皇甫湜用其韵"数字或即朱庭珍"效皇甫湜体"之意。

[四] 卢仝（约 775—835），自号玉川子，范阳（今河北涿州）人，有《玉川子诗集》。《和陆浑山火》：即韩愈《陆浑山火一首和皇甫湜用其韵》。登道岸：岸，指道路的尽头；登道岸，比喻学有所成。

[五] 郭定襄《山王庙》诗、《咏枭》诗：即郭登《自公安至云南辰沅道中谒山王祠》《枭》。

[六] 朱竹垞赏之：见朱彝尊《静志居诗话》卷二"刘基"条："诸体均纯正无疵，若《二鬼》一篇，直欲破刘叉之胆矣。"

十四

阮亭先生长于七绝，短于七律，以七绝神韵有余，最饶深味，七律才力不足，多涉空腔也。然七律亦间有出色之篇，可传可法；七绝亦每有落套之作，取厌取讥。总当平心别裁，录长去短，不必一味推尊，一概攻击，随声附和，自堕门户之见。如《题赵承旨画羊》（七律）云："三百群中见两头，依然秃笔扫骅骝。猲来清远吴兴地，忽忆苍茫敕勒秋。南渡铜驼犹恋洛，西归玉马已朝周。牧羝落尽苏卿节，五字河梁万古愁。"此作不惟气格雄浑，神韵高迈，如出盛唐人手，而运法用意，亦自细密深婉。首句点题，清出所画之羊。次句即以画马为陪，推开一笔，暗摄下意，谓子昂画羊，仍以画马之法行之也。三、四以"吴兴""敕勒"对照见意，已隐寓抑扬，微讽见于言下。五、六忽用提空一联，高唱入云，振拓后半局势，而以"铜驼恋洛""玉马朝周"两面烘托，两层夹衬，笔则凌空神行，意则风霜严厉矣。更以子卿牧羝守节作结，再进一层，气倍酣厚，意逾充足，而王孙失节之愆，不必道破，自从反面明白照出。通篇层层洗伐，一气相生，无意不搜，无笔不婉，真此题绝唱。《渔洋集》中七律，罕见其匹。盖一时兴会所至，精心全力结撰而成[一]，几如"初写黄庭，恰到好处"，故归愚叟推为"诗有春秋"，并非溢美，不得以渔洋他作一例视也[一]。七绝阮亭最为擅长，时推绝技。集中名作如林，较各体独多佳制。然失手之作，则袭取风调，意味索然。如《吊杨妃墓》诗云："香魂不及黄幡绰，犹占骊山土半丘"，非套袭盛唐王少伯"玉颜不及寒鸦色，犹带昭阳日影来"句调乎[二]？夫王诗所以妙者，在"玉颜""寒鸦"，一人一物，初无交涉，乃借鸦之得入昭阳，虽"寒"犹带日光而飞，以反形人色未衰[二]，已禁长信深宫，不复得见昭阳天日之苦。日者，君象；"日影"比天颜。宫人不得见君，故自伤不如寒鸦，犹得望君颜色也。用意全在言外，对面寓人不如物之感，而措辞微婉，浑然不露，又出以摇曳之笔，神味不随词意俱尽，十四字中兼有赋、比、兴三义，所以入妙，非但以风调见长也。阮翁生吞活剥，但套句调，而意则浅直，词则笨拙，如嚼渣滓，了无余味，是画虎不成反类犬矣，又岂可违心誉之！凡人各有得力处，即各有不足处。自古及今，勿论名家大家，或诗或文，凡有专集行世者，其人必有擅长处，故能成名，自立当时，流传后世；亦必有见短处，可以指摘。后人但当平心静气，公道持论，取其长以为法，弃其短而勿犯，则观古人得失，皆于我有裨益，何庸一概毁誉，固执成见耶！其随众毁誉者，如矮人观场，循声附和，无足责矣^{（三）}。吾独不解近代之诗文家及操选政者，非无过人之才力学识，而好恶徇一己之私，其所好者极力推尊，并为曲护其短，其所恶者深文巧诋，直欲并没其长；近己者则好之，不近己者则恶之，绝不知有公道，入主出奴^[三]，纷争不已，是诚何心哉！

注

[一] 归愚叟推为"诗有春秋"：沈德潜《清诗别裁集》评王士禛《题赵承旨画羊》曰："三四已见命意矣，复以铜驼玉马一联作衬，词则凌空，意则锋刃，而更以苏子卿之不失臣节足之，赵王孙何处生活耶？人云诗中有史，此则诗有《春秋》。"

[二] "香魂不及黄幡绰，犹占骊山土半丘"：出自王士禛《渔洋精华录》之《马嵬怀古·其一》，全诗为："何处长生殿里秋，无情清渭日东流。香魂不及黄幡绰，犹占骊山土半丘。""玉颜不及寒鸦色，犹带昭阳日影来"：出自王昌龄《长信秋词五首·其三》，全诗为："奉帚平明金殿开，暂将团扇共徘徊。玉颜不及寒鸦色，犹带昭阳日影来。"

[三] 入主出奴：出自韩愈《原道》："其言道德仁义者，不入于杨，则入于墨；不入于老，则入于佛。入于彼，必出于此。入者主之，出者奴之。"意谓崇信一种说法，必然排斥另一种说法，以己所崇信者为主，以所排斥者为奴。后以"入主出奴"指持有门户之见。

校

（一）《云南丛书》初编本作"全力结构而成"，《筱园先生自订钞本》改为"全力结撰而成",以自订钞本为准。

（二）《云南丛书》初编本作"以反形人则色未衰"，《筱园先生自订钞本》改为"以反形人色未衰"，删去"则"字，以自订钞本为准。

（三）《云南丛书》初编本作"随声附和"，《筱园先生自订钞本》改为"循声附和"，以自订钞本为准。

十五

七古以长短句为最难，其伸缩长短参差错综本无一定之法，及其成篇，一归自然，不啻天造地设，又若有定法焉。非天才神力，不能入妙。太白最长于此。后人学太白者，专务驰骋豪放，而不得其天然合拍之音节与其豪放中别有清苍俊逸之神气，故貌似而实非也。凡作长短句，先须气足意足，笔到兴到，以全力举之而行所无事为第一义，不待言矣。至长短相间处，音节既贵自然，又贵清脆铿锵，可歌可诵。个中自有真诀，须相通篇之机神气势出之。凡三言、四言、五六言，皆短句也；九言、十言、十余言，皆长句也。短以取劲，如短兵相接，径欲其险，势欲其紧，故用敛笔、抑笔、擒笔、岿笔以收束筋骨，拍合节奏。而后局势急，魄力遒，寓小阵于大阵中，气弥精厉，法弥谨严也。长以取妍，局欲其宽，势欲其壮，故用提笔、扬笔、纵笔及飞舞灵动之笔以抒展筋络^(一)，振荡局势，作姿态而鼓气机，掀波澜以生变化。而后音节气势如风驰雨骤，急管繁弦，涌洪涛迭浪于长江，出五花八门于方阵，神力以放而见奇肆，气味由雄而入生辣，龙腾虎跃，莫可端倪也。一篇前后，奇正相生，长短相间，呼吸相应，断续相联。法极奇极变而逾形完密；局极壮极阔而倍觉精整。气则炼之又炼，务使浑沦沉潜，随笔势之抑扬高下，参伍错综，无不曲折奔赴，洋溢蓬勃，如意所指。而后大气飞动之中^(二)，常伏有渊然寂然深静淡定之道气隐为之根，以镇摄于神骨之间，驾驭于理法之内，俾之层出不竭。故往而能回，雄而能清，厚而能灵，高而能浑，急而不促，畅而不剽，所谓刚柔相调也，所谓醇而后肆也，盖以人声合天地元音，几于化工矣。此七古长短句之极则神功，李、杜二大家后，鲜有造诣及者。遗山时一问津，而未能纯入此境，嗣后竟绝响矣。作七古者，未具绝人之才力学识，勿轻作长短句大篇也。

校

（一）《云南丛书》初编本作"舒展筋络"，《筱园先生自订钞本》改为"抒展筋络"，以自订钞本为准。

（二）《云南丛书》初编本作"而大气飞动之中"，《筱园先生自订钞本》改为"而后大气飞动之中"，以自订钞本为准。

十六

作乐府须音节古，词意古，神味气骨无一不古，方许问鼎。使才力不得，逞书卷不得，斗笔锋矜巧思一并不得。太袭古人，是沧溟辈之优孟衣冠；太离古人，是禅家辟支外道矣。必也能如哪吒之拆肉还母，拆骨还父，另由莲花化身，始是真正法身，非色身也[一]。如此则上契佛心，立跻圣域，其庶几乎[二]！

注

[一] 法身：也称佛身，"佛三身"之一。以"法"为"身"，名为"法身"；依"法"成"佛"，是名"佛身"。释迦牟尼涅槃后，其追随者多以其言教和教法为法身，作为佛的思想和精神遍及一切、永恒存在的象征。色身：指有形质的身体，即是肉身。

[二] 佛心：指如来之心、觉悟之心，《顿悟入道要门论·上》曰："无住心者是佛心。"

十七

学老杜诗有八字诀，曰学其"开合顿挫，沉郁动荡"。此工部独至之诣，他人莫及。顾开合顿挫之奇，妙在用笔；沉郁动荡之奇，妙在气味。求用笔，须悟会于字句之先；求气味，须体验于字句之外。执杜以法杜^(一)，执诗以求诗，终莫能得其神髓。惟融杜法于心，浃以神明，契诸方寸，不泥其迹，不肖其形，斯不必执杜法杜而无往不与杜合，不屑就诗求诗，自然妙与诗印，则即心即杜，我与古人俱化矣。相遇以天，岂斤斤步古人后哉！

校

（一）《云南丛书》初编本作"执杜以求杜"，《筱园先生自订钞本》改为"执杜以法杜"，以自订钞本为准。

十八

吴梅村诗，善于叙事，尤善言闺房儿女之情；熟于运典，尤熟于汉、晋、南北史诸书。身际鼎革，所见闻者，大半关系兴衰之故，遂挟全力，择有关存亡、可资观感之事，制题数十，赖以不朽。此诗人取巧处也。其诗虽缠绵悱恻，可泣可歌，然不过《琵琶》《长恨》一格，多加藻采耳，数见不鲜。惜其仅此一枝笔，未能变化；又惜其珊金镂玉，纵尽态极妍，殊少古意，亦欠自然。倘不身际沧桑，不过冬郎《香奁》之嗣音，曷能独步一时^[一]？赵云松题其集云："国家不幸诗家幸，一到沧桑句便工"^(一)，亦实语也。

注

[一] 冬郎《香奁》：唐韩偓有《香奁集》，韩偓（约842—约923），字致尧，一作致光，小字冬郎，自号玉山樵人，京兆万年（今陕西西安）人，其诗风香艳、华丽、旖旎。

校

（一）《云南丛书》初编本、《筱园先生自订钞本》均作"一到沧桑句便工"，据赵翼《题遗山诗》，应为"赋到沧桑句便工"。朱庭珍此处"题其集"，似指赵翼题吴伟业集。查赵翼《瓯北集》卷三十三，朱庭珍所引诗句出自赵翼《题元遗山集》，乃是题元好问而非吴伟业的诗集。

十九

钱牧斋诗，以七律为最胜，沉雄博丽，佳句最多，梅村较之，不逮远矣。如"圣代自应无弃物，孤臣犹有未招魂"(一)，"长吟颇惜齐三士，相对谁知鲁二生"(二)，"吾道非欤何至此，臣今老矣不如人"，"明日孔融应便去，当年王式悔轻来"，"亲憎言禄催偕隐，友贱求名劝著书"，"裂麻未是廷臣意，枚卜空烦圣主心"(三)，"都门有客迁临贺，廷辨何人是魏其"(四)，"出山我自惭安石，作相人终忌子瞻"[一]，"共和二载仍周室，章武三年亦汉家"(五)，"周室旧闻迁宝鼎，汉宫今见泣铜盘"[二]，"劝进虚传河北表，中兴争望鄗南坛"，"先祖岂知王氏腊，穹庐不解汉家春"，"白马清流伤往事，南箕北斗愧虚名"[三]，"三吴天日悲青盖，五国风沙梦翠华"，"飘零王气沉金虎，寂寞空山泣玉鱼"，"梦华休续《东京录》，劫火犹存《北会编》"，"狱中黄霸传经去，门下朱游和药来"，"唐寝春风嘶石马，晋宫夜雨泣铜驼"，皆典切高华之作。一代巨手，以人累诗，惜哉！

注

[一]"出山我自惭安石，作相人终忌子瞻"：出自钱谦益《十一月初六日召对文华殿，旋奉严旨革职待罪，感恩述事·其三》。

[二]"周室旧闻迁宝鼎，汉宫今见泣铜盘"：出自元代戴良《秋兴五首·其五》，并非钱谦益诗句。

[三]"白马清流伤往事，南箕北斗愧虚名"，出自钱谦益《戊辰七月应召赴阙车中言怀十首·其二》。

校

(一)《云南丛书》初编本、《筱园先生自订钞本》均作"圣代自应无弃物"，据钱谦益《初学集》卷六《戊辰七月应召赴阙车中言怀十首·其一》，应为"圣代故应无弃物"。

（二）《云南丛书》初编本、《筱园先生自订钞本》均作"相对谁知鲁二生"，据钱谦益《初学集》卷六《戊辰七月应召赴阙车中言怀十首·其二》，应为"抚卷谁知鲁二生"。

（三）《云南丛书》初编本作"制麻"，《筱园先生自订钞本》改为"裂麻"。对照《牧斋初学集诗注汇校》钱谦益《十一月初六日召对文华殿，旋奉严旨革职待罪，感恩述事·其一》，以自订钞本为准。

（四）《云南丛书》初编本作"歧途有客迁崖郡"，《筱园先生自订钞本》改为"都门有客迁临贺"。对照《牧斋初学集诗注汇校》钱谦益《十一月初六日召对文华殿，旋奉严旨革职待罪，感恩述事·其六》，应为"都门有客送临贺"。全诗为："事到抽身悔已迟，每于败局算残棋。都门有客送临贺，廷辨何人是魏其？杨柳曲中游子老，车轮枕畔逐臣知。寒灯冷炕凄凉夜，不醉何因作酒悲？"

（五）《云南丛书》初编本、《筱园先生自订钞本》均作"共和二载仍周室"，据钱谦益《病榻消寒杂咏四十六首·其十八》，应为"共和六载仍周室"。

二十

牧斋《过易水》诗云："老大不堪论剑术，要离冢畔有青山。"(一)既以要离反形荆卿剑术之疏，又寓功名无成之感，所谓"诗中有我"也。牧斋吴人，故用"要离冢"之典，非泛填故实，所以深婉有味。王阮亭《题尤展成黑白卫传奇》诗云(二)："千金匕首土花班，儿女恩仇事等闲。他日与君论剑术，要离冢畔买青山。"(三)袭牧斋语，失之远矣。

校

（一）对照《牧斋初学集诗注汇校》钱谦益《春日过易水》，"要离冢"应为"要离坟"。

（二）《云南丛书》初编本作"诗曰"，《筱园先生自订钞本》改为"诗云"，以自订钞本为准。

（三）对照《渔洋精华录集注》，"千金匕首土花班"应为"千金匕首土花斑"。

二十一

宋人谓杜少陵为"诗史"，以其多用韵语纪时事也。杨升庵驳之曰："鄙哉宋人之见，不足以论诗也。夫《诗》以道性情，《春秋》以道名分，其体裁意旨判然不同。三百篇皆约情合性而归诸道德者也。然其言则琴瑟钟鼓，荇菜苤苢，乔木桃李，雀巢鼠牙，何尝有一修齐道德字面？至变风变雅，尤多含蓄，使人言外自得。如刺淫乱，则曰：'雍雍鸣雁，旭日始旦'，不必曰'慎莫近前丞相嗔'也。悯流民，则曰：'鸿雁于飞，哀鸣嗷嗷'，不必曰：'千家今有几家存'也。伤暴敛，则曰'维南有箕，载翕其舌'，不必曰：'哀哀寡妇诛求尽'也。叙饥荒，则曰'牂羊羵首，三星在罶'，不必曰'但有牙齿存，可堪皮骨干'也。杜诗之含蓄蕴藉者多矣，宋人不能学之，乃取其直陈时事类于讪讦之作群相赞叹，又撰'诗史'名目以误后人，而不知诗贵温柔，断不容兼史体也。"[一]升庵此言甚辨，其识亦卓，然未免一偏之见也。诗道大而体裁各别，古人谓诗有六义，比兴与赋，各自一体。升庵所引毛诗，皆微婉含蕴，义近于风诗中之比兴体也。所引杜句，则直陈其事之赋体也。体格不同，言各有当，岂得以彼例此，以古非今，意为轩轾哉！宋人诗多为赋体，绝少比兴，古意浸失，升庵以此论议宋人则可。老杜无所不有，众体兼备，使仅摘此数语轻议其后，则不可。如三百篇中"人而无礼，胡不遄死"[一]；"投畀豺虎，豺虎不食。投畀有北，有北不受"[二]；"文王曰咨，咨女殷商。女炰烋于中国，敛怨以为德"[二]，皆直言不讳，怨而且怒，了无余地矣，又岂能以无含蓄而废之？夫言岂一端而已，何升庵所见之不广也！学者放开眼孔，上下千古折衷于六义之旨，兼收其长，勿执一格，勿囿一偏，以期造广大精深之域。何必是丹非素，执方废圆，为通人所不取乎！

注

［一］"人而无礼，胡不遄死"：出自《诗经·墉风·相鼠》。

［二］"投畀豺虎，豺虎不食。投畀有北，有北不受"：出自《诗经·小雅·巷伯》。

校

（一）朱庭珍所引杨慎之语：出自杨慎《升庵诗话》卷十一，丁福保《历代诗话续编·中》，字句略不同。如"乔木桃李"，《升庵诗话》作"夭桃秾李"；"雀巢鼠牙"，《升庵诗话》作"雀角鼠牙"；"不知诗贵温柔，断不容兼史体也"，《升庵诗话》作"如诗可兼史，则《尚书》《春秋》可以并省"。

此外，朱庭珍所引杨慎《升庵诗话》中所涉部分词语校勘如下：

《云南丛书》初编本作"荐采苤苢"，《筱园先生自订钞本》改为"荐菜苤苢"，以自订钞本为准。《云南丛书》初编本作"鹊巢鼠牙"，《筱园先生自订钞本》改为"雀巢鼠牙"，以自订钞本为准。《云南丛书》初编本作"何尝有一修齐道德字面"，《筱园先生自订钞本》改为"何常有一修齐道德字面"，对照杨慎《升庵诗话》，以初编本为准。

（二）《云南丛书》初编本作"咨女殷商""炰烋"，《筱园先生自订钞本》改为"咨汝殷商""咆哮"，对照《诗经·大雅·荡》原文，以初编本为准。

二十二

温柔敦厚，诗教之本也。有温柔敦厚之性情，乃能有温柔敦厚之诗。本原既立，其言始可以传后世，轻薄之词，岂能传哉！夫言为心声，诚中形外，自然流露，人品、学问、心术皆可于言决之，矫强粉饰，决不能欺识者。盖违心之词，一见可知，不比由衷者之自在流出也。古今以来，岂有刻薄小人幸成诗家，忝入文苑之理！如阴参军已为宋臣矣，而陶渊明送之，但曰"才华不隐世，江湖多贱贫"，何等忠厚，何等微婉[一]！若出后人手，不知如何浅露矣。少陵哭房琯，送严公，梦李白，寄王维，别郑虔，其诗无一不深厚沉挚，情见乎词，友朋风义，何其笃也[二]！昌黎于柳州、东野，一往情深。有陶、杜、韩三公之性情，自宜有陶、杜、韩三公之诗文也。自宋以降，世风日下，文人相轻，渐成恶习。刘祁作《归潜志》，力诋遗山，自护己短。李空同与何大复书札相争，往复攻击。李于鳞因谢茂秦成名，反削其名于吟社，以书绝交[三]。赵秋谷因不借《声调谱》之故，集矢阮亭，至作《谈龙录》以贬之。袁枚与赵翼互相标榜，亦互相刺讥，赵作四六文以控袁，虽云游戏，而笔端刻毒，与市棍揭帖、讼师刀笔无异[四]。此等皆小人之尤，适以自献其丑，于人终无所损。君子之交，断不出此，才人当以为大戒也。

注

[一]"才华不隐世，江湖多贱贫"：出自陶渊明《与殷晋安别》，原诗作"良才不隐世，江湖多贱贫"。诗前有序云："殷先作晋安南府长吏掾，因居浔阳。后作太尉参军，移家东下，作此以赠。"沈德潜《古诗源》卷八评此诗曰："参军已为宋臣矣。题仍以前朝宦名之。题目便不苟且。"评"才华不隐世"云："何等周旋。所云故者无失其为故也。即此见古人忠厚。"此处"阴参军"应为"殷参军"。

[二]梦李白：即杜甫《梦李白二首》《春日忆李白》《天末怀李白》等。别郑虔，即杜甫《送郑十八虔贬台州司户，伤其临老陷贼之故，阙为面别，情见于诗》。

[三]刘祁（1203—1250），字京叔，号神川遁士，应州浑源（今山西浑源）人，著有《归潜志》。李空同与何大复书札相争：指何景明《与李空同论诗书》、李梦阳《驳何氏论文书》《再与何氏书》等。李于鳞……以书绝交：参见李攀龙《戏为绝谢茂秦书》。

[四]赵作四六文以控袁：事见梁绍壬《两般秋雨庵随笔·瓯北控词》，略引数句如下："窃有原任上元县袁枚者，前身是怪，括苍山忽漫脱逃；年老成精，阎罗殿失于查点……园伦宛委，占来好水好山；乡觅温柔，不论是男是女……借风雅以售其贪婪，假觞咏以姿其饕餮。有百金之赠，辄登诗话揄扬；尝一脔之甘，必购食单仿造……为此列款具呈，伏乞按律定罪。"

卷 四

一

沈归愚曰："王右军作字，不肯露骨，不屑取姿，独运中锋暗藏于腕力神韵之间，谓之藏锋，是以为书家正宗。诗人须解此诀，造诣始入精深之域。"又曰："诗家变化之功，决不可少。右军书结体用笔，绝不雷同，《黄庭经》《乐毅论》《东方画像赞》无一相肖处，笔有化工也。杜诗亦然，千四百余篇中，求其词意犯复者，了不可得，所以为'诗圣'也。"[一]

注

[一] 朱庭珍所引沈德潜数语：出自沈德潜《说诗晬语·下》第"六九"条："王右军作字不肯雷同，《黄庭经》《乐毅论》《东方画像赞》，无一相肖处，笔有化工也。杜诗复然。一千四百余篇中，求其词意犯复，了不可得。所以推诗中之圣。"《东方画像赞》：即《东方朔画像赞》，晋夏侯湛撰文，相传为王羲之书写。

二

朱竹垞曰："王凤洲博综八代，广取兼收，自以为无所不有，方成大家。究之千首一律，安在其为无所不有也。"[一]愚谓高青丘诗，自汉、晋、六朝以及三唐、两宋，无所不学，亦无所不似，妙者直欲逼真，可云一代天才，孰学孰似矣。其意亦欲包罗古今，取众长以成大宗，然中无真我，未能独造，终非大家之诣[二]。可知诗家工夫，始贵有我，以成一家精神气味。迨成一家言后，又须无我，上下古今神而明之，众美兼备，变化自如，始无忝大家之目。盖不执我，而自然无处不有真我在矣。所谓变化者，变化于用意树骨、使笔运法之间，非以面目句调求新，遁入别径狐穴也。

注

[一]"王凤洲博综八代"一句：出自朱彝尊《静志居诗话》卷十三，认为王世贞"病在爱博，笔削千兔，诗裁两牛，自以为靡所不有，方为大家。一时诗流，皆望其品题，推崇过实，谀言日至，箴规不闻。究之千篇一律，安在其靡所不有也。"

[二]朱庭珍对高启诗的评价，应出于《四库全书总目提要》："启天才高逸，实据明一代诗人之上。其于诗，拟汉魏似汉魏，拟六朝似六朝，拟唐似唐，拟宋似宋，凡古人之所长，无不兼之。振元末纤秾缛丽之色而反之于古，启实有力。然行世太早，殒折太速，未能熔铸变化，自为一家。"

三

咏雪诗最难出色。古人非不刻划，而超脱大雅，绝不粘滞，后人著力求之，转失妙谛。如渊明句云："倾耳无希声，在目皓已洁。"[一]寥寥十字，写尽雪之声色，后人千言万语，莫能出其右矣。右丞"洒空深巷静，积素广庭闲"，工部"烛斜初近见，舟重竟无闻"，一写城市晓雪，一写江湖夜雪，亦工传神[二]。龙标"空山多雨雪，独立君始悟"，意境虽佳，非专咏雪也[三]。祖咏"终南阴岭秀"一绝，阮亭最所心赏，然不免气味凡近[四]。柳子厚"千山鸟飞绝"一绝，笔意生峭，远胜祖咏之平，而阮翁反有微词，谓未免近俗，迨以人口熟诵而生厌心，非公论也[五]。此外无可取者。郑谷之"乱飘僧舍""密洒歌楼"[六]，韩退之之"对镜鸾窥沼，行天马度桥"（一），及"银杯""缟带"之句[七]，格卑意俗，皆入诗魔。东坡尖叉韵诗，实非佳作，以韵险而语意凡猥，易于谐俗，故得盛名[八]。介甫和作，尤堕恶道。后代逐臭之夫，纷纷效颦，步韵用韵，不一而足，殊可喷饭。惟《聚星堂禁体》

七古，诚为高唱[九]。然自古名作，一经效仿，便成窠臼，亦不必袭迹矣。山谷"疏疏密密""整整斜斜"之句，亦是笨伯劣语[十]。东坡阿好，强为之解，不足信也。后山《雪中寄魏衍》诗云："薄薄初经眼，辉辉已映空。融泥还结冻，落木更粘丛。意在千年表，情生一念中。遥知吟榻上，不道絮因风。"(二)纪文达甚赏之，批云："前四纯用禁体，工于写照。五、六确是雪天独坐神理，其故可思。结到寄魏，仍不脱雪，用法亦密。"[十一]予则谓前四句直是小儿学语，浅而且拙，粘滞已甚。五、六又太廓落，何以见是雪天？未免空而不切。一结尤凡俚。通首了无可观，虽幸见赏于河间，不敢附和，亦后山失手之作耳。总之，雪诗古今鲜有佳什，自宋以后，尤不足论矣。

注

［一］"倾耳无希声，在目皓已洁"：出自陶渊明《癸卯岁十二月中作与从弟敬远》。沈德潜《古诗源》卷八评此诗云："渊明咏雪，未尝不刻划，却不似后人粘滞。愚于汉人得两语曰'前日风雪中，故人从此去'，于晋人得两语曰：'倾耳无希声，在目皓已洁'，于宋人得一语曰：'明月照积雪'，为千古咏雪之式。"

［二］"洒空深巷静，积素广庭闲"：出自王维《冬晚对雪忆胡居士家》。"烛斜初近见，舟重竟无闻"，出自杜甫《舟中夜雪，有怀卢十四侍御弟》。

［三］"空山多雨雪，独立君始悟"：出自王昌龄《听弹风入松阕赠杨补阙》。

［四］"终南阴岭秀"一绝：即祖咏《终南望余雪》。

［五］"千山鸟飞绝"一绝：即柳宗元《江雪》。王士禛《渔洋诗话》云："余论古今雪诗，唯羊孚一赞，及陶渊明'倾耳无希声，在目皓已洁'，及祖咏'终南阴岭秀'一篇，右丞'洒空深巷静，积素广庭闲'、韦左司'门对寒流雪满山'句最佳。若柳子厚'千山飞鸟绝'，已不免俗。降而郑谷之'乱飘僧舍，密洒歌楼'，益俗下欲呕；韩退之'银杯、缟带'亦成笑柄。世人詟于盛名，不敢议耳。"

［六］"乱飘僧舍""密洒歌楼"：出自郑谷《雪中偶题》："乱飘僧舍茶烟湿，密洒歌楼酒力微。"

[七]"银杯""缟带"之句：出自韩愈《咏雪赠张籍》："随车翻缟带，逐马散银杯。"

[八]尖叉韵诗：即"险韵诗"，"尖""叉"皆险韵，北宋苏轼《雪后书北台壁》《谢人见和前篇》都以"尖""叉"为韵。《瀛奎律髓汇评》卷二十一，方回评苏轼《雪后书北台壁》云："坡知密州时作，年三十九岁。偶然用韵甚险，而再和尤佳。或谓坡诗律不及古人，然才高气雄，下笔前无古人也。观此雪诗亦冠绝古今矣。虽王荆公亦心服，屡和不已，终不能压倒。"

[九]《聚星堂禁体》：指苏轼《聚星堂雪》诗。该诗为"禁体"，即"禁用体物语"。欧阳修《雪中会客赋诗》云："玉、月、梨、梅、练、絮、白、舞、鹅、鹤、银等事，皆请勿用。"苏轼《聚星堂雪》全诗如下："窗前暗响鸣枯叶，龙公试手行初雪。映空先集疑有无，作态斜飞正愁绝。众宾起舞风竹乱，老守先醉霜松折。恨无翠袖点横斜，只有微灯照明灭。归来尚喜更鼓永，晨起不待铃索掣。未嫌长夜作衣棱，却怕初阳生眼缬。欲浮大白追余赏，幸有回飙惊落屑。模糊桧顶独多时，历乱瓦沟裁一瞥。汝南先贤有故事，醉翁《诗话》谁续说。当时号令君听取：白战不许持寸铁。"

[十]"疏疏密密""整整斜斜"之句：即黄庭坚《咏雪奉呈广平公》："夜听疏疏还密密，晓看整整复斜斜。"

[十一]此处朱庭珍所引纪昀批语与《瀛奎律髓汇评》所载略有不同，特录纪批原文如下："前四句纯用禁体，妙于写照。五、六全不著题，而确是雪天独坐神理，此可意会而不可言传。结亦两层俱到。"

校

（一）《云南丛书》初编本、《筱园先生自订钞本》均作"对镜鸾窥沼"，据韩愈《春雪》诗，应为"入镜鸾窥沼"。《瀛奎律髓汇评》卷二十一，纪昀评此句云："律体非韩公当行。'入镜'一联，向来推为名句。然亦小有思致，巧于妆点耳，非咏雪之绝唱也。"

（二）《云南丛书》初编本作"诗曰"，《筱园先生自订钞本》改为"诗云"，以自订钞本为准。《雪中寄魏衍》中间四句，《云南丛书》初编本、《筱园先生自订钞本》均作"融泥还结冻，落木更粘丛。意在千年表，情生一念中。"据陈师道《雪中寄魏衍》，应为"融泥还结冻，落木复沾丛。意在千山表，情生一念中。"

四

咏梅诗自唐以来，多连章屡牍以求胜[一]。宋人有作七律六十首者，有为五律四十首者，近代且有多至百首者。其作五、七律四首八首十首者，不可胜数。可谓穷形尽相，千力万气，以写此花矣。然佳章逾少，百不获一者，何哉？夫作梅花诗，宜以清远冲淡传其高格逸韵，否则另出新意，以生峭之笔为活色疏香写照，不宜矫激。后人一味矫激鸣高，借寓身分，不知其俗已甚，于此花转无相涉，徒自堕尘劫恶习而已。庾子山之"树动悬冰落，枝高出手寒"[二]；唐人钱起之"晚溪寒水照，晴日数蜂来"[一]；李商隐之"素娥惟与月，青女不饶霜。赠远虚盈手，伤离适断肠"[二]；崔道融之"香中别有韵，清极不知寒"[三]；僧齐己之"前村深雪里，昨夜一枝开"[四]；皆相传佳句也。中惟玉溪"素娥""青女"一联，谓月爱之而无益，霜忌之而有损，用意稍深，着色稍丽[五]。然下联即放缓一步，以淡语空际写情。其余各联，均出以雅淡之笔，不肯著力形容。可见梅诗所贵，在淡静有神矣。宋人林处士之"疏影横斜水清浅，暗香浮动月黄昏"，"雪后园林才半树，水边篱落忽横枝"[六]，千古名句，惜全篇均俚率不称[三]。"雪后""水边"一联更高，山谷之赏识诚允[七]。此后寂然绝响。东坡《松风亭梅花》长句及《和秦太虚梅花作》，高唱入云；放翁《蜀院梅花》亦是奇作，然皆七古，非律诗也[八]。律诗则苏、陆二巨公《梅花》诸作皆不出色，况他人乎！明高青丘《梅花》七律，皆其少作，无一佳章。所云"雪满山中高士卧，月明林下美人来"，则俗而近恶趣矣[九]。近人严海珊作前后《梅花》共八首，当时虽有盛名，实无超诣，未敢附和[十]。总之，此花有如藐姑仙人遗世独立，作者当相赏于色声香味之外，无烟火气，有冰雪思，乃足为名花写生。后代不以神遇而以貌求，宜其日远也。

注

[一]"晚溪寒水照，晴日数峰来"：出自钱起《山路见梅感而有作》。

[二]"素娥惟与月，青女不饶霜。赠远虚盈手，伤离适断肠"：出自李商隐《十一月中旬至扶风界见梅花》。

[三]"香中别有韵，清极不知寒"：出自崔道融《梅花》。

[四]"前村深雪里，昨夜一枝开"：出自齐己《早梅》。

[五]"月爱之而无益，霜忌之而有损"：《瀛奎律髓汇评》卷二十，纪昀评李商隐《十一月中旬至扶风见梅花》云："三、四爱之者虚而无益，妒之者实而有损。"

[六]"疏影横斜水清浅，暗香浮动月黄昏"：出自林逋《山园小梅》。"雪后园林才半树，水边篱落忽横枝"，出自林逋《梅花》。

[七]山谷之赏识诚允：见黄庭坚《书林和静诗》："欧阳文忠公极赏林和静'疏影横斜水清浅，暗香浮动月黄昏'之句，而不知和静别有《咏梅》一联云：'雪后园林才半树，水边篱落忽横枝。'似胜前句，不知文忠公何缘弃此而赏彼。文章大概亦如女色，好恶止系于人。"《瀛奎律髓汇评》卷二十，方回评林逋《梅花》云："山谷谓'水边篱落忽横枝'，此一联胜'疏影''暗香'一联。欧公疑未然，盖山谷专论格，欧公专取意味精神耳。"

[八]《松风亭梅花》长句：即苏轼《十一月二十六日松风亭下梅花盛开》。《和秦太虚梅花作》：即苏轼《和秦太虚梅花》。《蜀院梅花》：即陆游《蜀院赏梅》，此诗较不易寻，兹录全诗如下："十里温香扑马来，江头还见去年梅。喜开剩欲邀明月，愁落先教扫绿苔。跌宕放翁新醉墨，凄凉废苑旧歌台。盛衰自古无穷事，莫向昆明叹劫灰。"

[九]"雪满山中高士卧，月明林下美人来"：出自高启《咏梅九首·其一》。

[十]近人严海珊作前后《梅花》共八首：即严遂成《海珊诗钞》卷一《梅花》四首、卷五《后梅花》四首。

校

（一）《云南丛书》初编本作"连章累牍"，《筱园先生自订钞本》改为"连章屡牍"，以自订钞本为准。

（二）《云南丛书》初编本作"树冻悬冰落"，《筱园先生自订钞本》改为"树动悬冰落"，对照《庚子山集》（四部丛刊初编版）中的《梅花》一诗，以自订钞本为准。另，此段开篇即论自唐以来之咏梅诗，却引用南北朝时庚信之诗作，似不妥。

（三）《云南丛书》初编本作"惜全篇俚率不称"，《筱园先生自订钞本》改为"惜全篇均俚率不称"，以自订钞本为准。《瀛奎律髓汇评》卷二十，纪昀评林逋《梅花》云："起句率，三、四实好，后四句不成诗。"纪昀评林逋《山园小梅》云："三、四及前一联皆名句，然全篇俱不称，前人已言之。五、六浅近，结亦滑调。"可与朱庭珍评价相印证。

五

自来得名之句，有卓然可传者，有不佳而幸成名者，名篇亦然。盖非谐俗，不能风行一时，人人传诵，所以不足为据。若夫卓然可传之作，当日得名，必其时风雅极盛，能诗者在朝在野皆多有之，又值有真知诗而名位俱隆者激赏奖许所致。不然，杰作未易流传，而所流布于时者，多无可取。古人所谓"身后知己易，生前知己难"，又谓"作者难，知者不易"是也。如太白以《蜀道难》诸篇受知于贺监，谓为"谪仙人"；孟襄阳以"八月湖水平"一诗得名；而刘中山《西塞山怀古》一律，白太傅心折不已，谓"独探骊珠，余皆搁笔"；王之涣"黄河远上"、王昌龄"奉帚平明"、王右丞"渭城朝雨"三绝句，俱盛传一时，熟于歌妓之口，此皆卓然可传之篇，不愧享大名于古今者也[一]。至香山《长恨》《琵琶》二篇，亦一时风行，名满天下，至妓人能诵《长恨歌》即增身价，到今脍炙人口[二]；"离离原上草"一律，香山以此见赏于顾况，因而得名[三]；元微之《连昌宫词》流传宫禁，呼为"元才子"，与《长恨歌》齐名，此虽不能如太白诸人之卓绝千古，然得名亦尚无忝，乃名作之次一筹者也[一]。嗣后名句，如温飞卿之"鸡声茅店月，人迹板桥霜"；严维之"柳塘春水漫，

花坞夕阳迟"；宋人如陈后山之"发短愁催白，颜衰借酒红"；戴
石屏之"春水渡旁渡，夕阳山外山。"^[四]七言，唐人如崔司勋
《黄鹤楼》^[五]，杜工部《登楼》《峡夜》^{（二）}，李义山《筹笔驿》《重
有感》诸篇，此千古杰作，实至名归，无须多赞。名句如韦苏州
之"寒树依微远天外，夕阳明灭乱流中"；赵嘏之"残星几点雁
横塞，长笛一声人倚楼"；宋人梅圣俞之"野凫眠岸有闲意，老
树着花无丑枝"；陈简斋之"客子光阴诗卷里，杏花消息雨声
中"；明人高青丘之"白下有山皆绕郭，清明无客不思家"；杨孟
载《春草》诗之"六朝旧恨斜阳里，南浦新愁细雨中"（孟载名
基，以此二句得名，时人呼为"杨春草"）^[六]。以上五七律诸联，
皆昔日传诵之句，各有佳处，以云"名句"，犹不愧也。若晚唐
崔鸳鸯、郑鹧鸪、雍白鹭、罗牡丹之流，及宋人大小宋《落花》
之什，元人谢宗可《蝴蝶》之吟，皆幸得名，而诗则卑靡浅俗，
意格凡近，了无风骨，品斯劣矣^[七]。又明人如袁海叟《白雁》^{（三）}，
黎美周《黄牡丹》，邝湛若《赤鹦鹉》及本朝王阮亭《秋柳》，
亦皆负一时盛名，以为绝作，其实不过字句修饰妍华，风调好听
而已^[八]。神骨不峻，格意不高，皆非集中出色之作，不可奉以为
式。又晚唐名句，如"水面风回聚落花""绿杨花扑一溪烟""芰
荷翻雨泼鸳鸯"等语，虽秀句而写景狭小，意尽句中，了无格
韵^[九]。剑南、石湖平调小诗最多此种句法，似乎好看，殊易谐
俗，初学往往爱之，亦不难于效仿。岂知此种绝不可学，学则囿
于局中，终身不能近古，无力振拔矣。最俗者，莫过晚唐张祜
《金山》五律，鄙恶不可入目，而彼时亦复有名^[十]。又如明人苏
子平衡《咏绣鞋》诗句云："南陌踏青春有迹，西厢立月夜无声"^{（四）}，
尖佻猥邪^{（五）}，风雅扫地，然当日亦呼为"苏绣鞋"。噫！古来似
此类者甚多，不能悉数。凡一切诗话、丛书、杂记中，所夸名篇
名句，大都类此，何足轻信耶！

注

[一] 贺监：即唐代诗人贺知章（约659—约744），字季真，晚年自号
"四明狂客""秘书外监"，越州永兴（今浙江杭州萧山区）人。"八月湖水平"
一诗：即孟浩然《望洞庭湖赠张丞相》。"独探骊珠，余皆搁笔"：见宋代计有
功《唐诗纪事》卷三十九："长庆中，元微之、（刘）梦得、韦楚客同会乐天
舍，论南朝兴废，各赋金陵怀古诗。刘满饮一杯，饮已即成，曰：'王濬楼船下
益州，金陵王气黯然收。千寻铁锁沉江底，一片降幡出石头。人世几回伤往事，
山形依旧枕寒流。今逢四海为家日，故垒萧萧芦荻秋。'白公览诗，曰：'四人
探骊龙，子先获珠，所余鳞爪，何用耶！'于是罢唱。""黄河远上"：即王之涣
《凉州词》。"奉帚平明"：即王昌龄《长信秋词》。"渭城朝雨"：即王维《送元
二使安西》。

[二]《长恨》《琵琶》二篇：即白居易《长恨歌》《琵琶行》。

[三] "离离原上草"：即白居易《赋得古原草送别》。顾况（约727—约
816），字逋翁，号华阳山人，又号悲翁，苏州海盐（今浙江海盐）人，有《华
阳集》。

[四] "鸡声茅店月，人迹板桥霜"：出自温庭筠《商山早行》。"柳塘春水
漫，花坞夕阳迟"：出自严维《酬刘员外见寄》。"发短愁催白，颜衰借酒红"：
出自陈师道《除夜对酒赠少章》。"春水渡旁渡，夕阳山外山"：出自戴复古
《世事》。

[五] 崔司勋：即崔颢（704—754），汴州（今河南开封）人，有《崔颢
集》。唐玄宗开元十一年（723）进士，官至太仆寺丞，天宝中为司勋员外郎，
故称"崔司勋"。

[六] "寒树依微远天外，夕阳明灭乱流中"：出自韦应物《自巩洛舟行入
黄河即事，寄府县僚友》。"残星几点雁横塞，长笛一声人倚楼"：出自赵嘏
《长安晚秋》。"野凫眠岸有闲意，老树着花无丑枝"：出自梅尧臣《东溪》。
"客子光阴诗卷里，杏花消息雨声中"：出自陈与义《怀天经智老因访之》。"白
下有山皆绕郭，清明无客不思家"：出自高启《清明呈馆中诸公》。杨孟载：即
杨基（1326—1378），字孟载，号眉庵，嘉定州（今四川乐山）人，有《眉庵
集》。杨基《春草》诗云："嫩绿柔香远更浓，春来无处不茸茸。六朝旧恨斜阳
里，南浦新愁细雨中。近水欲迷歌扇绿，隔花偏衬舞裙红。平川十里人归晚，

无数牛羊一笛风。”

　　[七] 崔鸳鸯：即崔珏，字梦之，清河（今河北清河）人，有《和友人鸳鸯之什》，诗云：“翠鬣红衣舞夕晖，水禽情似此禽稀。暂分烟岛犹回首，只渡寒塘亦并飞。映雾乍迷珠殿瓦，逐梭齐上玉人机。采莲无限兰桡女，笑指中流羡尔归。”郑鹧鸪：即郑谷，其《鹧鸪》诗云：“暖戏烟芜锦翼齐，品流应得进山鸡。雨昏青草湖边过，花落黄陵庙里啼。游子乍闻征袖湿，佳人才唱翠眉低。相呼相应湘江阔，苦竹丛深春日西。”雍白鹭：即雍陶，字国钧，生卒年不详，四川成都人，其《咏双白鹭》诗云：“双鹭应怜水满池，风飘不动顶丝垂。立当青草人先见，行傍白莲鱼未知。一足独拳寒雨里，数声相叫早秋时。林塘得尔须增价，况与诗家物色宜。”罗牡丹：即罗隐，其《牡丹花》诗云：“似共东风别有因，绛罗高卷不胜春。若教解语应倾国，任是无情也动人。芍药与君为近侍，芙蓉何处避芳尘。可怜韩令功成后，辜负秾华过此身。”大小宋：即宋庠、宋祁兄弟。宋庠《落花》诗云：“一夜春风拂苑墙，归来何处剩凄凉。汉皋佩冷临江失，金谷楼危到地香。泪脸补痕劳獭髓，舞台收影费鸾肠。南朝乐府休赓曲，桃叶桃根尽可伤。”宋祁《落花》诗云：“坠素翻红各自伤，青楼烟雨忍相忘。将飞更作回风舞，已落犹成半面妆。沧海客归珠有泪，章台人去骨遗香。可能无意传双蝶，尽付芳心与蜜房。”《纪河间诗话》卷一认为，宋祁、宋庠兄弟的落花诗“特晚唐秾丽之格，实不尽其长”。谢宗可，生卒年不详，元朝诗人，金陵（今江苏南京）人，有《咏物诗》一卷，其《睡蝶》诗云：“不趁游蜂上下狂，闲舒倦翅怯寻芳。花房舞罢春酣重，蕙径栖迟晓梦长。贪困有谁怜褪粉，返魂无力去偷香。漆园傲吏忘形久，莫到蘧蘧枕上忙。”

　　[八] 黎美周：即黎遂球（1602—1646），字美周，番禺（今广东广州）人，明代崇祯十三年（1640），扬州郑元勋影园内黄牡丹盛开，邀请海内名流赋诗，得七言律诗九百首，以黎遂球所作《黄牡丹》十首为高，故有“黄牡丹状元”之称。邝湛若：即邝露（1604—1650），字湛若，广东南海人，著有《赤雅》等，曾在扬州作《赤鹦鹉》十二首。王士禛《秋柳》四首：作于顺治十四年（1657）秋，在山东济南游览大明湖时。《秋柳》其一云：“秋来何处最销魂？残照西风白下门。他日差池春燕影，只今憔悴晚烟痕。愁生陌上黄骢曲，梦远江南乌夜村。莫听临风三弄笛，玉关哀怨总难论。”

　　[九] “水面风回聚落花”：见晚唐张蠙《夏日题老将林亭》诗：“百战功

成翻爱静，侯门渐欲似仙家。墙头雨细垂纤草，水面风回聚落花。井放辘轳闲浸酒，笼开鹦鹉报煎茶。几人图在凌烟阁，曾不交锋向塞沙？""绿杨花扑一溪烟"：见五代后蜀张泌《洞庭阻风》："空江浩荡景萧然，尽日孤蒲泛钓船。青草浪高三月渡，绿杨花扑一溪烟。情多莫举伤春目，愁极兼无买酒钱。犹有渔人数家住，不成村落夕阳边。""芰荷翻雨泼鸳鸯"：见唐末沈彬《秋日》诗云："秋含砧杵捣斜阳，笛引西风颢气凉。薜荔惹烟笼蟋蟀，芰荷翻雨泼鸳鸯。当年酒贱何妨醉，今日时难不易狂。肠断旧游从一别，潘安惆怅满头霜。"

[十] 晚唐张祜《金山》五律：即张祜《题润州金山寺》："一宿金山寺，超然离世群。僧归夜船月，龙出晓堂云。树色中流见，钟声两岸闻。翻思在朝市，终日醉醺醺。"杨慎《升庵诗话》评此诗云："张祜诗虽佳，而结句'终日醉醺醺'已入'张打油''胡钉铰'矣。"

校

（一）《云南丛书》初编本作"稍次一筹"，《筱园先生自订钞本》改为"次一筹"，以自订钞本为准。

（二）《云南丛书》初编本、《筱园先生自订钞本》均作"《峡夜》"，误，查杜甫并无此诗，应为"《阁夜》"。杜甫《阁夜》中有"五更鼓角声悲壮，三峡星河影动摇"之句。

（三）《云南丛书》初编本、《筱园先生自订钞本》均作《白雁》，误。袁海叟，即袁凯，生卒年不详，字景文，号海叟，明初诗人，以《白燕》一诗负盛名，人称"袁白燕"。《白燕》诗云："故国飘零事已非，旧时王谢应见稀。月明汉水初无影，雪满梁园尚未归。柳絮池塘香入梦，梨花庭院冷侵衣。赵家姊妹多相忌，莫向昭阳殿里飞。"此处应为《白燕》。

（四）《云南丛书》初编本、《筱园先生自订钞本》均作"明人苏子平衡"，误，杭州人苏平，字秉衡，明代景泰年间人，应为"明人苏子秉衡"。苏平《咏绣鞋》诗，出自沈德潜《明诗别裁集》，又传此诗为沈愚所作。诗云："几月深闺绣得成，著来便觉可人情。一湾暖玉凌波小，两瓣秋莲落地轻。南陌踏青春有迹，西厢立月夜无声。看花又湿苍苔露，晒向窗前趁晚晴。"

（五）《云南丛书》初编本作"尖佻偎邪"，《筱园先生自订钞本》改为"尖佻猥邪"，以自订钞本为准。

六

凡五七律诗，最争起处。凡起处最宜经营，贵用岉峭之笔，洒然而来，突然涌出，若天外奇峰，壁立千仞，则入手势便紧健，气自雄壮，格自高，意自奇，不但取调之响也。起笔得势，入手即不同人，以下迎刃而解矣。如陈思王之"惊风飘白日，忽然归西山"[一]；谢康乐之"昏旦变气候，山水含清晖"[二]；谢宣城之"大江流日夜，客心悲未央"[三]；有唐杜审言之"独有宦游人，偏惊物候新"[四]；王右丞之"太乙近天都，连山到海隅"，"万壑树参天，千山响杜鹃"[五]；孟山人之"八月湖水平，涵虚混太清"，"山暝听猿愁，沧江急夜流"[六]；杜工部之"细草微风岸，危樯独夜舟"，"带甲满天地，胡为君远行"，"四更山吐月，残夜水明楼"，"莽莽万重山，孤城山谷间"[七]；岑嘉州之"送客飞鸟外，城头楼最高"[八]；皇甫冉之"暝色赴春愁，归人南渡头"[九]；温飞卿之"古戍落黄叶，浩然离故关"(一)；韦端己之"清瑟泛遥夜，绕弦风雨哀"(二)；李玉溪之"高阁客竟去，小园花乱飞"[十]；马戴之"孤云与归鸟，千里片时间"[十一]；宋人王半山之"春风取花去，酬我以清阴"，"客思似杨柳，春风千万条"[十二]；陈后山之"水净偏明眼，城荒可当山"，"晨起公私迫，昏归鸟雀催"，"留滞常思动，艰虞却悔来"[十三]；陈简斋之"白菊生新紫，黄芜失旧青"，"暖日熏杨柳，浓春醉海棠"[十四]；葛无怀之"月趁潮头上，山随舵尾行"[十五]，以上诸联，或雄厚，或紧遒，或生峭，或姿逸，或高老，或沉着，或飘脱，或秀拔，佳处不一，皆高格响调，起句之极有力最得势者，可为后学法式。作诗宜效此种起笔，自不患平矣。

注

［一］"惊风飘白日，忽然归西山"：出自曹植《赠徐干》。

〔二〕"昏旦变气候，山水含清晖"：出自谢灵运《石壁精舍还湖中作》。

〔三〕"大江流日夜，客心悲未央"：出自谢朓《暂使下都夜发新林至京邑赠西府同僚》。

〔四〕"独有宦游人，偏惊物候新"：出自杜审言《和晋陵陆丞早春游望》。

〔五〕"太乙近天都，连山到海隅"：出自王维《终南山》。"万壑树参天，千山响杜鹃"：出自王维《送梓州李使君》。

〔六〕"八月湖水平，涵虚混太清"：出自孟浩然《望洞庭湖赠张丞相》。"山暝听猿愁，沧江急夜流"：出自孟浩然《宿桐庐江寄广陵旧游》。

〔七〕"细草微风岸，危樯独夜舟"：出自杜甫《旅夜书怀》。"带甲满天地，胡为君远行"：出自杜甫《送远》。"四更山吐月，残夜水明楼"：出自杜甫《月》。"莽莽万重山，孤城山谷间"：出自杜甫《秦州杂诗二十首·其七》。

〔八〕"送客飞鸟外，城头楼最高"：出自岑参《陕州月城楼送辛判官入奏》。

〔九〕"暝色赴春愁，归人南渡头"：出自皇甫冉《归渡洛水》。

〔十〕"高阁客竟去，小园花乱飞"：出自李商隐《落花》。

〔十一〕"孤云与归鸟，千里片时间"：出自马戴《落日怅望》。

〔十二〕"春风取花去，酬我以清阴"：出自王安石《半山春晚即事》。"客思似杨柳，春风千万条"：出自王安石《壬辰寒食》。

〔十三〕"水净偏明眼，城荒可当山"：出自陈师道《后湖晚坐》。"晨起公私迫，昏归鸟雀催"：出自陈师道《和王子安至日三首·其一》。"留滞常思动，艰虞却悔来"：出自陈师道《寒夜》。

〔十四〕"白菊生新紫，黄芜失旧青"：出自陈与义《连雨书事》。"暖日熏杨柳，浓春醉海棠"：出自陈与义《放慵》。

〔十五〕"月趁潮头上，山随舵尾行"：出自葛天民《访端叔提干》。葛天民：生卒年不详，字无怀，初名义铦，号朴翁，越州山阴（今浙江绍兴）人，其诗多为近体，以白描见长，有《无怀小集》。

校

（一）《云南丛书》初编本、《筱园先生自订钞本》均作"古戍落黄叶"，据温庭筠《送人东游》，应为"荒戍落黄叶"。

（二）《云南丛书》初编本、《筱园先生自订钞本》均作"清瑟泛遥夜"，据韦庄《章台夜思》，应为"清瑟怨遥夜"。

七

作律诗虽争起句，而通篇尤贵以气格胜^(一)。须要成竹在胸，操纵随手，自起至结首尾元气贯注，相生相顾镕成一片，精力弥满浑沦无迹，自然高厚沉雄，官止神行，所谓"中声"也^[一]。此诣惟工部、右丞擅长，他人鲜及，乃近体最上乘法门^(二)。然代不数人，人不数篇，非火候纯足意兴兼到时一得之，难以强求。次者，起笔既得势，首联岸拔警策，则三、四宜展宽一步，稍放和平，以舒其气而养其度，所谓"急脉缓受"也，不然恐太促太紧矣^[二]。三、四和平，则五、六宜振拓，切忌平拖，顺流放过去。一平顺，后半即率弱不称，须用提笔振起，方为得手。要着力凝练，必须成杰句警语^(三)，镇得住，撑得起，拓得开，勒得转，以为上下关键，乃一篇树骨之要害处也。五、六既好，结句则相机取神，切无忽略草率，就势行之。或推开一步，或追入一层，或反掉以顾首，或纡徐以生姿^(四)，或从旁点而正意不露，或翻余波而远韵悠然，总要全副精神赴之，如是则章法完密，无懈可击矣。若起势非岸健，系属平起，则三、四不得不着力凝练以求警策。而以五、六为筋节血脉，放缓一步，舒上下之气，通前后之息。结句又用提笔振作，以为归宿可也。古人律诗法度，大致多此二式，略拈出以为初学下手用笔之助。然诗家贵参活法，忌泥死法，千变万化，不可执一律拘，是又在人能神而明之，有定实无定也。

注

[一] 中声：是儒家"乐而不淫、哀而不伤"思想在诗歌表现形式上更为凝练的表述。《荀子》曰："《诗》者，中声之所止也。"此处朱庭珍以"诗贵气格"来解释"中声"，认为"中声"是作者创作时元气贯注、官止神行的一种体现，这在一定程度上丰富了传统的诗歌"中声"理论。

［二］急脉缓受：比喻用和缓的办法应付急事，此处用来比喻诗文创作中故意放松一笔，造成抑扬顿挫之势。

校

（一）《云南丛书》初编本作"虽争起笔""尤贵以气格胜"，《筱园先生自订钞本》改为"虽争起句""而通篇尤贵以气格胜"，以自订钞本为准。

（二）《云南丛书》初编本作"最上大乘法门"，《筱园先生自订钞本》改为"最上乘法门"，以自订钞本为准。法门：指佛所说的法，因是众生超凡入圣的门户，故称"法门"。

（三）《云南丛书》初编本作"必使成杰句警语"，《筱园先生目订钞本》改为"必须成杰句警语"，以自订钞本为准。

（四）《云南丛书》初编本作"或纤徐以取姿"，《筱园先生自订钞本》改为"或纤徐以生姿"，以自订钞本为准。

八

阮亭先生所讲声调音节，最为入细，作七古不可不知。所谓"以音节为抑扬，以笔力为操纵"二语，真七古妙谛也［一］。凡字以轻清为阳，以重浊为阴［二］。用阳字为扬，用阴字为抑；平声为扬，仄声为抑。而阳中之阴，阴中之阳，与夫字虽阳而音哑，字虽阴而声圆者，个中又各有区别，用时必须逐字推敲，难以言尽。作平韵一韵到底七古，不惟上句落脚之字宜上、去、入三声间杂用之，不可犯复，即下句四仄三平亦须酌其音而用之［三］。总要铿锵金石（一），一片宫商，无哑字、哑韵、雌声、重声梗滞其间［四］，自然协调。至押仄韵七古，上句落脚平字，须调于上下平轻重之间；落脚仄字，须避下句押韵本声［五］。如押入韵，则用上去二声，不可再用入声字以犯下句韵脚之声［六］。押去、上韵亦然，掺杂互用，音节乃妙。至转韵七古，或六句一转，或四句一转，八句一转，不可多寡过于悬殊，致畸轻畸重，总须匀称［七］。所押之韵，亦要平仄相间。至中间忽夹一段句句押韵者，须一滚而出，如涛翻云涌，又须急其节拍，为繁音变调，若风驰雨骤之交至，即古骚赋中"乱词"之遗也[八]。斟酌平仄、阴阳、响哑而选择用之，参差错杂，相间成音，此即五声迭奏之意，人籁上合天籁矣。若夫用笔之道，贵操纵自然，不可恃才驰骋。当笔阵纵横一扫千军之际，而力为驾驭，莫令一往不返，使纵中有擒，伸中有缩，以开合顿挫为收放抑扬。此七古用笔之妙诀，先生其先得我心乎？

注

[一] 以音节为抑扬：刘大勤记《师友诗传续录》第十六条，刘大勤问："萧亭先生曰：'所云以音节为顿挫者，此为第三第五等句而言耳。盖字有抑扬，如平声为扬，入声为抑，去声为扬，上声为抑。凡单句住脚字，必错综用之，方有音节。如以入声为韵，第三句或用平声，第五句或用上声，第七句或用去声。大约用平声者多，然亦不可泥，须相其音节变换用之。但不可于入声韵单句中，再用入声字住脚耳。'此说足尽音节顿挫之旨否？"王士禛答曰："此说是也。然其义不尽于此，此亦其一端耳。且此语专为七言古诗而发，当取唐杜、岑、韩三家，宋欧、苏、黄、陆四家七古诸大篇，日吟讽之，自得其解。"

[二] 轻清：指声音轻柔清脆。重浊，指声音低沉粗重。

[三] 平韵：指平声韵。

[四] 哑字：不响的字，相对于响字而言。响字，指响亮的字。吕本中《童蒙诗训》引潘邠老的话说："七言第五字要响，如'返照入江翻石壁，归云拥树失山村'，'翻'字、'失'字，是响字也。五言诗第三字要响，如'圆荷浮小叶，细麦落轻花'，'浮'字、'落'字，是响字也。所谓响者，致力处是也。"哑韵：指声韵低沉或冷僻字多的韵部。雌声：指声音尖细似女子。重声：与"轻声"相对。清人戴震《声类表》把开、合各分四等，以重声、轻声区分等第。开口内转重声，指开口一等；开口外转重声，指开口三等；合口内转重声，指合口一等；合口外转重声，指合口三等。

[五] 仄韵：指仄声韵。

[六] 入韵：指入声韵。

[七] 转韵：指诗歌并不是通篇采用同一个韵，而会出现中途换韵的情况。

〔八〕乱词：指篇末总括全篇要旨的话，此处指辞赋中最后带总结性的一段诗句。

校

（一）《云南丛书》初编本作"总须铿锵金石"，《筱园先生自订钞本》改为"总要铿锵金石"，以自订钞本为准。

九

律诗炼句，以情景交融为上，情景相对次之，一联皆情、一联皆景又次之。然一联皆写情，则两句须有变幻，不可一律，致犯合掌之病。一联皆写景亦然，或上句写远下句写近，或上句写所闻下句写所见。总须一句自有一句之意境〔一〕，两句迥然不同却又呼吸相应，此为至要。情景交融者，景中有情，情中有景，打成一片，不可分拆。如工部"感时花溅泪，恨别鸟惊心"，"卷帘残月影，高枕远江声"，"村春雨外急，邻火夜深明"，"风月自清夜，江山非故园"，"露从今夜白，月是故乡明"，"山鬼吹灯灭，厨人语夜阑"，"落日心犹壮，秋风病欲苏"〔一〕；右丞"白云回望合，青霭入看无"，"松风吹解带，山月照弹琴"，"行到水穷处，坐看云起时"，"时倚檐前树，远看原上村"，"大壑随阶转，群峰入户登"〔二〕；常建"山光悦鸟性，潭影空人心"〔三〕；嘉州"白发悲花落，青云羡鸟飞"等句，皆是句中有人，情景兼到者也〔四〕。情景相对者，如工部"白首多年病，秋天一味凉"〔二〕，"几年逢熟食，万里逼清明"〔五〕；宋之问"老至居人下，春归在客先"〔三〕；顾况"一家千里外，百舌五更头"等句〔六〕，一句情对一句景是也。至一联皆情、一联皆景佳句，诗家更多，不可胜数。其两句写成一例，意境合掌不可为训者，如"蝉噪林逾静，鸟鸣山更幽"一联〔七〕，王介甫以写景略无变幻，两句一律少之，上句改为"风定花犹落"，而以"鸟鸣山更幽"作对，谓如是则上句静中有动，下句动中有静，不至合掌^{（四）}，便成写景名句。所论入微，初学详之。

注

[一]"感时花溅泪，恨别鸟惊心"：出自杜甫《春望》。"卷帘残月影，高枕远江声"：出自杜甫《客夜》。"村春雨外急，邻火夜深明"：出自杜甫《村夜》。"风月自清夜，江山非故园"：出自杜甫《日暮》。"露从今夜白，月是故乡明"：出自杜甫《月夜忆舍弟》。"山鬼吹灯灭，厨人语夜阑"：出自杜甫《山馆》。"落日心犹壮，秋风病欲苏"：出自杜甫《江汉》。

[二]"白云回望合，青霭入看无"：出自王维《终南山》。"松风吹解带，山月照弹琴"：出自王维《酬张少府》。"行到水穷处，坐看云起时"：出自王维《终南别业》。"时倚檐前树，远看原上村"：出自王维《辋川闲居》。"大壑随阶转，群峰入户登"：出自王维《韦给事山居》。

[三]"山光悦鸟性，潭影空人心"：出自常建《题破山寺后禅院》。

[四]"白发悲花落，青云羡鸟飞"：出自岑参《寄左省杜拾遗》。

[五]"几年逢熟食，万里逼清明"：出自杜甫《熟食日示宗文、宗武》。

[六]"一家千里外，百舌五更头"：出自顾况《洛阳早春》。

[七]"蝉噪林逾静，鸟鸣山更幽"：出自王籍《入若耶溪》。王籍，生卒年不详，字文海，南朝梁诗人，琅琊临沂（今山东临沂）人，以博学多才闻名。

校

（一）《云南丛书》初编本作"总写一句自有一句之意境"，《筱园先生自订钞本》改为"总须一句自有一句之意境"，以自订钞本为准。

（二）《云南丛书》初编本、《筱园先生自订钞本》均作"白首多年病，秋天一味凉"，据杜甫《潭州送韦员外牧韶州（迢）》，应为"白首多年疾，秋天昨夜凉"。

（三）《云南丛书》初编本、《筱园先生自订钞本》均作"宋之问"，经查，"老至居人下，春归在客先"出自刘长卿《新年作》，故应为"刘长卿"。

（四）《云南丛书》初编本作"如此则上句静中有动""不致合掌"，《筱园先生自订钞本》改为"如是则上句静中有动""不至合掌"，以自订钞本为准。王安石改诗事，出自沈括《梦溪笔谈》卷一四，原文为："古人诗有'风定花犹落'之句，以谓无人能对。王荆公以对'鸟鸣山更幽'。'鸟鸣山更幽'本宋王籍，元对'蝉噪林逾静，鸟鸣山更幽'上下句只是一意，'风定花犹落，鸟鸣山更幽'则上句乃静中有动，下句动中有静。"与朱庭珍所引略有不同。

十

律诗中二联不宜一味写景。有景无情固非好手所为，景多于情亦非佳处。盖诗要文质协中，情景交化，始可深造入微。若南宋、晚唐之诗，竟有八句皆景者，是最下乘禅[一]，当以为戒。剑南、石湖平调诗，尤多误犯此病，不止一律中只炼一联佳句，而首尾多未完善，令后人疑先得句而后足成篇，故多率笔，群为口实也。近代诗家工五律者，莫如屈翁山、施愚山二君。工七律者，自剑南、遗山后，明则青丘、牧斋。我朝则陈元孝为第一，时人则闽中张亨甫际亮亦工此体，二君皆一代天才也。

注

[一] 下乘禅：下乘即小乘，下乘禅即小乘禅法。此处用以借指境界平庸的诗歌作品。

十一

短章贵酝酿精深，渊涵广博，色声香味俱净，始造微妙之诣[一]。大篇则当如天马腾空，神龙行雨，纵横跌荡，变化神明，莫可端倪，始见才力之奇。故五七古各有界限，而长篇短幅，造诣取境又各不同。相题行事，各还其真，则两得其胜[二]。苟拘彼以例此，一有所偏，易位而施，则两美俱失矣。孟山人、王右丞均工于短章五古，擅美一时，而王阮翁选《三昧集》竟标为正宗，扬以立教。其选不取李、杜[三]。又所选《五七古诗钞》，李仅取其《古风》，杜仍不录，视杜为五古变体，惟叙述时事，当效法杜耳[四]。此外凡作五古，皆宜宗王、孟、韦、柳一派，以为复古而神韵无穷也。固哉王叟之论诗，废晋、楚而尊鲁、卫，竟欲举一格以绳古今天下，岂通论耶！宜其诗洮洮易尽，自以为味淡声稀，已造高古之诣，而不知反启平庸之弊，如禅家误守顽空，并非真空澈悟也。后人才力弱者，腹笥孤陋者[五]，群借口以文过饰非，自相神圣，不复可以正理诘矣。始作俑者，非阮翁乎！

注

[一] 微妙：此处所用之意，出于佛家"法体幽玄故曰微。绝思议故曰妙"，维摩经菩萨品曰："微妙是菩提，诸法难知故。"

[二] 相题：指审察诗题的内涵外延及其精神实质之所在。

[三]《三昧集》：即王士禛所选《唐贤三昧集》。"其选不取李、杜"：王士禛《唐贤三昧集序》云："录其尤隽永超诣者，自王右丞以下四十二人，为《唐贤三昧集》，厘为三卷……不取李、杜二公者，仿王介甫《百家》例也。"

[四]《五七古诗钞》：即王士禛《古诗选》。"李仅取其《古风》"：王士禛《古诗笺凡例》云："李诗篇目浩繁，仅取《古风》，未遑悉录。"

[五] 腹笥：指腹中所记之书籍及所有的学问。

十二

南宋四大家，当时称尤、萧、范、陆，谓尤延之、萧东夫、范石湖、陆放翁也[一]。然三人皆非放翁之匹[一]，而延之尤卑。后萧之诗失传，乃以杨诚斋代之，改为尤、杨、范、陆，而萧之姓氏与诗几泯灭无闻[二]。身后名之显晦，亦有幸有不幸焉。然诚斋诗浅俗鄙滑，颓唐粗硬，纯堕恶趣，真江西派中魔魁，竟负虚名，浪传至今，殊不可解。东夫诗虽亦染江西派习气，而风骨棱棱，较诚斋为雅音矣。仅传其咏梅花句云："百千年藓着枯干，一两点花供老枝。"又云："湘妃危立冻蛟背，海月冷挂珊瑚枝。"又云："悬崖雪堕惊孤鹤，压屋云凉眠定僧。"笔意崎崟[二]，力求生造，在拗体中，亦斩新耳目之句。归愚先生乃贬其意象孤子，入于涩体，未免是丹非素之习，所见不广^[三]。夫言岂一端，体各有当，拗律吴体，皆以生峭奇逸为工，本避熟求新乃作此体，何得以常法绳之！

注

[一] 尤延之：即尤袤（1127—1194），字延之，号遂初居士，常州无锡（今江苏无锡）人。有《梁溪集》五十卷，早佚。清人尤侗辑有《梁溪遗稿》两卷。萧东夫：即萧德藻，生卒年不详，字东夫，自号千岩老人，闽清（今福建闽清）人，著有《千岩择稿》，后不传。

[二] 杨诚斋：即杨万里（1127—1206），字廷秀，号诚斋，吉州庐陵（今江西吉安）人，著有《诚斋集》。

[三] "归愚先生乃贬其意象孤子，入于涩体"：见沈德潜《说诗晬语》卷下第六条："萧（萧德藻）几不能举其名氏，而诗亦散逸矣。传其《咏梅》云：'百千年藓着枯树，一两点花供老枝。'又云：'湘妃危立冻蛟背，海月冷挂珊瑚枝。'意子子求新，而入于涩体者也？"涩体：指一种生造艰涩、佶屈聱牙的诗体，唐代张鷟《朝野佥载》谓徐彦伯为文，多变易求新，以"凤阁"为"鸡阁"，"龙门"为"虬户"，"金谷"为"铣溪"，"玉山"为"琼岳"，"竹马"为"篆骖"，"月兔"为"魄兔"，当时人效之，谓之"涩体"。

校

（一）《云南丛书》初编本作"然三人皆非放翁匹"，《筱园先生自订钞本》改为"然三人皆非放翁之匹"，以自订钞本为准。

（二）《云南丛书》初编本作"笔意崎峭"，《筱园先生自订钞本》改为"笔意崎崟"，以自订钞本为准。崎，形容山路不平。崟（音 yín），高耸，高峻貌。

十三

孔陵孟庙，皆最难着笔。以题目太大，至圣亚圣德业，形容莫罄，有非赞颂所能举似者。况韵语拘于格律限于体裁。尤难以片言居要，故自古罕出色之笔。唐明皇"夫子何为者，栖栖一代中"一篇，只淡淡着笔，纯以咏叹出之，可谓得神，亦诗家另行一路，避熟求新之法也[一]。此外诗话所称"阳虎可能同面目，祖龙空自烬诗书"，亦只工对，未为高唱[二]。近人大兴舒铁云孝廉名位，著有《瓶水斋诗集》，嘉庆中颇负盛名，一时才士也[三]。其集有《谒曲阜孔陵》七律，警句云："劫火红烧秦《月令》，史才青削鲁《春秋》。出家仙佛开生面，入彀英雄到白头"，可谓戛戛独造矣[四]。又《题尊经阁》句云："壁中丝竹红羊劫，殿上文章《白虎通》"，亦炼得有声有色[五]。孟庙诗作者较多，尤少杰构。朱竹垞《过邹谒庙》二律[六]，亦无奇处，所云"爵颁公一位，邻择里三千"（一），好句不过如此。惟黄野鸿子云一律最佳，诗云："歇马余残照，循墙谒閟宫。衣冠王者并，俎豆圣人同。战国风趋下，斯文日再中。低徊抚松柏，惆怅仰龟蒙。"[七]通首气格苍浑，归愚谓一字不粘着《孟子》七篇及《荀孟世家》中语，自然精切不易[八]。五六"战国""斯文"一联，天下传为名句。《楹联丛话》《随园诗话》皆载田进士颖实过邹，梦入孟庙，见柱间独悬金字大书一联云："战国风趋下，斯文日再中"，晤而记之。明旦谒庙，遍觅楹柱，并无此联，问人亦无知者，不解何故。后十年游吴中，偶得《野鸿集》阅之，乃集中《谒孟庙》诗五、六两句也。岂孟子在天之灵爱此二语，而书为楹联，悬以自娱耶？亦一奇事[九]。然此二句，正自不愧，他人千百言不能出其范围矣。予幼年谒庙，亦有二律，中有句云："致君尧舜业，济世孔颜心"；又云："三迁慈母训，百里圣人居。"[十]初颇惬意，及见黄诗，不觉自失。

注

[一]"夫子何为者，栖栖一代中"：出自唐玄宗《经鲁祭孔子而叹》。

[二]"阳虎可能同面目，祖龙空自烬诗书"：出自袁枚《随园诗话》卷八："罗两峰诵人《孔庙》诗云：'阳虎可能同面目，祖龙空自倒衣裳。'"

[三]舒位（1765—1815），少名佺，字立人，号铁云。直隶大兴（今北京

大兴）人，在乾嘉诗坛上颇有盛名，与王昙、孙原湘并称"乾隆后三家"，著有《瓶水斋诗集》。

［四］"劫火红烧秦《月令》，史才青削鲁《春秋》。出家仙佛开生面，入彀英雄到白头"：出自舒位《瓶水斋诗集》卷十，原诗题为《曲阜拜圣人林下·其二》，全诗如下："少年嬉戏壮遨游，铁绝三挝老未休。劫火红烧秦《月令》，史才青削鲁《春秋》。出家仙佛开生面，入彀英雄到白头。十二万年无大过，著书才不负穷愁。"

［五］"壁中丝竹红羊劫，殿上文章《白虎通》"：出自舒位《书仲瞿经解各说后》，诗题与朱庭珍所引不同。

［六］《过邹谒庙》二律：出自朱彝尊《曝书亭集》卷七《邹县谒孟子庙二首》。

［七］"歇马余残照"一诗：即黄子云《孟庙》。

［八］"归愚谓一字不粘着《孟子》七篇及《荀孟世家》中语，自然精切不易"：出自沈德潜《清诗别裁集》卷三十，沈德潜评黄子云《孟庙》云："不粘着孟子七篇及孟、荀世家，却一字不可移易，自是作家手段。"

［九］田颖实事：出自袁枚《随园诗话》卷六、梁章钜《楹联丛话》卷三。二者所记载基本相同，但与朱庭珍此处所记不同。如梁章钜《楹联丛话》卷三云："锡山邹世楠过孟庙，梦联句云：'战国风趋下，斯文日再中。'觉而异之。遍观廊庑，无此十字。后数年，过苏州，得黄野鸿集读之，乃其集中句也。不知何以入梦，亦奇矣。田实发题孟庙云：'孔门功冠三千士，周室生当五百年。'亦佳。"朱庭珍记忆或有误。

［十］"致君尧舜业，济世孔颜心"：出处不详，今传朱庭珍《穆清堂诗钞》不载。"三迁慈母训，百里圣人居"：出自朱庭珍《穆清堂诗钞·鸿泥集》，其中《邹县谒孟庙》云："独立肩斯道，中天日再光。三迁慈母训，百里圣人乡。言必称尧舜，功差并管商。岩岩瞻气象，如对岱宗旁。"与此处所引略异。

校

（一）《云南丛书》初编本、《筱园先生自订钞本》均作"爵颁公一位，邻择里三千"，据朱彝尊《曝书亭集》卷七《邹县谒孟子庙二首》其二，应为"爵班公一位，里纪母三迁"。

十四

咏物诗最难见长。处处描写物色，便是晚唐小家门径，纵刻画极工，形容极肖，终非上乘，以其不能超脱也。处处用意，又入论宗，仍是南宋人习气，非微妙境界[一]。则宛转相关，寄托无迹，不粘滞于景物，不着力于论断，遗形取神，超凡入圣，固别有道在矣(一)。少陵《画鹰》《宛马》之篇[二]，《孤雁》《萤火》之什，《蕃剑》《捣衣》之作，皆小题咏物诗也，而不废议论，不废体贴，形容仍超超玄著(二)，刻画亦落落大方，神理俱足，情韵遥深，视晚唐、南宋诗人体物，迨如草根虫吟耳。是以知具大手笔，小诗亦妙绝时人(三)，学者可知所取法矣。

注

[一] 论宗：佛教术语，指以论藏为宗旨者，如三论宗。此处借指宋人以议论入诗的现象。

[二]《宛马》：即杜甫《房兵曹胡马》。

校

（一）《云南丛书》初编本作"超相入理"，《筱园先生自订钞本》改为"超凡入圣"，以自订钞本为准。

（二）《云南丛书》初编本、《筱园先生自订钞本》为避清朝皇帝名讳，均作"超超元著"，今改回"超超玄著"。

（三）《云南丛书》初编本作"并小诗亦妙绝时人"，《筱园先生自订钞本》改为"小诗亦妙绝时人"，删除"并"字，以自订钞本为准。

十五

诗所以言志，又道性情之具也。性寂于中，有触则动，有感遂迁，而情生矣。情生则意立。意者志之所寄，而情流行其中，因托于声以见于词。声与词意相经纬以成诗，故可以章志贞教，怡情达性也。是以诗贵真意。真意者，本于志以树骨，本于情以生文，乃诗之源，即诗家之先天[一]。至修词工夫，如选声配色之类，皆后起粉饰之事，特其末焉耳。诗人首重炼意，以此。惨淡经营于方寸之中，以思引意，以才辅意，以气行意，以笔宣意，使意发为词，词足达意，而意中意外，志隐跃其欲现，情排恻其莫穷，斯言之有物，衷怀几若揭焉。故可以感动后人，以意逆志，虽地隔千里时阅百代，而心心相印如见其人，所谓"言为心声"，"人各有真"是也[一]。后人不肯称情而言，意与心违，矫激之词连篇屡牍[二]，不惟喜怒哀乐均失其真，即言与人亦迥不相符。言伪而辨，亦安用之！此古人所以多真君子，而后人所以多伪君子也。岂非速朽之道，安望传哉！

注

[一] 言为心声：出自汉代扬雄《法言·问神》："言，心声也；书，心画也。"人各有真：即人各有其真性情。

校

（一）《云南丛书》初编本作"乃诗家之源"，《筱园先生自订钞本》改为"乃诗之源"，以自订钞本为准。此处之"真意"，融情志为一体，是诗歌"树骨""生文"的基础，故朱庭珍称其为"诗之源""诗家之先天"。

（二）《云南丛书》初编本作"愬情激志以形于言"，《筱园先生自订钞本》改为"矫激之词连篇屡牍"，以自订钞本为准。矫激：指奇异偏激，违逆常情。

十六

学诗须由上而下，自源及流，从古至今。入手尤须急争上游[一]，先熟三百篇，骚、选、古诗以次，并及唐、宋[一]。若宋以后诗，博览之以广见闻，参证得失，不必奉为师法。如是则势顺，虽为其难，终能深造自立。若今而古，自后代而溯前人，则逐末忘本，其势逆，虽为其易，终无所得，决不能自立，成就一家之言也。

注

［一］"骚、选、古诗以次"：即屈原《离骚》、萧统《昭明文选》、《古诗十九首》。

校

（一）《云南丛书》初编本作"力争上游"，《筱园先生自订钞本》改为"急争上游"，以自订钞本为准。

十七

体物之功，铸局之法[一]，断不可少。此须沉心入理，于经史诸子推求研究，又于古大家集尽力用一番设身处地反复体认工夫，又于物理人情细心静验，始能消除客气，不执成见，以造精深微妙之诣，得渐近于自然。从古大才人，未有不由细入悟，而能深造自得者。近代名流多自用聪明，客气主事，不能深究古人隐微，少细心会悟工夫，宜其造诣浅近，去古日远，正坡公所谓"狂花客慧"者也[二]。譬之无根之水虽暴，其涸可立而待，何足恃乎![三]

注

［一］铸局：此处指诗歌创作讲究谋篇布局。

［二］狂花客慧：出自北宋苏轼《子由新修汝州龙兴寺吴画壁》："细观手面分转侧，妙算毫厘得天契。始知真放本精微，不比狂花生客慧。"苏轼把那些不本于精微而空事真放，不出于法度而侈言新意的画法比作"狂花生客慧"。

［三］"譬之无根之水虽暴，其涸可立而待"：语出《孟子·离娄下》："原泉混混，不舍昼夜，盈科而后进，放乎四海。有本者如是，是之取尔。苟为无本，七八月之间雨集，沟浍皆盈；其涸也，可立而待也。故声闻过情，君子耻之。"

十八

诗家以不登应酬作为妙，此是正论。而袁枚非之，谓"李、杜、苏、韩集中，强半应酬诗也。万里之外，情文相生，又可废乎？今若可删，昔无可赠^{（一）}。谁谓应酬诗不能工耶？"^[一]噫！此借以文己过，强词夺理之言也。夫朋友列五伦之一，"同心之言，其臭如兰"，《周易》亦有取焉^[二]。勿论赠答唱和之作，但有深意有至情，即是真诗，自应存以传世，不得谓之应酬。即投赠名公巨卿，或感其知，或颂其德，或纪其功，或述其义，但使言由衷发，无溢美逾分之词，则我系称情而施，彼亦实足当之，有情有文，仍是真诗。即其人无功德可传，而实能略分忘位，爱士怜才，于我果有深交厚谊，则知己之感，自有不容已于言者，意既真挚，情自缠绵，本非违心之辞，亦是真诗，均不得以应酬论。所谓应酬者，或上高位，或投泛交，既无功德可颂，又无交情可言，徒以慕势希荣，逐利求知，屈意颂扬，违心谀媚，有文无情，多词少意，心浮而伪，志躁以卑；以及祝寿贺喜，述德感恩，谢馈赠，叙寒暄，征逐酒食，流连燕游，题图赞像，和韵叠章，诸如此类，岂非词坛干进之媒，雅道趋炎之径^[三]！清夜扪心，良知如动，应自忸怩，不待非议及矣。是皆误于"应酬"二字者也。则不登应酬之作，所以严诗教之防；不滥作应酬之篇，所以立诗人之品，何可少也。考袁枚一生，最工献谀时贵，其集具可覆按，直借诗以渔利耳。乃故作昧心之语以饰己过，亦可丑也。后生勿受其愚。

注

[一] "李、杜、苏、韩集中，强半应酬诗也"一段：出自袁枚《随园诗话》卷三。原文为："予在转运卢雅雨席上，见有上诗者，卢不喜。余为解曰：'此应酬诗，故不能佳。'卢曰：'君误矣！古大家韩、杜、欧、苏集中，强半应酬诗也。谁谓应酬诗不能工耶？'予深然其说。后见粤西学使许竹人先生自序其《越吟》云：'诗家以不登应酬作为高。余曰：不然。《三百篇》、行役之外，赠答半焉。逮自河梁泊李、杜、王、孟，无集无之。己实不工，体于何有？万

里之外，交生情，情生文；存其文，思其事，见其人，又可弃乎？今而可弃，昔可无赠；毋宁以不工规我。'"

[二]"同心之言，其臭如兰"：出自《周易·系辞上》。

[三]赞像：指人物画像的赞语。干进：指谋图仕进。趋炎：指追逐、投靠有权势者。

校

（一）《云南丛书》初编本作"昔可无赠"，《筱园先生自订钞本》改为"昔无可赠"以自订钞本为准。

十九

洪稚存经术湛深，工于考据[一]。其诗初宗法选体，时能造句，本负过人才力。中年以后身入词林，与西川张船山同馆交好，唱和甚密，降格相从，颓然放笔，纵恣叫嚣，前后判如二手矣[二]。夫以稚存学问才力，俯视一时，一为船山所累，遂染其习气，纵笔自恣，诗格扫地，况不如稚存者！择友取益，讵可不慎！何苦舍己素守[一]，徇人嗜好，致失故步，有损无益耶？圣人戒损友，而禁友不如己者，有以也夫[三]！

注

[一]"经术湛深，工于考据"：洪亮吉在经学上，著有《春秋左传诂》《毛诗天文考》《公羊穀梁古义》《三传古义》等。在小学上，著有《比雅》《汉魏音》《六书转注录》《宋书音义》等。

[二]"身入词林，与西川张船山同馆交好"："词林"为翰林院别称，此处指洪亮吉中进士（1790年）后，任翰林院编修期间与张问陶交往之事。

[三]禁友不如己者：出自《论语·学而》，原文为："君子不重，则不威。学则不固。主忠信。无友不如己者。过，则勿惮改。"

校

（一）《云南丛书》初编本作"舍己素守"，《筱园先生自订钞本》改为"捨己素守"，二字同意，简化为"舍"，以初编本为准。

二十

诗不可入词曲尖巧轻倩语，不可入经书板重古奥语，不可入子史僻涩语，不可入稗官鄙俚语，不可入道学理语，不可入游戏趣语，并一切禅语、丹经修炼语，一切杀风景语，及烂熟典故与寻常应付公家言，皆在所忌，须扫而空之，所谓"陈言务去"也[一]。自宋以来，如邵尧夫、二程子、陈白沙、庄定山诸公，则以讲学为诗，直是押韵语录[二]。其好二氏书者，又以禅机、丹诀为诗，直是偈语、道情矣。此外讲考据者以考据为诗，工词曲者以词曲为诗，好新颖者以冷典僻字、别名琐语入诗，好游戏者以稗官小说、方言俚谚入诗。凌夷至今，风雅扫地。有志之士，急须别裁伪体，扫除群魔，力扶大雅，上追元音，勿为左道所惑，误入迷津。若夫已入歧途者，宜及早回头，捐除故技，更求正道，如康昆仑之于段师，虽失之东隅，犹可救之桑榆也[三]。

注

[一] 公家言：指官家的文书用语。

[二] 邵尧夫：指邵雍（1011—1077），字尧夫，谥号"康节"，范阳（今河北定兴）人，著有《伊川击壤集》。二程子：指程颢、程颐。程颢（1032—1085），字伯淳，洛阳人，世称"明道先生"。程颐（1033—1107），字正叔，洛阳人，世称"伊川先生"。二人著作编入《二程全书》。陈白沙：指陈献章（1428—1500），字公甫，号石斋，别号碧玉老人、玉台居士、江门渔父、南海樵夫、黄云老人等，广东新会人，世称"白沙先生"，著有《白沙集》。庄定山：指庄昶（1437—1499），字孔旸，号木斋，又号卧林居士，晚号活水翁，学者称"定山先生"，著有《定山集》。

[三] 康昆仑与段师之事：唐段安节《乐府杂录》、元稹《琵琶歌》、段成式《酉阳杂俎》均有记载。其中段安节《乐府杂录》云："贞元中，有康昆仑第一手，始遇长安大旱，诏移南市祈雨，及至天门街，市人广较胜负，斗声乐。即街东，有康昆仑，琵琶最上，必谓街西无以敌也，遂令昆仑登彩楼，弹一曲

《新翻羽调绿腰》。其街西亦建一楼，东市大哨之，及昆仑度曲，西市楼上，出一女郎，抱乐器，先云：'我亦弹此曲，兼移在枫香调中。'及下拨，声如雷，其妙入神。昆仑即惊骇，乃拜请为师。女郎遂更衣出见，乃僧也。盖西市豪族厚赂庄严寺僧善本姓段，以定东廛之声。翌日，德宗召入，令陈本艺，异常嘉奖，乃令教授昆仑。段奏曰：'且请昆仑弹一调。'及弹，师曰：'本领何杂，兼带邪声？'昆仑惊曰：'段师神人也，臣小年初学艺时，偶于邻舍女巫，授一品弦调，后乃易数师。段师精鉴，如此玄妙也。'段奏曰：'且遣昆仑不近乐器十年，使忘其本领，然后可教。'诏许之。后果尽段之艺。"

二十一

南宋遗民诗，以谢皋羽《晞发集》为最[一]。笔力生峭，远非汪水云、郑所南辈比矣[二]。《谷音》二卷，所辑皆逸老诗，中多佳句，亦复可传。元遗山所辑《中州集》，意在备一代掌故，若诗则佳章寥寥，多无足观[三]。国初若王阮亭所选之《感旧集》，陈其年之《箧衍集》，皆同时人诗，虽去取未尽精当，而评骘公允，体例颇严，足成一家之书，可供采择也[四]。

注

[一] 谢皋羽：指谢翱（1249—1295），字皋羽，晚号宋累，又号晞发子，长溪（今福建霞浦）人，著有《晞发集》。

[二] 汪水云：指汪元量，南宋诗人，生卒年不详，字大有，号水云，钱塘（今浙江杭州）人，著有《水云集》。郑所南：指郑思肖（1241—1318），字忆翁，号所南，南宋著名遗民作家、画家。他的名、字、号均是宋亡后改取的，以示不忘故国，忠于赵宋，原名已不可考，著有《所南翁一百二十图诗集》《郑所南先生文集》等。

[三] 《谷音》：元人杜本（1276—1350）编，辑南宋遗民诗一百首。张矩《谷音跋》云："乃宋亡元初，节士悲愤，幽人清咏之辞。京兆先生早游江湖，得于见闻，悉能成诵，因录为一编，题曰《谷音》。若曰山谷之音，野史之类也。"《中州集》：金人元好问（1190—1257）编，共十卷，金亡后编辑成书，选收金代251人之2261首诗。但未收录当时在世诗人作品。因作者多聚集于中

州（今河南一带），故名。

[四]《感旧集》：清人王士禛（1634—1711）编。选录与编者同时之诗人333家，诗作2572首。士禛以诗名天下，交游甚广，晚年辑所藏平生师友之作而成此集。感旧，即感时怀旧之意。《箧衍集》：清人陈维崧（1625—1682）编。共十二卷，选录康熙中叶前重要诗作者157人，诗849首。本书原为陈维崧辑抄，生前秘不示人，卒后十年，同里蒋景祁得之于敝篋，遂由华绘校订刊行。箧：此谓书箱，或因唐人元结有诗选《箧中集》而得名。

二十二

南宋人诗，如杨诚斋、尤延之、戴石屏、刘后村、曾茶山、周益公辈，皆浪得虚名，粗鄙浅率，自堕恶道，披沙拣金，百不获一[一]。尚不如九僧、四灵辈，虽规模狭小，力量浅弱[一]，而秀削不俗，犹多佳句也。诗道至此，诚为大厄[二]。姜白石在宋末元初，独为翘楚，其诗甚有格韵，雅洁可传[二]。方虚谷诗与人品，并皆下劣，无可节取，较白石天渊矣[三]。

注

[一]戴石屏：即戴复古（1167—1248），字式之，号石屏，黄岩（今浙江台州）人，工于诗词，有《石屏诗集》。刘后村：指刘克庄（1187—1269），字潜夫，号后村，莆田（今福建莆田）人，有《后村先生大全集》。曾茶村，指曾几（1084—1166），字吉甫、志甫，号茶山居士，谥号"文清"，赣州（今江西赣县）人，有《茶山集》。周益公，指周必大（1126—1204），字子充，又字洪道，自号平园老叟，吉州庐陵（今江西吉安）人，封益国公，有《玉堂类稿》。

[二]姜白石在宋末元初：姜夔生于公元1155年（南宋绍兴二一五年），卒于公元1211年（嘉定四年），并非宋末元初人，朱庭珍误。此事实已经郭绍虞先生在《清诗话续编》校记中指出。

[三]方虚谷：指方回（1227—1307），字万里，号紫阳、虚谷居士，徽州歙县（今安徽歙县）人，著有《桐江集》《桐江续集》。所谓"诗与人品，并皆下劣"：指方回在南宋理宗时登第，初以《梅花百咏》向权臣贾似道献媚，后

见似道势败，又上似道十可斩之疏，得任严州（今浙江建德）知府。元兵将至，他高唱死守封疆之论，及元兵至，又望风迎降，得任建德路总管，不久被罢官。

校

（一）《云南丛书》初编本作"力量浅薄"，《筱园先生自订钞本》改为"力量浅弱"，以自订钞本为准。

（二）《云南丛书》初编本作"诚为大阨"，《筱园先生自订钞本》改为"诚为大扼"，"阨"同"厄"，"扼"有"把守、控制、简要、抓住"等义，故应以初编本为准。

<h2 style="text-align:center">二十三</h2>

浙江吴牧驺（仰贤）以癸丑翰林，散馆改官吾滇，知罗次、昆明两县，迁牧武定州，擢守广南，权迤东兵备道，所至皆有惠泽及民[一]。以忤上官，引疾归。生平爱才如命。其诗宗法昌黎、香山、玉溪、东坡，绰有笔力，近日一作手也。录其《题吴和甫学使纪游图》七古云[二]："使君文采今欧苏，华裾葱绮翔天衢(一)。读书中秘探经郛，李峤才子天子呼。星轺远莅穷九隅，燕秦晋卫齐楚吴。竹王杜宇闻见殊，足迹但未逾苍梧。碧鸡金马仙之区(二)，两衔使命万里趋。五华驻节双轮扶，挖扬风雅开榛芜，峒花狨鸟皆沾濡(三)。岁在执徐寇张弧，赤丸白梃纷塞途。诸生戎服短后襦，蛮触相争胡为乎？使君蒿目意不愉，遣兴忽写卧游图(四)。鸿泥雪爪无处无(五)，一一俱情丹青摹，雪山咫尺方蓬壶。软舆快马兼飞舻，左携吟囊右茗盂，从游又有诗僧癯（原注：谓岩栖上人）。今年秩满当还都，春水方长思莼鲈。故乡云有桑田腴，男耕女织亦可娱，遂初誓将狎菰芦。凤书飞下云彩铺，汝为学士帝曰俞，林泉未许归樵渔。送公朝天歌骊驹，愿公少留宏远谟。他时校士游西湖，六桥烟柳应未枯。"《昆明怀古》诗云："白晳通候旧建牙，包胥痛哭到天涯。入关壮士追秦鹿，出塞单车载帝

· 160 ·

趴。故妓分香犹有梦，奸雄跋扈已无家。凄凉新府沧桑换，兴废
谁怜井底蛙？"[三]此诗咏吴逆三桂故事，乃《怀古》四章之一。
次句指其求援师于我朝，三句指破走闯贼，四句指以兵执桂王于
缅，五句指陈圆圆，六句言其叛亡，结则吊其菜海故宫[四]。通首
使事雅切，音节清苍，亦合作也。

注

[一] 吴牧驺：即吴仰贤（1821—1887），字牧驺，别号小匏庵，浙江嘉兴
人，咸丰二年（1852）进士，官至云南迤东道，著有《小匏庵诗存》《小匏庵
诗话》。吴仰贤《丙辰补散馆改官滇南别都下诸公》诗云："琼楼玉宇寻残梦，
瘴雨蛮烟问劫灰"。罗次：今属云南楚雄彝族自治州禄丰县。武定州：今属云南
楚雄彝族自治州。广南：清代为广南府，下辖宝宁县、砚山县、富宁县等，今
广南县隶属于云南文山州。

[二]《题吴和甫学使纪游图》：吴仰贤《小匏庵诗存》卷三，原诗题为
《学宪吴和甫先生举生平足迹所至，选其胜境各绘一图，凡二十有四，而总名之
曰系怀图，命题赋此》。

[三]《昆明怀古》，出处不详，经查吴仰贤《小匏庵诗存》，未见此诗。

[四] 桂王：即南明永历帝朱由榔（1623—1662），北直隶顺天府（今北京
市东城区）人，隆武二年（1646年）袭封桂王。菜海行宫：今云南昆明莲花
池，吴三桂在那里兴建安阜园，曾是陈圆圆的居所。

校

（一）《云南丛书》初编本作"华裙葱蓥翔天衢"，《筱园先生自订钞本》
改为"华裾葱蓥翔天衢"，以自订钞本为准。

（二）《云南丛书》初编本、《筱园先生自订钞本》均作"碧鸡金马仙之
区"，据吴仰贤《小匏庵诗存》卷三《学宪吴和甫先生举生平足迹所至，选其
胜境各绘一图，凡二十有四，而总名之曰系怀图，命题赋此》，应为"缥鸡金
马仙之区"。

（三）《云南丛书》初编本、《筱园先生自订钞本》在"抉扬风雅开榛芜"
后均有"峒花犵鸟皆沾濡"句，据吴仰贤《小匏庵诗存》卷三《学宪吴和甫先
生举生平足迹所至，选其胜境各绘一图，凡二十有四，而总名之曰系怀图，命

题赋此》，应删除"峒花犷鸟皆沾濡"句。

（四）《云南丛书》初编本、《筱园先生自订钞本》均作"遣兴忽写卧游图"，据吴仰贤《小匏庵诗存》卷三《学宪吴和甫先生举生平足迹所至，选其胜境各绘一图，凡二十有四，而总名之曰系怀图，命题赋此》，应为"遣兴写此卧游图"。

（五）《云南丛书》初编本、《筱园先生自订钞本》均作"鸿泥雪爪无处无"，据吴仰贤《小匏庵诗存》卷三《学宪吴和甫先生举生平足迹所至，选其胜境各绘一图，凡二十有四，而总名之曰系怀图，命题赋此》，应为"雪泥鸿爪无处无"。

二十四

赵秋谷与阮亭不睦，久遂成仇，至作《谈龙录》以诋刺之[一]。独心折于二冯，几欲铸金崇奉，其好恶殊不可解(一)。查秋谷之服膺冯氏，阿好溢美，其说本于常熟吴修龄[二]。曾三过吴门，访求修龄所著《围炉诗话》而不得，大以为恨。予观二冯所著《钝吟老人集》《默庵小刻》，并所评《才调集》及吴氏诗话诸书，不觉大笑，乃知秋谷之笃嗜，真如嗜痂，不可以正理诘矣[三]。修龄集矢牧斋，至为《正钱录》以讥牧斋诗文，深文巧诋，指摘不遗余力，与秋谷掊击新城，作《谈龙录》，后先一揆[四]。所著诗话，于有明前后七子及明末之陈卧子、曹能始、钱牧斋、吴梅村、周栎园诸家，无不吹毛索疵，诃诟万端，而独推崇冯氏诗为六百年所无，奉为一代宗匠[五]。其持论与秋谷同符，故秋谷隐宗明祖，欲援吴以张其军(二)。盖性情溪刻，笔锋犀利，伸臆说以乱公论，阿私好以排异己，二人同病，所以投契如是。其实吴氏议论乖谬，有似市井无赖，痛毁贤士大夫而推尊村塾学究，又似浮荡子弟，妄议庄姜、明妃不美而以所私倡女为天人(三)，盲道黑白，大抵此类，岂足当识者一哂耶！二冯宗法晚唐，崇尚西昆，其诗卑靡无格，惟以心思尖巧见长，不过冬郎、武功、端己嗣音[六]。其佳者略窥飞卿、水部门径而止[七]，去玉溪且千百里之遥，况李、杜、王、孟乎？秋谷好恶拂人之性，其议诚不足辨矣。

注

[一] 赵秋谷与阮亭不睦：据刘世南《清诗流派史》，二人争论之缘由，一是对诗歌政治作用的理解不同，王士禛自觉用神韵说引导海内士大夫超越社会政治现实，去探求闲适恬淡的生活情趣，由此而满足清王朝所创造的盛世；赵执信则强调诗歌的现实作用，认为诗歌应反映民生疾苦。二是对诗歌审美作用的理解不同，王士禛倡导"神韵说"，推崇"不着一字，尽得风流"；赵执信诗则"思路劖刻""意主刻露"。至于其他指责赵执信忘恩负义或性情偏激者，均未得二人争论之要害。

[二] 吴修龄：即吴殳，又名吴乔（1611—1695），江苏太仓人，后入赘昆山，遂占籍昆山，著有《围炉诗话》。

[三]《钝吟老人集》：冯班著，全称为《钝吟老人遗稿》。《默庵小刻》：冯舒著，全称为《默庵遗稿》。《才调集》：冯班、冯舒著，全称为《二冯评点才调集》。吴氏诗话：即吴乔《围炉诗话》。嗜痂：即嗜痂之癖，原指爱吃疮痂的癖性，后来形容怪癖的嗜好。

[四]《正钱录》：是吴乔针对当时诗坛盟主钱谦益的摘瑕纠谬之作，今不传。对此书之创作缘由，有数种不同说法。一、据钱陆灿《汇刻列朝诗集小传序》，吴乔曾投谒钱谦益，不见答，而有不平之鸣，则《正钱录》乃泄私愤之作。二、黄宗羲《思旧录》认为，钱谦益文章有数病："阔大过于震川，而不能入情，一也；用《六经》之语，而不能穷经，二也；喜谈鬼神方外，而非事实，三也；所用词华每每重出，不能谢华启秀，四也；往往以朝廷之安危，名士之隐亡，判不相涉，以为由己之出处，五也。"所以才有人"以为口实，掇拾为《正钱录》"。简言之，《正钱录》之作是钱谦益文章本身的弊病所致，乃咎由自取。三、汪琬《钝翁前后类稿》卷十八《与梁御史论〈正钱录〉书》认为，吴乔《正钱录》"其例甚严，其词甚辨，诚有功于斯文"，但是没有出以"和平之心、周详博大之识"，不能达到"服钱之心而杜其口"的效果。四、当代学者土默热《大观园诗社与蕉园诗社（二）》认为，吴乔作《正钱录》，是因为诗学主张不同，吴诗宗唐，钱诗宗宋，故吴乔抨击、指摘钱氏之作。

[五] 曹能始：即曹学佺（1574—1647），字能始，号石仓，侯官（今福建福州）人，有《石仓历代诗文集》。周栎园：即周亮工（1612—1672），字符亮，号栎园，河南祥符（今河南开封）人，有《赖古堂集》。"推崇冯氏诗为六百年所无"，见吴乔《围炉诗话》卷二："论定远诗甚难，若直言六百年无是诗，闻者必以为妄；若谓六百年中有是诗，则诗集具在，有好句之佳作有之，未有无好句之佳作如定远者也。"

[六] 冬郎：即唐代诗人韩偓。武功：即唐代诗人姚合。端己：即唐代诗人韦庄。

[七] 飞卿、水部：即唐代诗人温庭筠、张籍。

校

（一）《云南丛书》初编本作"独心折二冯"，《筱园先生自订钞本》改为"独心折于二冯"，以自订钞本为准。

（二）《云南丛书》初编本作"欲援吴以振其军"，《筱园先生自订钞本》改为"欲援吴以张其军"，以自订钞本为准。

（三）《云南丛书》初编本作"妄议庄姜、明妃不美而以所私娼女为天人"，《筱园先生自订钞本》改为"妄议庄姜、明妃不美而以所私倡女为天人"。娼女侧重指卖淫的女性，倡女侧重指以歌舞娱人的妇女，二字有时相通，此处以自订钞本为准。庄姜：姜姓，齐庄公的长女，太子得臣的同母妹妹，齐僖公的异母姐妹，卫庄公的夫人。明妃：指王昭君（约公元前52年—约公元8年），名嫱，字昭君，乳名皓月，西汉南郡秭归（今湖北兴山人），西汉元帝时和亲宫女。

二十五

前明画家，以文、沈、唐、仇为最。仇十洲工北宗人物、山水楼阁，而不能诗，直一画师耳[一]。唐子畏则负才名，与文衡山、沈石田皆有诗集矣。然子畏诗纵笔率意，俚俗颓唐，与解大绅辈同堕野狐禅魔道中，不足言诗也[二]。衡山诗有佳句，惜多剑南、石湖平调，语秀而格不高，古诗徒肖选体形貌，绝少生气，亦非诗家当行。惟石田秀拔不群，时饶格韵，洵画家之能诗者矣。"山雨乍来茆溜湿，溪云欲堕竹梢低"，此一联善写微雨之景，当时称之，都南濠录入诗话，又赏其落花诗[三]。孙退谷《庚子消夏记》亦赏其《爱日歌》《七十生日作》两长篇，叹为奇绝[四]。

注

[一] 仇十洲：即仇英（约1502—1552）（此处据潘文协《仇英年表》），字实父，号十洲，原籍江苏太仓，后移居苏州。擅画人物，尤长仕女，既工设色，又善水墨、白描，能运用多种笔法表现不同对象，或圆转流美，或劲丽艳爽。偶作花鸟，亦明丽有致。

[二] 解大绅：即解缙（1369—1415），字大绅，号春雨，江西吉水人，有《文毅集》。解缙之诗任才使气、不事雕琢，时有粗浅之弊，这也是朱庭珍认为他堕入野狐禅魔道的原因之一。

[三] "山雨乍来茆溜湿，溪云欲堕竹梢低"：出自沈周《溪亭小景》，原诗作"山雨乍来茆溜细，溪云欲堕竹梢低"。落花诗：都穆《南濠诗话》并未录入沈周此联诗，但是录入了沈周《落花诗》，原文为："先生又尝作《落花诗》，其警联云：'无方漂泊关游子，如此衰残类老夫。''送雨送春长寿寺，飞来飞去洛阳城。''美人天远无家别，逐客春深尽族行。''懊恼夜生听雨枕，浮沈朝入送春杯。''万物死生宁离土，一场恩怨本同风。'皆清新雄健，不拘拘题目，而亦不离乎题目，兹其所以为妙也。"

[四] 孙退谷《庚子消夏记》亦赏其《爱日歌》《七十生日作》两长篇：经查孙承泽《庚子销夏记》，未见其对沈周此二首诗的评论。但袁枚《随园诗话》卷八，第七六条，赞赏沈周"有《爱日歌》《七十自寿》两篇，奇绝。"

二十六

升庵壮年戍滇，老而未返，于三迤足迹迨遍。滇中山水景物多入题咏，足备后人采择，足资地志考据。滇中风雅，实倡于此。惜其论诗专主六朝、初唐，以齐梁绮丽为宗，词胜于格，肉多于骨，有春华而欠秋实，终非上乘禅耳。况其学不专于诗，往往疏于法律[一]，又多空调浮响，究难与专门名家争胜负于千古。特其读书既多，著述最富，不惟论说考证多具卓识，即以诗言，其佳章好句，亦多可取。略摘一二于此。五言如"凉风天末树，明月海边楼"，"海光浮树杪，山翠滴床头"[二]，"叶响非关雨，林香不待花"[三]，"平沙盘马路，残雪射雕天"[四]；七言如"湖势欲浮双塔去，山形如拥五华来"[一]，"摧颓杜甫歌朱凤，憔悴王褒望碧鸡"[五]，"江山平远难为画，云物高寒易得秋"[六]，"渴虹下饮玉池水，蜺日平分苍岭霞"[七]，皆可玩也（双塔，寺名。五华，山名。玉池、苍岭，皆在大理）。升庵《郊行》云："山田迭楼梯，水田界棋局。白鹭时飞来，点破秧针绿"；又"山城昨夜黄梅雨，开遍金钗石斛花"。皆善写风土，恰是滇西之景[八]。

注

[一] 法律：指诗法格律。

[二] "海光浮树杪，山翠滴床头"：出自杨慎《梦游感通寺柬诸友》。

[三] "叶响非关雨，林香不待花"：出自杨慎《登玉京观陈子昂读书台》。

[四] "平沙盘马路，残雪射雕天"：出自杨慎《沙河县》。

[五] "摧颓杜甫歌朱凤，憔悴王褒望碧鸡"：出自杨慎《春兴六首·其四》。

[六] "江山平远难为画，云物高寒易得秋"：出自杨慎《病中秋怀·迢递城西百尺楼》。

[七] "渴虹下饮玉池水，蜺日平分苍岭霞"：据杨文生《杨慎诗话校笺》，"诗话续补遗"卷三"晛日"云："余尝登眺山寺，见雨霁虹蜺下饮涧水，明若刻画，近如咫尺，日射其旁如盼睐，得句云：'渴虹下饮玉池水，斜日横分苍岭霞。'自谓切景。张愈光云：'斜字犹未衬渴字。'后一年，偶阅《庄子》'日方中方睨'，《衍义》云：'日斜如人睨目。'遂改作'晛日'对'渴虹'。愈光曰：'渴虹、晛日，古今奇句也。'"诗话所载与朱庭珍所记略有不同。

[八] 《郊行》：杨慎原诗题为《出郊》，与此略不同，据《四库全书精编·集部》，原诗为："高田如楼梯，平田如棋局。白鹭忽飞来，点破秧针绿。"山城昨夜黄梅雨，开遍金钗石斛花：出自杨慎《雨中漫兴柬泓山中溪洱皋》，据王

文才选注《杨慎诗选》，原诗句为"满城连日黄梅雨，开到金钗石斛花"。

校

（一）《云南丛书》初编本作"岭上闻猨孤枕泪，壁间见揭故乡情"，《筱园先生自订钞本》改为"湖势欲浮双塔去，山形如拥五华来"，以自订钞本为准。此诗句出自明代郭文《登太华兰若》，原诗为："晚晴独倚旃檀阁，烟景苍苍一望开。湖势欲浮双塔去，山形如拥五华来。仙游应有飞空鸟，僧去宁无渡水杯。不为平生仙骨在，安能得上妙高台？"并非杨慎诗句。不过，杨慎曾对此诗进行改写，改为："仙人掌上梵王台，雨雾秋清望眼开。湖势欲浮双塔去，山形如拥五华来。摩天鹳鹤窥明镜，呷浪鱼龙引渡杯。金碧西南无此境，为君扶病一徘徊。"

二十七

王阮亭《题画》云："芦荻无花秋水长，淡云微雨似潇湘。雁声摇落孤舟远，何处青山是岳阳？"[一]《露筋祠》云："翠羽明珰尚俨然，湖云祠树碧于烟。行人系缆月初堕，门外野风开白莲。"[二]《杨妃墓》云："巴山夜雨却归秦，金粟堆边草不春。一种倾城好颜色，茂陵终伴李夫人。"[三]《蟂矶灵泽夫人祠》云："霸气江东久寂寥，永安宫殿莽萧萧。都将家国无穷恨，分付浔阳上下潮。"[四]此四绝皆以神韵制胜，意味深远，含蓄不露，阮翁集中最上乘也（一）。

注

[一] 王阮亭《题画》：原诗题为《樊圻画》。樊圻（1616—？），字会公，更字洽公，清初"金陵八家"之一，江宁（今江苏南京）人，工山水花草人物，莫不极其妙境。

[二]《露筋祠》：原诗题为《再过露筋祠》。

[三]《杨妃墓》：原诗题为《马嵬怀古》。

[四] 蟂矶灵泽夫人：蟂矶在今安徽芜湖，灵泽夫人是刘备妻、孙权妹，传于蟂矶投江死，后人在此为其建祠，称灵泽夫人祠。永安宫：指刘备在四川

奉节白帝城中所建行宫。

校

（一）《云南丛书》初编本作"阮亭"，《筱园先生自订钞本》改为"阮翁"，以自订钞本为准。

二十八

蒋心余《响屟廊》云："不重雄封重艳情，遗踪犹自慕倾城。怜伊几两平生屐，踏碎山河是此声。"[一]《题画》云："孤亭危坐意萧然，千尺松涛响乱泉。可惜隆中卧龙子，肯将丞相换神仙！"[二]"不写晴山写雨山，似呵明镜照烟鬟。人间万象模糊好，风马云车便往还。"（一）用意沉着，又七绝中之飞将也。

注

[一]《响屟廊》：蒋士铨《响屟廊》共二首，此处所引为第二首。响屟廊：在苏州灵岩山吴王夫差为西施所建宫殿内，其下放大瓮，瓮上铺木板，西施穿木鞋在板上行走，嗡嗡有声，故名"响屟廊"。

[二]《题画》：出自蒋士铨《题王石谷画册》第四首，共十二首。

校

（一）"不写晴山写雨山"为蒋士铨《题王石谷画册》第五首。原诗句作"人间万象模糊好"。《云南丛书》初编本作"人间万象模糊好"，《筱园先生自订钞本》改为"人间万象馍馏好"，相较而言，"模糊"更为通用，以初编本为准。

二十九

《花宜馆诗》，钱塘吴仲云尚书所著。其《题招子庸明府画竹》《题宫庶侯明府画山水》及《藤花歌》七古三大篇，皆笔力俊逸峭拔，卓卓可传[一]。近体亦多佳什，好句甚多。如"水似妙文千百折，鸥如熟客再三来"，"出奇花有骄人色，向晚云无出岫心"；"秋士性情蛩独语，故山消息鹤长饥"；"小溪得雨换新绿，乱树初芽生暖烟"，皆有剑南、石湖平调七律语意，亦复可观[二]。

注

[一]《题招子庸明府画竹》：见吴振棫《花宜馆诗钞》卷八，原诗题为《画竹歌为招铭山明府（子庸）作》。略摘前几句云："招子姓奇人亦奇，能骑快马千里驰。前年试吏到左海，粗袍芒屩无人知。生平诗句颇狼藉，近来画笔尤淋漓。醉中直上蓬莱阁，左招灵蠵右海若。"《题宫庶侯明府画山水》：见吴振棫《花宜馆诗钞》卷十，原诗题为《题宫庶侯（思晋）画淮南山水》。略摘前几句云："画君门前山，画君门前水。我虽非淮人，亦颇识其似。君昔游滇复游蜀，好山好水俱烂熟。南宗北派不复论，画稿胸中贮千幅。"《藤花歌》：见吴振棫《花宜馆诗钞》卷八，略摘前几句云："老藤广荫三亩余，乃在听事东南隅。我来霜雪正萧悴，陆槁疑是樵薪枯。苔封石倚势盘屈，五龙纠绞根非孤。"

[二] 以上数联，出处不详。

三十

李玉洲先生《五丁峡》诗云："双崖翠影侵天合，万窍云根入地空。"[一]归愚宗伯赏之，谓能状奇景，抵人千百[二]。然下句更胜出句，二语未能恰称也。归愚又赏明人赵鹤《登岱》句云："山压星辰从下看，海浮天地自东回"，谓胸中不知吞几云梦[三]。对句果写得阔大雄伟，出句颇嫌空泛，"从下看"三字，凑而稚率，微有伧气，亦未称也。大抵名句须上下相称，不得已而对胜于出，终非作家手段。若出胜于对，直是村夫子伎俩矣。古来大手名句，无不二语皆工，精力相敌，字字经称量熔铸而成，安有此病？朱竹垞赏赵文《金山寺》句云："淮海东来三百里，大江中涌一孤峰。"[四]王阮亭赏程孟阳句云："瓜步江空微有树，秣陵天远不宜秋。"[五]此二联便一律匀称，不忝杰句矣。

注

[一] 李玉洲先生：即李重华（1682—1755），字实君，号玉洲，江南吴江（今江苏吴江）人，著有《玉洲诗集》。

　　〔二〕能状奇景，抵人千百：沈德潜《清诗别裁集》评李重华《五丁峡》云："'万窍云根入地空'，他人费作赋才，虽千百言亦写不到。"

　　〔三〕赵鹤：生卒年不详，字叔鸣，号具区，江苏江都（今扬州）人，明弘治九年（1496）进士，历官户部主事、金华知府，著有《具区集》。"山压星辰从下看，海浮天地自东回"：出自赵鹤《登岱四首·其一》，全诗为："分明苍秀拨云开，谁凿当年混沌胎。山压星辰从下看，海浮天地自东回。一时岱狩雍容礼，千古崧高制作材。载说皇明称祀诏，始知神哲奠三才。"沈德潜《说诗晬语·下》第二十三条："又赵鹤《登岱》云：'山压星辰从下看，海浮天地自东回。'胸中不知吞几云梦也！"

　　〔四〕赵文：生卒年不详，字宗文，明永乐时任鄱阳知县。赵文《过金山寺》诗云："水天楼阁影重重，化国何年此寄踪。淮海西来三百里，大江中涌一孤峰。涛声夜恐巢枝鸟，云气朝随出洞龙。几欲登临帆去疾，苍茫遥听隔烟钟。"与朱庭珍所记略不同。朱彝尊《静志居诗话》卷六，评赵文云："赵曳传诗不多，率清稳可诵。其《题金山寺》云：'淮海西来三百里，大江中涌一孤峰。'凌厉无前，惜乎全诗不称。"

　　〔五〕王阮亭赏程孟阳句：见王士禛《渔洋诗话》卷中："律句有神韵天然，不可凑泊者。程孟阳'瓜步江空微有数，秣陵天远不宜秋'是也。""瓜步江空微有树，秣陵天远不宜秋"：出自程嘉燧《送曹文江之六合》。

三十一

　　近代古文，天下盛宗桐城一派（一）。其持法最严，工于修饰字句，以清雅简净为主。大旨不外乎神韵之说，亦如王阮翁论诗专主神韵，宗王、孟、韦、柳之意也〔一〕。而自相神圣，谓古文正宗自秦汉以后，唐宋八家继之；八家以后，明归有光太朴继之；太朴以后，则桐城三家方侍郎灵皋、刘广文海峰、姚郎中姬传继之〔二〕。此外文人，皆不得与文章之统，如国初三家侯朝宗、魏叔子、汪尧峰诸人，概斥为"伪体"。所见殊偏（二）。夫文章公器，虽有宗派，无所谓"统"也。其入理纯粹，叙事精严，措辞雅洁，运气深厚，法度完密而意味高古者，即系文章正宗，初不以人、地、时代限也。必欲秘为绝诣，据作一家私传，不惟诞妄，抑且孤陋矣。此不过拾宋儒唾余，仿道统之说以自撑持门户耳。习气相沿，未免可笑，殊不足与深辨[三]。予《论诗绝句》中一首云："乾嘉文笔重桐城，方氏刘姚各有名。我向蓬莱看东海，一盂不爱鉴湖清。"[四]深于文者，当与吾言契合也。

注

[一] 大旨不外乎神韵之说：当代学者吴孟复《桐城文派述论》说："姚鼐讲的'平淡'，就是方苞讲的'清真'，而方苞的'清真雅正'，就是王士禛讲的'神韵'。"可与朱庭珍认为桐城派"大旨不外乎神韵之说"的观点相印证。

[二] 唐宋八家：即唐代柳宗元、韩愈和宋代欧阳修、苏洵、苏轼、苏辙、王安石、曾巩八位散文家的合称。归有光（1507—1571），字熙甫，又字开甫，别号震川，又号项脊生，世称"震川先生"，苏州府昆山县（今江苏昆山）人，著有《震川先生集》。方东树《答叶溥求论古文书》云："往者姚姬传先生纂辑古文词，八家后，于明录归熙甫，于国朝录望溪、海峰，以为古人传统在是也。"可与朱庭珍之论相参。

[三] 道统：指儒家传道的系统。此处指以宋代朱熹为代表的道统观。朱熹《中庸章句序》认为儒家传承的顺序为：尧、舜、禹、成汤、文王、武王、孔子、曾子、子思、孟子、程颐、程颢、朱熹。朱庭珍说桐城派仿宋儒道统之说，未免片面，实则桐城文统之说至少可以上溯至韩愈的"道统、文统说"。且郭绍虞先生在《中国文学批评史》中说："桐城文之成派，即因桐城文人之文论有其一贯的主张之故。"也在一定程度上证明了朱庭珍此处论断的片面性。

[四] 此绝句出自朱庭珍《穆清堂诗钞》《论诗·其四十五》，原诗与此略有不同："乾嘉文派重桐城，诗学刘姚各有名。我向蓬莱看东海，一盂不爱鉴湖清。"

校

（一）《云南丛书》初编本作"近来古文"，《筱园先生自订钞本》改为"近代古文"，以自订钞本为准。

（二）《云南丛书》初编本作"所见殊谬"，《筱园先生自订钞本》改为"所见殊偏"，以自订钞本为准。

三十二

东坡一代天才，其文得力庄子，其诗得力太白，虽面目迥不相同，而笔力之空灵超脱，神肖庄、李。如鲁男子之学柳下，九方皋之相马，其性情契合在笔墨形色之外，盖以神契、以天合也[一]。故能自开生面，为一朝大作手。后人效法前人，当师坡公，方免效颦袭迹之病。如西昆杨、刘诸公之学李玉溪，明前后七子之文学秦、汉，诗学少陵、东川，肖形象声，模仿字句音调，直是双钩填廓而已[二]。呜呼，愚哉！

注

[一] 鲁男子之学柳下：《诗·小雅·巷伯》："哆兮侈兮，成是南箕。"毛传："鲁人有男子独处于室，邻之厘妇又独处于室。夜，暴风雨至而室坏，妇人趋而托之，男子闭户而不纳。妇人自牖与之言曰：'子何为不纳我乎？'男子曰：'吾闻之也，男子不六十不闲居。今子幼，吾亦幼，不可以纳子！'妇人曰：'子何不若柳下惠然？姬不逮门之女，国人不称其乱。'男子曰：'柳下惠固可，吾固不可。吾将以吾不可，学柳下惠之可。'"鲁男子以"不可"学柳下惠之"可"，正是得其神似之处。九方皋相马：出自《列子·说符》。九方皋相马，忽视马的毛色与性别，而径取其日行千里之本质，故为朱庭珍所赏，并以之喻善学诗者。

[二] "西昆杨、刘诸公之学李玉溪"：杨即杨亿，刘即刘筠。西昆体是北宋初年一个宗法晚唐李商隐，追求辞藻华美、对仗工整的诗歌流派。少陵、东川：即杜甫、李颀。

三十三

诗人用笔，要提得空，放得下，转得快，入得透，出得轻；又要能刚能柔，能大能小，能正能奇；能使死者生、能使断者续，能使笨者灵，方尽用笔之妙。盖以一笔作数笔用，又以数笔作一笔用也。此须如庖丁之用刀，游刃于虚，以无厚入有间，故迎刃而解，批郤导窾，官止神行，虽一日解十二牛，犹若新发于硎。精艺入神，非可尽以言传。学者目击道存，悟彻三昧，得用笔之妙于天，忘用笔之法于手。心之所至，笔亦至焉。心所不至，笔先至焉[一]。笔中有笔，笔外亦有笔，即无笔处无非笔，而有笔处反若无笔。如是则笔等神龙，足补造化，天不能限，人何能测乎！左氏、庄子、太史公之文，工部、太白、东坡之诗，皆庶几焉。此外竟绝响矣(一)。

注

[一] 朱庭珍对"心""笔"关系的表述：清代李渔《闲情偶寄·词曲部》"填词余论"中的一些观点可资参考，李渔云："然亦知作者于此，有出于有心，有不必出于有心者乎？心之所至，笔亦至焉，是人之所能为也。若夫笔之所至，心亦至焉，则人不能尽主之矣。且有心不欲然，而笔使之然，若有鬼物主持其间者，此等文字尚可谓之有意乎哉？"李渔虽主要针对戏曲而发，但对理解朱庭珍诗论亦有启发。

校

(一)"左氏、庄子、太史公之文……此外竟绝响矣"两句，为《筱园先生自订钞本》所加。

三十四

陈元孝以七律名世，而五律亦多杰作警句，不止以"池花向影落，河雁带声飞"一联传诵人口也[一]。其咏物诸作，皆能小中见大，以格意胜，风骨棱棱，步武少陵(一)。《边草》云："雪散烧痕外，青归战血中。"[二]《藤花》云："纵教无尺土，亦自着高花。"[三]上联奇警，下联别有寄托，皆名句之可传者也(一)。

注

[一]"池花向影落，河雁带声飞"：出自陈恭尹《秋晚杂兴·其四》，全诗

为:"冷榻眠无次,闲阶立不归。池花向影落,河雁带声飞。水畔为渔父,城东即布衣。平生随分得,未觉此心非。"

〔二〕"雪散烧痕外,青归战血中":出自陈恭尹《边草》。原诗作"雪散烧痕上,青归战血中"。

〔三〕"纵教无尺土,亦自着高花":出自陈恭尹《藤》。原诗作"可怜无尺土,亦复着高花"。

校

(一)《筱园先生自订钞本》作"风骨稜稜","稜稜"意同"棱棱",今通作"棱棱"。

(二)此段为《筱园先生自订钞本》所加。

附　录

朱孝廉筱园墓志铭

袁嘉谷

君讳庭珍，字筱园，号诗隐，石屏朱氏。光绪二十九年冬十月一日卒，春秋六十有三。讣至京，京中士夫相愕悼，乡人袁嘉谷追念君生平以诗鸣。当此俗尚浇漓，世界教育家颇知以诗谱入乐，为吾民文化之务。闻之京师大学席聘臣氏曰："学界之诗庸庸，安得延君于大学，俾立教育精神乎?"余曰："善。"其告之谁? 谁其延之? 虽然勿患不延患不知；勿患不知患不举。余当举之，而君不及待矣！

君父名家学，以进士改官京县。君随父任，七岁即刊诗于京，《穆清堂集》中《蓬莱阁》《摩崖碑》诸篇，皆七岁作。君父致仕归，道游吴、鲁、楚、黔，抵滇中。滇中汉回交哄，郡人勒君家输金。君以为世乱者，诗安之也；家贫者，诗富之也。益发愤读古今书。上溯史籍，旁及汉魏三唐，下逮国朝人专集，殆无不览，览无不成诵，且决源流，辨得失。当是时，滇人诗学，蔚如孙菊君孝廉，清如任秋舫明经，朴如许广文印山，以及朱次民观察，家子程州佐，皆以能诗聚石屏。而君家有丹木方伯，尤为先鸣。其在省会，则黄文洁琮、戴侍御绚孙最著。君一一汇其长，成一家言。士大夫咸争从学诗，君又爱才，成才不可数计。滇吏聘君修通志，卓然巨书，而君亦稍稍衰矣。

少颇任侠，结健儿卫乡井；壮游穷边，佐杨武愍玉科、和提军耀曾之幕，出策破敌，时或带钢兜谈诗。军中叙功，朝白丁，夕紫绶，比比而是，而君仍暗然自乐。乙亥，君应乡试，中副车。自是而中副车者三。戊子始膺乡举。庚寅春闱下第归，知交询行李安在？君笑曰："枕箧中诗草固在矣。"其意气自豪如此。著《诗话》四卷、《诗集》六卷、《续集》三卷。

适滇中建经正书院，敦求实学，甲午滇吏聘君为阅卷。君生平之志，表章先哲，启导后学。今之阅卷，不辞劳，不厌细，垂八九年，所谓启导后学者，非耶？君欲续滇诗文略，虽未竟其事，而刻《天船遗诗》《云峰剩稿》《云帆续集》，不可谓非表章盛业也。癸卯赴汴会试，途中诗成册。试已中选，房荐师马太史吉樟评以"上下千古"，终以违时旨放归。会泽县令钦其学，迎至县衡文，卒于县。

呜乎！君以此始，亦以此终，茫茫者天哉。然诗贯百家，名满儒林，传人无疑。较之位赫赫而生，身冥冥而死者，又谁谓天之待君薄也！独恨世运方新，乐教将振，君以作乐之才，使早有人延之出，以渊懿古茂之风格，发其绵密温丽之文藻，阐中土之文化，起国民之新声，以裨益于世，岂不更为君快也耶？乃穷郁以老且死，余虽不必为君悲，而不能不为世悲也。君骈散文皆工，词牍小品无不佳妙，所蕴者深，所发者光，理也。乙未丙申之间，提倡新学，滇中风气之开，与有功焉。徒以老而家累，劫于当途，忧谗畏讥，未畅厥志。呜乎！亦可哀哉！配丁夫人，继配季夫人，子女四，皆幼。某年月日归葬石屏集英山。嘉谷既志其墓，复申以铭。

铭曰：

勿谓诗教，无裨乎垓埏，今音乐学，古三百篇。勿谓边隅，无闻乎诗人，外冶众家，内铸一身。勿谓诗隐，无绍乎《诗传》，前有千古，后有万年。勿谓幽宫，无俟乎铭文，上告三光，下告九原。

（袁丕厘编《袁嘉谷文集》卷十六《墓志铭　墓铭　塔铭　墓表》，收录时标点略有修订）

重刻《筱园诗话》序

王　灿
作于一九二四年

可通天人，可达政俗，可窥文化，可卜世运。大哉其诗之为道乎。夫诗道虽广漠无际，要莫不有义法以为之归宿。上溯风诗，下迄汉魏六朝，以及唐宋李、杜、苏、黄诸大家所以垂之范而示以则者，亦云详尽。诗学盛而诗法备。有韵之文，应以吾国为极则也。

吾滇诗教，代有传人。自前明以暨清代，石淙、禺山、南园、丹木、矩卿、筠帆，各树旗帜，称雄海内。研声调，讲法度，以诗为学，皓首不倦，则有石屏筱园朱先生。先生为清末名孝廉，幼学诗文于丹木、矩卿、筠帆，承父兄师友之教，渊源有自。光绪年间，任经正书院阅卷官，以诗、古文辞提倡后进，宏奖风流。所著《诗话》四卷，自历代迄今，凡诗教流别，百家得失，言之綦详。<u>夫伊古</u>为诗话者，无虑百数十家，大要不外溯别源流、网罗散失、评论义法三端。《筱园诗话》，一以评论义法为主旨。始于有法，终于无法，专为学者指示正鹄。学诗者如能规矩准绳于法之中，自能神明变化于法之外。其议论盖从阮亭、秋谷、归愚以来一线相延者，亦近代谈诗之正法眼藏也。顾是卷虽刻于丽江，而滇中竟无流传。

癸亥仲冬①，同学许子仲淹归自黔阳，袖诗话示余，并谓曾登《黔报》②。黔人士讲诗学者，咸奉为科律。付刊未果，遂携之归。余谓黔人士尚知重先生《诗话》，而吾滇反泯没无闻。呜呼可③！诗教不兴，法亦沦亡。浅学者流不明诗之旨趣，往往以小道末技视之。其甚者又或推翻古法，自创新意。一切出以俚语俗话。世变日甚，风雅道衰。序先生《诗话》，尤不禁感慨系之矣。

（王灿《知希堂文选》卷二《序跋之属》，收录时标点略有修订）

朱庭珍年谱精要（1841—1903）

王　欢

学界已有台湾学者陈廖安《〈筱园诗话〉作者身世考述——运用方志丛书资料以知人论世之例证》④、李艳蕾《朱庭珍行年考

---

① 癸亥：中华民国十二年（1923）。
② 贵州出版最早的一种报纸，由贵州立宪派人士创办于光绪三十三年（1907）。
③ 王灿原文作"呜呼可"，据文意，应改为"恶乎可"。
④ 陈廖安：《〈筱园诗话〉作者身世考述——运用方志丛书资料以知人论世之例证》，单行本（未公开发行）。

略》① 对朱庭珍生平进行研究，然而在充分利用云南本地文献、紧密结合朱庭珍诗歌创作实际方面，尚有不足。笔者在继承前辈学者研究成果、充分利用云南本地文献的基础上，重新梳理朱庭珍年谱，以冀为朱庭珍研究者提供便利。

1841，道光二十一年，辛丑，1 岁

朱庭珍字筱园、小园，又字梅臣、舜臣②，号"龙湖诗隐""莲湖渔隐"，祖籍云南石屏，生于山东，父亲朱家学③。

1843—1847，道光二十三年至道光二十七年，3—7 岁

1843 年，孙清元④中副车。

1844 年，孙清元中举。

1847 年，朱庭珍刊诗稿于京城，作《蓬莱阁纪游八首》《东岳庙观摩崖碑》等诗⑤。

1849，道光二十九年，己酉，9 岁

正月初一，朱庭珍在蓬莱观灯，作《观灯行》⑥。

朱家学任职登州，朱庭珍随行，至蓬莱。朱庭珍《十二月十九日吟社同人公宴集翠轩为苏文忠公寿即题遗像》自注："道光己酉春，先大夫宰蓬莱，随任登州。"

---

① 李艳蕾：《朱庭珍行年考略》，《现代中文学刊》2010 年第 4 期。

② 杨高德、朱庭珍同辑：《莲湖吟社稿》，云南省图书馆馆藏，光绪十四年（1888）刻本。《莲湖吟社稿》作"梅臣"，《新纂云南通志》作"舜臣"。

③ 朱家学，生卒年不详，字簣峰，道光戊子年（1828）举人，道光己丑年（1829）进士，历任山东海阳、文登、蓬莱、泰安、顺天、宛玉、大兴等县知县，易州直隶州知州，补永平府知府。因与上官顶撞，引疾归里。

④ 孙清元（1822—1860），字仲初，一字亨甫，号菊君，道光甲辰年（1844）举人，入赀候选同知，享年 39 岁，著有《抱素堂遗诗》。

⑤ 袁嘉谷《朱孝廉筱园墓志铭》："君随父任，七岁即刊诗于京。《穆清堂集》中'蓬莱阁''摩崖碑'诸篇，皆七岁作。"见袁丕厘编《袁嘉谷文集》卷十六，云南人民出版社 2001 年版，第 489 页。

⑥ 文中所引朱庭珍诗作，除特别注明，均出自台湾新文丰出版公司 1988 年《丛书集成续编》第 179 册，《穆清堂诗钞》《穆清堂诗钞续集》，为避烦冗，不再一一出注。

朱在勤①随父朱䐵到陕西臬司任。

1850—1852，道光三十年至咸丰二年，10—12 岁

1850 年，朱庭珍兄长朱翼亭亡于京城，葬于北京西山下。

1851 年三月，戴絅孙②上二疏，留中不发，遂引疾解官归里，主讲昆明育才书院五载。

1852 年，朱䐵亲自指点朱庭珍的诗歌创作。朱䐵去世。

1853，咸丰三年，癸丑，13 岁

朱家学任职宛平，朱庭珍随行。朱庭珍《入都》自注："先大夫令宛平，予年甫十三。"

朱庭珍作《春感》，又作《哀金陵》，记太平军占领南京一事。

1854，咸丰四年，甲寅，14 岁

朱庭珍奉朱在勤之命，请业于戴絅孙门下，负笈从游者二载。后来陈荣昌为戴絅孙《味雪斋诗钞续》作序时说："石屏朱筱园孝廉者，先生之高第弟子也，先生所论诗古文法，筱园悉闻之。"③

朱在勤在石屏结"如兰吟社"，率同人朝夕讲贯，以诗唱酬，后来朱庭珍亦参与其中。

1856，咸丰六年，丙辰，16 岁

五月，临安（今云南建水）"厂匪"勾结地主团练，制造了屠杀昆明回民的惨案。

朱家学补直隶永平知府，忤上官，引疾归里。朱庭珍随行。

---

① 朱在勤（1824—1894），字幼木，号次民，朱䐵之子，朱庭珍堂兄，云南石屏人，著有《次民诗钞》《退学斋诗稿》《吏隐草》等。

② 戴絅孙（1796—1857），字袭孟，一字凤裁，号筼帆（一作云帆），又号味雪斋主人，云南昆明人，与昆明李于阳、呈贡戴淳、云州杨国翰、楚雄池生春并称"五华五子"，嘉庆己卯年（1819）举人，道光己丑年（1829）进士，著有《味雪斋诗文钞》《金碧山农词》《昆明县志》等。

③ 陈荣昌：《味雪斋诗钞续序》，见《丛书集成续编》第 135 册，上海书店 1994 年版，第 292 页。

经吴、鲁、楚、黔，抵达滇中。

九月，以杜文秀为首的回民起义军攻占迤西重镇大理城，杜文秀被推为"总统兵马大元帅"。

朱庭珍回石屏，咸同滇变爆发，回人屡以兵犯石屏，朱在勤主石屏兵事 6 年，朱庭珍组团练以卫乡土。

朱庭珍《商声集》有《乱后重至临安三首》，其一云："才报郡围解，殊忧途路难。迢迢渡泸水，惨惨见临安。野旷人烟断，秋高战骨寒。生愁遇耆旧，相慰亦悲酸。"①

1857，咸丰七年，丁巳，17 岁

朱庭珍娶丁氏为妻，其《悼亡诗为先室丁孺人作》云："犹忆岁丁巳，桃夭赋于归。"丁氏能诗、能书、善画。

五月初一，戴絅孙去世，享年 62 岁。

七月，马德新率迤东南回民起义军向省城昆明进军，对昆明进行包围，云贵总督恒春畏罪自杀身亡。

八月，朱庭珍作《秋八月省围益急抚事述怀慨然有作》，诗云："我家寄围城，欲归迷路歧。"又云："我时客乡郡，北望增唏嘘。"

十月，清廷任命吴振棫为云贵总督。

1858，咸丰八年，戊午，18 岁

正月，朱庭珍《戊午元日》诗云："鼛鼓时兼爆竹声，东风一样到边城。"

二月，清政府云南地方当局与马德新等签订和解合约，起义军撤除对昆明的包围。

朱庭珍寄寓临安，日聆朱在勤、孙清元之绪论，诗歌宗法苏

---

① 朱庭珍：《商声集》，云南省图书馆馆藏，同治九年（1870）手抄本。

韩，参以王孟，而格又一变①。

朱庭珍几以《商声集》获重戾，乃深藏行箧中，不复敢持示人矣。朱在勤《赠舜臣弟（时舜臣避乱于张氏村，余亦以事继至）》其一云："忧患逐华年，四十心先老。胡为及群从，子少形亦槁。嗟余挂世网，深藏悔不早。子尚寡人事，门户持翁媪。湖山自啸歌，羽檄任征讨。奈何建三策，不自韬其宝。乱民祸文字，太阿持何倒。忠信岂甲胄，身窜几不保。徒闻被奇服，聚观来夷獠。艰难归旧居，纪程箧吟草。天或昌吾诗，何用容颜好。"

朱庭珍、孙清元指责云贵总督吴振棫对回民起义军的招抚是"城下之盟""金币盟城下"②。

除夕，朱庭珍作《戊午除夕》诗云："昆水围城急，泸江战骨凋。一年成去日，百感迸今宵。"朱在勤《书事八首（戊午）》云："昆华形胜地，未解百重围。"

1859，咸丰九年，己未，19 岁

正月，云贵总督吴振棫被迫辞职，清廷任命张亮基代理云贵总督，任命徐之铭为云南巡抚。

朱庭珍《清明》诗云："莫上高楼抒眺望，曲江群盗正纵横。"《秋兴八首》其七云："又见旌旗在眼中，昆明劫火接天红。"又有《送汪霁坪（润）明经还昆明》诗云："干戈真满地，骨肉尚重围。"

朱庭珍《寄内》诗云："两家骨肉同凋谢，三载莺花半别离。"可见二人结婚三载，聚少离多。又有《得家书知老亲已率家人由省返石屏矣赋诗志喜》，可知朱庭珍家人已由昆明返石屏县。

---

① 杨高德、朱庭珍：《莲湖吟社稿》，云南省图书馆馆藏，光绪戊子年（1888）版。

② 何耀华总主编，蒋中礼、王文成主编：《云南通史（第五卷）》，中国社会科学出版社 2011 年版，第 61 页。

十月，朱庭珍作《己未冬十月曲江师溃郡城戒严即事有作六首》。

十二月，曲江回民再攻石屏，朱在勤遣黄春亮、李焕文等夜袭其营，击退之。

1860，咸丰十年，庚申，20 岁

三月，署云南提督褚克昌奉命"西征"，对大理起义军发动进攻。

八月，大理起义军在马如龙部的配合下击败了褚克昌的进攻。

十一月，迤东南回民起义军发动第二次包围昆明的攻势，一个月后，被清军击退。

冬，孙清元病卒。

朱庭珍有《送李颖卿（熙文）之曲郡迎其兄衬即题其湘江晓行图后》，诗云："平生热泪不轻洒，今朝送汝何潸潸……我亦有兄殁京国，落日肠断鹡鸰原。三尺荒坟觅不得，梦魂暌隔今十年。"对李熙文的兄长不幸离世一洒同情之泪。

朱庭珍作《岁暮书事》诗，论及英法联军入侵北京、清廷签订《天津条约》《北京条约》等。

1862，同治元年，壬戌，22 岁

三月，马如龙、马德新率部接受招抚。

七月，布政使岑毓英奉命率军西征，向大理军事政权发动进攻。

成婚五载后，朱庭珍妻子丁氏病卒。八月十五日，作《病中怀亡妻》。丁氏卒时，"生女甫逾月"。朱氏万分悲痛，其《悼亡诗为先室丁孺人作》诗云："昔为连理花，今成独活草。"

朱庭珍遭乱破家，笔耕于外①。

---

① 杨高德、朱庭珍：《莲湖吟社稿》，云南省图书馆馆藏，光绪戊子年（1888）版。

十二月，杜文秀攻陷普洱府，城破后，陈先瑾拒绝投降，饮药而死。朱庭珍有诗《哭陈攻玉（先瑾）并序》。

1863，同治二年，癸亥，23 岁

正月，马荣等占领昆明，总督潘铎遇害①。

正月十五，朱庭珍作《正月十五日记变五首》，其二云："昆水龙蛇变，泸江鹬蚌争。令言倡乱卒，喋血满台城。"

朱在勤赴临安，时临元镇总兵梁元美与署提督马如龙以私相构兵。

恩师黄琮卒，享年 66 岁，葬昆明黑龙潭侧。

1864，同治三年，甲子，24 岁

四月，署提督马如龙奉命西征，对大理政权发动进攻。

十一月初一，朱庭珍在临安郡署撰写《筱园诗话》初稿毕，以手抄本形式流传于友人、门人之间。

十二月，大理起义军击退马如龙的进攻后，发起东征战役。

朱庭珍省寓屡迁，丢失《商声集》底稿。

1865—1867，同治四年至同治六年，25—27 岁

1865 年正月初一，石屏友人任荣恺卒。朱庭珍作《哭任秋航荣恺明经诗》。

1867 年，王楷有诗《赠朱小园庭凯上舍》，即《穆清堂诗钞》王楷题词②。

1868，同治七年，戊辰，28 岁

春，杜文秀起义军从西、北、南三面包围昆明，围城两年。

三月，清廷任命刘岳昭为云贵总督，岑毓英为云南巡抚。

---

① 潘铎（？—1863），江苏江宁（今江苏南京）人，字木君，道光进士，咸丰十一年（1861）任云贵总督，同治三年（1864）为马荣部下刺杀。

② 王楷，字雁峰，湖南长沙人，同治九年（1870）进士，官普洱知府，著有《听园诗钞》。

秋，李崇畯将奉母归湖南，朱庭珍有《送李韵荄崇畯归湖南》。

十月至十二月，朱庭珍在昆明与李崇畯一起增修《筱园诗话》，历时3个月，十二月二十四日增修完毕。

朱在勤奉命赴四川催协饷。

1870，同治九年，庚午，30岁

秋，郡斋无事，朱庭珍追思《商声集》旧作，仅得十之三四。

许印芳中举。

十一月下旬，朱庭珍旅居昆明，为自己的诗集《商声集》题词，称"词既不足以烛乱源，文又不足以垂世鉴。不过虫吟蚓曲，自鸣不平，较前明陈卧子、国初吴梅村之流，或庶几耳。"

1871，同治十年，辛未，31岁

朱庭珍至巧家县，与王楷谈诗。

朱庭珍诗《月夜步龙潭》，王楷《听园诗钞》有次韵之作。

王楷辞官还乡，朱庭珍有诗《送王雁峰楷太守归里》。

许印芳下第出都，十二月返回昆明。

1872，同治十一年，壬申，32岁

六月，清军攻占大理军事重镇大关和下关。朱庭珍随杨玉科一起，参加了大理一役。

十二月，清军围攻大理，大理城陷落前夕，杜文秀被迫服毒身亡。

朱在勤奉母亲谭夫人赴四川。

1873，同治十二年，癸酉，33岁

正月，清军在大理屠杀起义军民4万余人。

十月，朱庭珍作《岑大中丞攻克大理，杜逆伏诛，全滇悉平，爰赋长歌以纪始末，时癸酉十月也》诗，记载咸同滇变始末。

1874，同治十三年，甲戌，34 岁

朱庭珍随和耀曾将军远征乌索①，作《从和军门荣轩（耀曾）征乌索夜宿普骠驿作》《潞江渡铁索桥》等诗。

五月十六日，乌索大捷，朱庭珍作《乌索官军大捷赋诗纪事》，有"战地星飞鲜血肉，蛮天雨落碎骷髅"之句。

1875，光绪元年，乙亥，35 岁

朱庭珍参加乡试，中副榜。赵藩中举。

朱在勤因母亲谭夫人去世，回石屏。

1876，光绪二年，丙子，36 岁

春，朱庭珍游昆明龙泉观。

七月，李鸿章与英国驻华公使威妥玛为马嘉理案签订《烟台条约》（该条约于 1886 年 5 月开始生效）。

朱庭珍与袁嘉乐（雪樵）相交。袁嘉谷《卧雪诗话》卷五："先兄与先生相交，始自丙子秋闱中，故情文兼至云。"

1877，光绪三年，丁丑，37 岁

九月，朱庭珍删复补缺，重修《筱园诗话》。

张星柳②中举。

朱在勤到昆明，以《左传》、诗法授朱炳册。

冬，朱在勤与许印芳等放舟滇池、登西山，有《冬仲许茆山学博招同蔡寄庐太守、黄尧臣茂才放舟昆明池遂登西山》，后返四川。

许印芳从昆阳州学调任西林学舍（滇省总书院）监院。

---

① 和耀曾（1834—1897），云南丽江人，出身将门，18 岁袭云骑尉之职，1856 年参加官军征讨回民起义；1871 年赴滇南作战；1873 年赏顶戴花翎，获达春巴图鲁名号，记名总兵；1874—1876 年，赴永昌、腾越等地征讨柳映巷与苏开先后发动的叛乱，署腾越镇总兵；1876 年奉调新疆，抗击受英、俄帝国支持的中亚阿古柏势力的叛乱，后署陕西汉中镇总兵；1881 年，改任贵州镇远镇总兵，在任 17 年。

② 张星柳，原名星源，字天船，昆明人，光绪二年（1876）举人，著有《天船诗集》。

1878—1881，光绪四年至光绪七年，38—41 岁

1878 年，朱庭珍与许印芳有诗歌往来，许印芳有《酬朱筱园明经庭珍二首并序》。

1880 年夏，朱庭珍游幕丽江，再次对《筱园诗话》进行增修，自序云："旧作诗话，仅成四卷，庚辰岁游幕丽江，郡斋多暇，长夏昼倦，复取旧稿续之，借此消遣，久之又得四卷，于是遂成书矣。上下古今，仆非其人，聊抒己见，就正来哲，僭妄之罪，知不免云。"

1881 年闰七月二十三日，朱庭珍弟子刘从雅英年早卒。朱庭珍为刘从雅《眠琴山房诗抄》作序："予久困名场，风尘牢落，方欲以生平著作付诸南吟，为予以次刊布问世，岂意天夺之年，转先为南吟序其遗诗。掩卷欷歔，投笔而作者屡矣。"

1885，光绪十一年，乙酉，45 岁

二月，法国侵略我国边境重镇镇南关。杨玉科在谅山战役中，中炮阵亡，谥号"武愍"。

三月，中国军队在越北东、西两个战场分别取得了镇南关大捷和临洮大捷，给法国侵略军以重创。

六月，中法代表签订《中法会订越南条约》，中国承认法国对越南的保护权，允许法国在滇、桂两省拥有开埠通商和修筑铁路的权利。

八月，朱庭珍自丽江来昆明，参加乡试失利，应顺宁知府陈灿之邀、许印芳之荐，入志局编纂《云南通志》，主要负责咸丰、同治两朝戎事一门的撰写。许印芳亦入志局，主要负责道光一朝戎事一门的撰写。

秋，华世尧①受业于朱庭珍之门。

---

① 华世尧，字允三，一字文安，昆明人，有《琴砚斋诗稿》。

朱庭珍晤施有奎于昆明，施有奎以《述论》见示，请朱庭珍作序。

1886，光绪十二年，丙戌，46岁

朱庭珍爱张星柳之才，以女弟朱韵兰嫁为张星柳继室。

朱庭珍参加莲湖吟社，被推为莲湖吟社社长，力倡典雅生造。

冬，朱庭珍编定《穆清堂诗钞》。

十二月十九日，朱庭珍与莲湖吟社诸人同贺苏轼寿辰，赋诗。

1887，光绪十三年，丁亥，47岁

夏，朱庭珍刊刻《穆清堂诗抄》，删存十之二。

秋，朱庭珍批点王士禛《唐贤三昧集》毕。

九月，华世尧作《石屏朱小园先生批〈唐贤三昧集〉书后》。

冬，朱庭珍所负责《云南通志》"咸同戎事"一门脱稿。

除夕，朱庭珍作《丁亥除夕》诗，自注云："志局同事诸君各归度岁，惟余独居。除夕与劳公祠僧对饮达旦。"朱庭珍作《穆清堂时文自序》："生平时文惟以义法为主，于前明则宗震川，于昭代则宗望溪，此外鲜北面者矣。少年为之极勤，锐意欲以此道自名一家。亡友孙菊君曰：'吾侪欲求传世，即以立言论，亦当为诗古文词分文苑之一席。以时艺名，非所望于子也。'余自是辍时文之学。"

1888，光绪十四年，戊子，48岁

二月，朱庭珍作《唐贤三昧集跋》。

夏，朱庭珍与杨高德同辑、刊刻《莲湖吟社稿》。

八月，朱庭珍乡试中举，随即北上参加会试。

八月十五，朱庭珍作《戊子中秋闱中玩月》，诗云："屈指今宵月，风檐七度圆。照人生白发，把酒忆青年。"

朱庭珍途经贵州镇远县，遇和耀曾，作《至镇远喜晤和荣轩军门》。

年末，朱庭珍行至湖南洞庭湖。

朱庭珍《商声集》自题云："是集戌子北上未代。"（"戌子"为"戊子"之误，"未代"即未曾随身携带）

《续修四库全书》所收《筱园诗话》卷二末尾，有人批语云："孝廉朱筱园，吾乡佳公子也。生平嗜诗，于制艺不甚留意，而出笔渊深朴茂，直逼西京。年逾不惑，始获乡荐，然闻望则早达于公卿矣。戊子北上，与予相遇京邸，临别出是编赠之。"

1889—1890，光绪十五年至光绪十六年，49—50 岁

1889 年春，朱庭珍应会试，被放。

夏、秋、冬，朱庭珍滞留京城，游览名胜，与友人集会。

1890 年春，朱庭珍应光绪亲政恩科会试，落第。

朱庭珍在京，欧阳霁为《穆清堂诗钞续集》作序，与云南呈贡孙清士长子孙愚饮酒。

八月十六日，朱庭珍出都，作《出都留别诸同人四首》。又有《中秋姚志梁观察（文栋）招同人放舟滇池待月大观楼即事赋诗》，其三自注云："庚寅八月十六日晓出京师。"

秋，在保定府遇孙天锦，有《孙荫堂明府（天锦）招游莲花池诗以纪之》。

秋、冬，朱庭珍返滇，途中多有诗作。

1891，光绪十七年，辛卯，51 岁

庚寅、辛卯之际，朱庭珍续娶季氏为妻。

五月初六，朱庭珍与莲湖吟社诸人在昆明翠湖集翠轩赋诗。

六月二十四，朱庭珍作《星回节》诗。

云贵总督王文韶、巡抚谭钧培创设经正书院，取"经正民兴"之意，地址在云南贡院南报恩寺（今翠湖公园北昆明市体委），首任山长为许印芳。

秋，陈庚明中举①，朱庭珍作《送陈又星（庚明）孝廉入都并束令弟月溪（毕明）》诗。

1892—1893，光绪十八年至光绪十九年，52—53 岁

1892 年，在昆明，朱庭珍游大观楼，有诗作。

除夕，朱庭珍作《壬辰除夕用后山对酒和少章韵示内》诗云："老病随年迫，悲欢逐梦空。春生五华外，天尽一宵中。尊酒倾微绿，灯花落碎红。异湖倘渔隐，且喜与卿同。"

1893 年五月，昆明周汝臣为《穆清堂诗钞续集》作序。

中秋，朱庭珍游滇池。九月九日，游虹山。九月十日，游钱峰庵②。

冬，朱庭珍为李坤《思亭诗抄》作序③，认为李坤"他日所造必当升工部之堂，入玉局之室，超仲则而上之，卓然成一家言，足以信今传后，无疑也"。

1894，光绪二十年，甲午，54 岁

正月初一，朱庭珍作《甲午元日》诗云："冷落莺花似不春，春城栖息似流民。"

正月十五，朱庭珍作《正月十五夜》诗云："春风不度滇池畔，夜月空圆井宿旁……亦知济世非吾事，桑梓关心泪几行。"

云南经正书院阅卷原为吴式剑④，后吴式剑入京供职，聘朱庭珍为阅卷。朱庭珍衡文以典雅生造为标准，经正书院文风为之一变。

---

① 陈庚明，字又星，云南石屏人，光绪十七年（1891）举人，历官弥勒、安宁训导，晚年主讲嵩明书院，著有《愿学斋诗文集》）。

② 钱峰庵，在云南昆明北郊长虫山头。

③ 李坤（1866—1916），字厚庵，一字栎生，号雪道人，昆明人，清光绪二十九年（1903）进士，著有《思亭诗钞》《雪园文钞》《齐风说》《温泉志》等。

④ 吴式剑，字刜其，号楚生，云南保山人，光绪二十年（1894）进士，改庶吉士，授翰林院检讨。

春，朱庭珍编定《穆清堂诗钞续集》。前有陈灿、欧阳霁、周汝臣序，朱庭珍自序。陈灿序称朱庭珍"生平自负，视天下功名富贵皆泊如，独一缕心精上下千古，斤斤欲以诗传不朽。"集中有《谢陈昆山观察撰拙集序》。

二月二十八日，朱庭珍作《书感二首》，讽刺当政者，自注云："甲午二月二十八日为夫己氏作，事详莲湖笔记中。"

中秋，妹夫张星柳卒于大理下关，朱庭珍为其刊刻诗集并作序。

七月，朱在勤卒于蜀，享年七十一岁。朱庭珍有《闻次民兄讣》诗云："老我思兄切，知兄忆弟心。华年同患难，晚境隔升沉。"

九月，朱庭珍送云贵总督王韶文入都，有诗。

1895，光绪二十一年，乙未，55 岁

端阳前五日，朱庭珍为陈鹍删定《集翠轩诗抄》并作序，称"余与太守以诗相契垂四十年。太守过信余，每一诗成即以见示。有所商定，无不曲从。"

六月，中法签订《续议界务专条附章》，清政府将云南临安府属猛梭、猛赖、猛蚌割让给法属越南。

1896—1900，光绪二十二年至光绪二十六年，56—60 岁

1896 年，朱庭珍与李坤、陈鹍等莲湖吟社同人，次韵苏轼《聚星堂诗》。

1897 年，云南巡抚裕祥邀请陈荣昌主讲经正书院，任山长。

1898 年六月十一日，戊戌变法开始实施。清廷陆续下诏，令各省兴办学堂，各类书院改为兼习中学、西学之学校。

八月十六日，朱庭珍撰《莲湖花榜序》，对滇剧名伶进行品评。

九月二十一日，光绪帝被囚，戊戌变法失败。

1899 年二月，陈荣昌从朱庭珍处借校《即园诗钞》，得补其残缺者二千余字，并刊刻《即园诗钞》。

夏，朱庭珍《莲湖花榜》由涤绮池馆刊刻，后有李坤《莲湖花榜后序》、集翠轩主人题词、吴江冷客题词。

1900 年七月，义和团运动爆发。朱庭珍在昆明丁槐幕中①，曾作《感事》诗五首示由云龙，见录于由云龙《定庵诗话》卷上。

1901，光绪二十七年，辛丑，61 岁

五月，朱庭珍和陈荣昌共同出资，刊刻戴䌹孙《味雪斋诗钞续》，陈荣昌作序，朱庭珍作跋。

冬，朱庭珍参修《永北直隶厅志》。

1902，光绪二十八年，壬寅，62 岁

春，朱庭珍作《重修永北厅志序》，序曰："庭珍昔岁滇南通志忝预纂修，今兹永北新编，远承嘉命，效校勘之一得，愧寸识于三长，勉缀骈文，聊充小序。"②

朱庭珍赴汴（今河南开封）参加会试，途中所作诗编为《北征集》，未刻。

1903，光绪二十九年，癸卯，63 岁

朱庭珍会试，"试已中选，房荐师马太史吉樟评以'上下千古'，终以违时旨放归"③。

云南开始派遣官费留学生赴日本留学，昆明五华书院改名为云南高等学堂。

袁嘉谷被取为特科一等第一名，授翰林院编修。

云南会泽令邀朱庭珍校阅试卷，十月初一，卒于会泽。有子

---

① 丁槐（1850—1935），字衡三，云南鹤庆人，同治十一年（1872），与杨玉科等镇压杜文秀为首的大理政权。光绪二年（1876），平息腾越练军兵变有功，著以记名总兵。光绪十年（1884），奉调援越抗法。

② 朱庭珍：《重修永北厅志序》，《丛书集成续编》第 153 册，上海书店 1994 年版，第 479—480 页。

③ 袁嘉谷：《朱孝廉筱园墓志铭》，袁嘉谷著，袁丕厘编：《袁嘉谷文集》，云南人民出版社 2001 年版，第 490 页。

女四（其子名朱景暄，后任云南省财政厅厅长），皆幼。后归葬
云南石屏节阴山畔。

（原载《红河学院学报》2022年第1期，收入本书时有修订）

"雅音"与"魔道"

——谈朱庭珍《筱园诗话》对诗歌正统性的理解

王　欢

"雅音""魔道"在中国古代文论中均为常见词语，然而
将"雅"与"俗"并列讨论者多，把"雅"和"魔"一起研
究者少。在传统诗歌理论话语中，"俗"与"魔"同属负面词
语，其内涵却有所不同："俗"侧重于趣味评判，"魔"则关
乎方向选择。如果说"雅音"是正统的，那么"魔道"就是
异端的。

云南晚清诗论家朱庭珍《筱园诗话》在诗歌批评时推崇雅
音、贬斥魔道，并以此为基础建构了其以变为纲的诗歌史观和四
家论诗的家数说，进一步丰富了中国诗歌正统性的理论内涵。笔
者所谓诗歌"正统性"，是指以"雅正"为宗旨、以温柔敦厚为
底色、以含蓄蕴藉为主要风格特征的中国古典诗歌观念，它在传
统诗歌史上居于主导地位，对诗歌创作者具有十分广泛的影响力
和约束力。作为云南古代诗论的杰出代表，朱庭珍深受儒家影
响，而又能折中佛、道二家思想，其《筱园诗话》对"雅音"与
"魔道"有较多论述，结合滇云诗坛实际对诗歌"正统性"这个
诗学理论概念有所拓展和深化。

一

雅音，即规范的正音，此处指有益于风教的诗歌和音乐。朱庭珍《筱园诗话》之所谓"雅"，包括雅音与附庸风雅者两种。前者如清初诗坛领袖王士禛被朱庭珍赞为"昭代雅音"，认为王士禛诗"清俊庄雅，玉润珠圆，而品复落落大方，绝无偏锋傍门之病"①。"附庸风雅"之中上者尚能"秀拔不俗"，如明代诗人林鸿、贝琼、边贡、高叔嗣、杨巍等，尚可附列于"雅音"之末；"附庸风雅"之下者则遁入"恶道"，如明代李梦阳、李攀龙之"剽贼套袭"，则不止"有乖雅音"，且离"魔道"仅有一步之遥，故"附庸风雅"之下者亦可视为"雅音"与"魔道"之间的过渡。

《筱园诗话》论及"雅"者共39处，所用相关词语主要有"风雅""大雅""雅炼""雅道""雅音""雅歌""雅淡""典雅""雅洁""清雅""变雅""博雅""庄雅""雅驯""雅秀""雅切"等16个，其中谈论"雅音"者有9处，分别为：

1. 张船山《宝鸡题壁》十八首，叫嚣恶浊，绝无诗品，以其谐俗，故风行天下，至今熟传人口，实非雅音也。（《筱园诗话》卷二）

2. 屈翁山"七律佳作在盛、中唐之间，不失高调雅音。"（《筱园诗话》卷二）

3. 王阮亭诗为昭代雅音，执吟坛牛耳者几五十年。（《筱园诗话》卷二）

4. 若李于鳞则空调浮声，肤词陈言，触目生憎，与空同均落剽贼套袭恶道中，不止有乖雅音也。（《筱园诗话》卷二）

---

① 张国庆：《云南古代诗文论著辑要》，中华书局2001年版，第282—283页。

5. 汤若士为词、曲所掩，沈石田、文衡山、李长蘅为画所掩，其诗均有可观，颇多佳句，但非专门，故佳作止于秀逸，气格不大，力量不厚耳。然犹属雅音，非如唐子畏、祝枝山辈随笔任意，堕落野狐禅也。（《筱园诗话》卷二）

6. 顾黄公与茶村同乡齐名，所著《白茅堂集》虽贪多芜杂，然较胜茶村，尚多雅音。（《筱园诗话》卷二）

7. 若卢仝辈，则无理求奇而怪诞过甚，大乖雅音。（《筱园诗话》卷三）

8. 七律贵有奇句，然须奇而不诡于正，若奇而无理，殊伤雅音，所谓"奇过则凡"也。（《筱园诗话》卷三）

9. 东夫诗虽亦染江西派习气，而风骨棱棱，较诚斋为雅音矣。（《筱园诗话》卷四）

由上可见，朱庭珍所谓"雅音"之内涵主要包括了格调的雅而不俗、音调的高而不空、内容的正而不诡等三个层面，足见"雅音"不局限于音律、音调范畴，而是囊括了对诗歌内容与诗歌形式要求的一个诗学概念。由于传统文论对"雅音"论述较多，下面笔者重点阐述"魔道"。

在朱庭珍《筱园诗话》中，"魔道"是与"雅音"相对举的一个诗学概念。"魔"，源出佛经，梵语为魔罗。在古印度神话传说中，魔王魔波旬常率魔众进行破坏善事的活动，后佛教采用其说，将能扰乱身心、破坏好事、障碍善法者称为"魔"。"魔道"本指"邪鬼天魔的世界"，后引申指妨害正法的邪道，也泛指邪路、歧途。《筱园诗话》中与"魔"有关的词语，有"魔""魔道""魔趣""入魔""诗魔""邪魔""魔魁"等7个，共16处，详见表1。

表1

序号	内容
1	草根虫鸣，鼠穴啾唧，殊无生气，皆魔道也
2	公安矫以浅率，竟陵矫以晦僻，其魔尤甚，诗运衰而国祚亦尽矣
3	若别裁伪体，斥绝偏锋魔道，则千古既有定论，寸心亦具是非，属不得已，非好辩矣
4	绝无意境、气格、篇法，但点缀辞藻，裁红剪翠，饾饤典故，征事填书，虽字句修饰鲜妍，究无风旨，亦终不免重复敷衍，虽多亦奚以为！此雅道中魔趣，初学戒之
5	公安袁中郎昆季，竟陵钟伯敬、谭友夏，皆攻七子，变风气自成门径，然论诗入魔，人人知之，勿庸赘论
6	惜（洪亮吉）中年以后既入词馆，与张船山唱和甚密，颓然降格相从，放手为之，遂染叫嚣粗率恶习。自以为如此乃是真我，不囿绳墨，独具天趣也，而不知已入魔矣
7	袁既以淫女狡童之性灵为宗，专法香山、诚斋之病，误以鄙俚浅滑为自然、尖酸佻巧为聪明，谐谑游戏为风趣，粗恶颓放为雄豪，轻薄卑靡为天真，淫秽浪荡为艳情，倡魔道妖言以溃诗教之防
8	袁、赵二家之为诗魔，较前明钟、谭，南宋江湖、九僧、四灵、江西诸派末流之弊更增十百
9	至西川之张船山问陶，其恶俗叫嚣之魔，亦与袁、赵相等
10	学者于此种下劣诗魔，必须视如砒毒，力拒痛绝，不可稍近，恐一沾余习即无药可医，终身难湔洗振拔也
11	然为诗学计，欲扶大雅，不能不大声疾呼通斥邪魔左道，以警聋瞶而挽颓波，实有苦心，原非好辩
12	"白鹭下田千点雪，黄莺上树一枝花"，则卑靡纤佻，已近魔道
13	郑谷之"乱飘僧舍""密洒歌楼"，韩退之之"入镜鸾窥沼，行天马度桥"，及"银杯""缟带"之句，格卑意俗，皆入诗魔
14	然诚斋诗浅俗鄙滑，颓唐粗硬，纯堕恶趣，真江西派中魔魁
15	有志之士，急须别裁伪体，扫除群魔，力扶大雅，上追元音，勿为左道所惑，误入迷津
16	然子畏诗纵笔率意，俚俗颓唐，与解大绅辈同堕野狐禅魔道中，不足言诗也

细绎表1中"魔"字之含义，大略可以分为三种：一是指一种非正统的诗歌创作倾向，如"纵笔率意""谐谑游戏""恶俗叫嚣"等。二是指具有非正统创作倾向的代表人物，如杨万里、唐寅、袁枚等。三是指这种非正统创作倾向所带来的"卑靡纤佻""颓唐粗硬""淫秽浪荡"等诗歌风格。"魔道"与"偏锋""伪

体"密切相关，"偏锋"强调出奇制胜，"伪体"强调模拟而无真实内容。比如唐代杜甫《戏为六绝句·其六》讲"别裁伪体亲风雅"①，亦有区分正、伪之意，杜诗中"伪体"是指"翡翠兰苕"之类的浮华之作。在朱庭珍看来，"魔道"即"邪道"，主要是指一种悖离风雅传统规范、刻意追求奇异怪诞、模拟而无真实内容的诗歌创作趋向及风格。

二

　　朱庭珍《筱园诗话》以"四家论诗"，把自汉至清的诗人分为大家、名大家、名家、小家四类，通过这种分类和排序，力倡雅道、诋斥魔道，凡入"魔"之诗人，均不得与"家数"之列。《筱园诗话》卷二云："然为学诗计，欲扶大雅，不能不大声疾呼通斥邪魔左道，以警聋瞆而挽颓波。"② 卷四又云："有志之士，急须别裁伪体，扫除群魔，力扶大雅，上追元音，勿为左道所惑，误入迷津。"③ 朱庭珍所以要"扶大雅""扫群魔"，正是为了维护有清一代"清真雅正"的主流审美风尚，所谓"清"是指文气要清而不浊，所谓"真"是指文章之理要精准而不含糊，所谓"雅"是指文辞格调要高雅而不流于俗，所谓"正"是指文章立论要正大而不僻邪④。朱庭珍论诗主雅正，认为诗道须"不失风雅本意"，"奇而不诡于正，肆而不悖于醇。"⑤ 正是顺应了这个审美趋势。当代学者马积高认为"清代可称为空前的崇雅的时代"，

---

　　①　萧涤非主编，廖仲安、张忠纲、李华副主编：《杜甫全集校注·第五册》，人民文学出版社 2014 年版，第 2511 页。
　　②　张国庆：《云南古代诗文论著辑要》，中华书局 2001 年版，第 291 页。
　　③　张国庆：《云南古代诗文论著辑要》，中华书局 2001 年版，第 322 页。
　　④　高名扬、李洪良：《清代"清正雅正"审美风尚述略》，《山西师大学报》（社会科学版）2012 年第 39 卷第 3 期。
　　⑤　张国庆：《云南古代诗文论著辑要》，中华书局 2001 年版，第 304 页。

诗文、考据、词、散曲、小说、弹词、鼓子词、子弟书等都以崇雅为风尚，在雅的轨道上发展①。

有立有破，要"扶大雅"，必"扫群魔"。关于"诗"与"魔"的关系，至少可以追溯到白居易。"诗魔"一词即出自白居易《醉吟二首·其二》"酒狂又引诗魔发，日午悲吟到日西"之句②。然而白居易诗中所用"诗魔"一词并无贬义，此处之"魔"是爱好、入迷之义。晚唐韩偓《残春旅舍》诗中亦有"禅伏诗魔归净域，酒冲愁阵出奇兵"之句③，与白诗中"诗魔"同义。宋代以后中国诗学所讲"魔道"，大都与严羽论诗区分正宗与旁门有关，"魔道"是堕入旁门的极致说法。严羽《沧浪诗话》云："夫学诗者以识为主：入门须正，立志须高；以汉魏晋盛唐为师，不作开元天宝以下人物。若自退屈，即有下劣诗魔入其肺腑之间；由立志之不高也。"④ 此处之"下劣诗魔"是指学诗时因取法不正而误入旁门，"路头一差，愈骛愈远"。严羽之后，区分正宗与旁门成了诗论家的普遍做法。元代杨士弘《唐音》将唐诗分为始音、正音、遗响。明代高棅在杨士弘基础上，选《唐诗品汇》，将作家、作品按时期和体裁区分为正始、正宗、大家、名家、羽翼、接武、正变、余响、旁流等九格⑤。清代延续了区分正宗、旁门的思路，而又力斥魔道。如王士禛《燃灯记闻》曰："学诗先要辨门径，不可堕入魔道。"⑥ 这是从慎重选择诗歌学习门径的角度批判魔道。吴乔《围炉诗话》曰："宫体淫哇，齐梁

---

① 马积高：《清代雅俗两种文化的对立、渗透和戏曲中花雅两部的盛衰》，《西北师范大学学报》（社会科学版）1994年第31卷第2期。

② （唐）白居易著，顾学颉校：《白居易集》，中华书局1979年版，第365页。

③ （唐）韩偓著，陈继龙注：《韩偓诗注》，学林出版社2001年版，第170页。

④ （宋）严羽著，郭绍虞校释：《沧浪诗话校释》，人民文学出版社1961年版，第1页。

⑤ （明）高棅编选：《唐诗品汇》，上海古籍出版社1988年版，第2页。

⑥ （清）王夫之等：《清诗话》，上海古籍出版社1978年版，第121页。

至初唐之魔鬼也。打油钉铰，晚唐、两宋之魔鬼也。木偶被文绣，弘、嘉之魔鬼也。"① 这是从诗坛流弊的角度批判"魔道"。叶燮《原诗》曰："吾以为若无识，则一一步趋汉、魏、盛唐，而无处不是诗魔；苟有识，即不步趋汉、魏、盛唐，而诗魔悉是智慧，仍不害于汉、魏、盛唐也。"② 跳出取法门径、诗坛流弊的套路之外，径直把是否有"识"作为判断"诗魔"的标准，指出分辨"诗魔"不仅要看"向谁学"，更要看"怎么学"，只要胸中有"识"，"诗魔"悉可转化为"智慧"。光绪朝刘宝书《诗家位业图》以禅喻诗，将自古迄清代咸同之际的诗人分为"佛地位""菩萨乘""罗汉果""诸方祖师""小乘""苦行""善知识""野狐禅""魔道"九等，其中"魔道"是最下一等。刘宝书定义"魔道"为："显操弓矢，如梵书所称'竭其魔力，以害正法'者"③。刘宝书列入"魔道"之中的诗人为：任华、刘叉、罗虬、杜荀鹤、宋齐丘、高蟾、卢延让、和凝、冯道、刘辰翁、宋伯仁、许棐、陶谷、曹唐、杨万里、郑德源、庄孔旸、唐寅十八人，所列诗人之风格或怪异、或鄙俚、或纤细，多与温柔敦厚之正统诗风相悖。然而无论标准如何变化，除叶燮在一定程度上肯定"诗魔悉是智慧"之外，诗歌批评家对"魔道"的态度大多是贬斥的。与朱庭珍同时代的吴仰贤《论诗·其九》也谈到"魔道"的问题："语含蔬笋学头陀，击壤编成说理多。两种诗魔最堪恼，不如洗耳听山歌。"④ 吴仰贤所谓"诗魔"针对的是诗歌创作中存在的酸馅气和理学诗现象。

---

① 郭绍虞编选，富寿荪校点：《清诗话续编》，上海古籍出版社 1983 年版，第 472 页。
② （清）王夫之等：《清诗话》，上海古籍出版社 1978 年版，第 600 页。
③ 张寅彭主编，吴忱、杨焄点校：《清诗话三编》（第十册），上海古籍出版社 2014 年版，第 6810 页。
④ （清）吴仰贤：《小匏庵诗存》卷三，上海古籍出版社 2002 年影印《续修四库全书》，第 1548 册，第 35 页。

朱庭珍把清代诗论家对"魔道"的批判和指责发展到了一个新高度，在未列入家数的诗人中，他特别指出了堕入"魔道"的诗人和诗派，并警告诗歌初学者必须对他们加以排斥和远离。详见表2。

表2

序号	朝代	诗人诗派	《筱园诗话》的评价
1	唐	卢仝	无理求奇而怪诞过甚，大乖雅音，自堕恶道
2		任华	放恣粗野，自堕恶道
3	宋	江湖派	鄙俚不堪入目
4		九僧、四灵	有句无章，不惟寒俭，亦且琐僻卑狭
5		江西诗派末流	槎丫晦涩，百病丛生，既入偏锋，复堕恶趣
6		杨万里	浅俗鄙滑，颓唐粗硬，纯堕恶趣，真江西派中魔魁
7		尤袤、戴复古、刘克庄、曾几、周必大	浪得虚名，粗鄙浅率，自堕恶道
8	明	李梦阳、李攀龙	落剽贼套袭恶道中
9		钟惺、谭元春	草根虫鸣，鼠穴啾唧，殊无生气
10		唐寅、解缙	堕野狐禅魔道中
11	清	袁枚、赵翼	风雅之蠹、六义之罪魁
12		张问陶	恶俗叫嚣之魔
13		李调元	俗鄙尤甚，是直犬吠驴鸣，不足以诗论
14		洪亮吉	染叫嚣粗率恶习，入魔

统观朱庭珍所评由唐代至清代堕入"魔道"的诗人数量，宋代居首、明代次之、清代又次之、唐代居末。细究其"入魔道"之缘由，约略可分为以下四类：一类为俗，或曰鄙俚，如南宋江湖派、杨万里，清代袁枚、赵翼、李调元等；一类为怪诞，如唐代卢仝，宋代九僧、四灵，明代钟惺、谭元春等；一类为粗率、肤廓，如唐代任华，南宋江西诗派末流、尤袤、戴复古、刘克庄、曾几、周必大等，明代李梦阳、李攀龙；一类为随笔任意、不讲

章法，如明代唐寅、解缙。此四类均与讲求"雅正""温柔敦厚""诗法"的中国古代正统诗学观相悖离，故朱氏贬而斥之，呼为"魔道"。

在朱庭珍看来，"沦入魔道"的诗人而外，尚有部分诗人总体上虽未入"魔道"，但有部分诗句、诗篇、诗体"入魔"，这些具体而微的分析，把"魔道"这个抽象的诗学概念落到了实处。所谓"诗句入魔"者，如唐代郑谷"乱飘僧舍茶烟湿，密洒歌楼酒力微"（《雪中偶题》），韩愈"对镜鸾窥沼，行天马度桥"（《春雪》）、"随车翻缟带，逐马散银杯"（《咏雪赠张籍》）之句，朱庭珍认为"格卑意俗"，虽有比喻，但粘滞于物，未能超脱大雅。明代杨基"春风颠似唐张旭，天气和如鲁展禽"（《渐老》）、"白鹭下田千点雪，黄莺上树一枝花"，朱庭珍认为"卑靡纤佻"，取譬浅佻、俚而伤雅；高启"雪满山中高士卧，月明林下美人来"（《梅花·其一》），朱庭珍认为"俗而近恶趣"，未能做到"相赏于色声香味之外"；苏平"南陌踏青春有迹，西厢立月夜无声"（《咏绣鞋》），朱庭珍认为"尖佻偎邪，风雅扫地"。

所谓"诗篇入魔"者，如唐代张祜《题润州金山寺》，朱庭珍认为"鄙恶不可入目"，当是认为诗之尾联"因悲在朝市，终日醉醺醺"阑入粗俗之语。宋代王安石《读眉山集次韵雪诗五首》，朱庭珍认为"尤堕恶道"，应指王安石为凑韵而用典晦僻、语意牵强。明代刘基《二鬼》诗，郭登《山王庙》诗、《咏枭》诗，钱谦益《效月蚀》诗，朱庭珍认为"学卢仝、任华辈，而恣肆太甚，时近粗恶"，如郭登《自公安至云南辰沅道中谒山王祠》云："神威狰狞怖杀人，朱吻长牙眉倒竖。红绡抹头袍袖结，手按黄蛇啗其舌。"① 诗句狰狞怪诞，与雅正规范不合。清代梁佩兰

① 金性尧主编：《明诗三百首》，陕西师范大学出版社 2010 年版，第 102 页。

《木瓜上人打鼓歌》中有"上人愈打不肯休，打得高兴手若浮。将鼓移在山上头，明月落在梅花楼"的诗句①，朱庭珍认为"叫嚣粗率，近恶道矣"。

所谓"诗体入魔"者，古体诗如清初杜濬，朱庭珍认为"粗率颓唐，劣恶已甚"，如杜濬五言古诗《半塘》云："虎丘连半塘，五里共风光。此时素秋节，远胜三春阳。西风扫不尽，满路桂花香。"②遣词用语较随意，末句有张打油、胡钉铰之嫌。七律咏物诗如王隼《无题》、陈维崧《梅花》、邝露《赤鹦鹉》、黎遂球《黄牡丹》《白牡丹》、屈复《书中干蝴蝶》、鲍廷博《夕阳》、侯坤《水中梅影》等，如王隼《无题》其中一首云："当日曾醉酒家胡，珠勒金堤踏翠芜。鹦鹉帘前呼小玉，琵琶舟上倚檀奴。欲攀明月为珠佩，拟剪朝霞作绣襦。料得别时颜色压，玉壶红泪不曾枯。"朱庭珍认为"绝无意境、气格、篇法，但点缀辞藻，裁红剪翠，饾饤典故，征事填书，虽字句修饰鲜妍，究无风旨"，是"雅道中魔趣"。

通过对诗句、诗篇、诗体"入魔"情况的举例分析，可见朱庭珍所谓"入魔"本质上是诗人对"雅正风旨"的漠视与背离，这种背离不仅包括语句的纤佻、内容的俗恶，而且包括宗法的偏差、体格的卑下、意境的缺位等。这样，朱庭珍对"魔道"的批判不仅具有诗学观念上的批驳，而且具有诗歌创作实践上的指导意义。

三

结合朱庭珍诗歌史观来看，他所批判的"魔道"实即诗歌发

---

① （清）梁佩兰撰，吕永光校点补辑：《六莹堂集》，中山大学出版社 1992 年版，第 32 页。

② （清）杜濬：《变雅堂遗集》，《清代诗文集汇编》，上海古籍出版社 2010 年版，第 37 册，第 278 页。

展中的"变之不善者"，诗歌发展中的"变之善者"则可归入"雅音"之列。朱庭珍诗歌史观的核心观念是"新旧递嬗，日即于变"，从肯定"变"的角度出发，他肯定"变之善者"，批评"变之不善者"。肯定"变之善者"，如他认为宋人"不袭唐贤衣冠面目，别辟门户，独树壁垒"，赞赏苏轼、黄庭坚等宋人之诗歌成就"前无古人、后无来者"，称赞王安石、欧阳修、陆游为"一代作手"，认为他们能够跳出窠臼、推陈出新、自成一家，推动诗歌"变而臻于上"。否定"变之不善者"，比如他认为明七子"但摹空调，有貌无神"，明代公安派、竟陵派欲救前后七子之弊，以"浅率""晦僻"加以矫正，虽能"变风气自成门径"，却误入"魔道"，致使诗坛风气"变而趋于下"①。至于公安派、竟陵派是否真的误入"魔道"则是另一个问题，自有专门研究明诗的学者去分辨，并不在本文的探讨范围之内。

朱庭珍对"堕入魔道"者的尖锐批判也是因为认识到他们的创作倾向对雅道具有侵蚀和破坏作用，比如朱庭珍批评性灵派时曾说："学者于此等下劣诗魔，必须视如砒毒，力拒痛绝，不可稍近，恐一沾余习，即无药可医，终身难澌洗振拔也。"② 当然，雅音与魔道并非截然对立，雅道中亦有魔趣，二者之一定条件下可以互相转化。比如明代王世懋《艺圃撷余》说："杜子美出，而百家稗官都作雅音，牛溲马勃咸成郁致。"就对二者之间的转化关系有了一定的认识，认为杜甫在旁搜博采，化魔趣为雅音方面确实有着突出成就。

朱庭珍《筱园诗话》以"雅音""魔道"相对立的斗争性思维，构建了其对诗歌正统性的理解方式。这看似开历史倒车，其

---

① 张国庆：《云南古代诗文论著辑要》，中华书局2001年版，第261页。
② 张国庆：《云南古代诗文论著辑要》，中华书局2001年版，第290页。

实与《筱园诗话》创作于咸同滇变其间的历史背景密切相关。1856 年 3 月，临安（今云南建水）"厂匪"（按指汉族地主阶级武装团练）攻入楚雄府城，"尽杀府城回民，老弱鲜得免者"，标志着咸同滇变的开始。1874 年 7 月，李国纶在腾越厅橄榄坝被杀害，标志着起义军的最后失败①。咸同滇变前后历时十八年，给云南社会经济文化生活带来了深重灾难。而《筱园诗话》初稿创作于同治三年（1864），当时咸同滇变已爆发了 8 年，距离正式结束还有十年之久，战乱使滇云公私文献遭到巨大破坏，年少学诗者不重根柢、学问，多趋向于袁枚性灵一派，诗风油滑、俚俗、粗率、叫嚣。故朱庭珍《筱园诗话》以培根柢为第一义，倡雅音、斥魔道，讲究积理养气，力求重建滇云诗歌正统性，给年轻的学诗者指出门径、法度，为晚清滇云诗坛在战乱后的复兴奠定了基础。

归而言之，朱庭珍把"雅音"与"魔道"作为关键概念对诗歌正统性进行了重塑，其特点其一在于他把雅音看成一个对诗歌内容与诗歌形式进行全面要求的诗学概念；其二在于他把"魔道"提高到家数的层面来论述，又落实到诗句、诗篇、诗体上面进行具体分析；其三在于他以斗争性思维方式，把"雅音""魔道"作为关键概念来重塑诗歌正统性的行为，是建立在咸同滇变、纠正油滑粗率诗风的现实基础之上的。正是从这个角度看，朱庭珍对诗歌正统性的理解有所拓展和深化，是晚清时期云南诗论家革除诗坛积弊、振兴传统诗歌的一种有代表性的理论主张，为处于总结阶段的中国古典诗歌理论贡献了自己的力量。

（原载《南方文学评论》2020 年第一辑，收入本书时有修订）

---

① 何耀华总主编，蒋中礼、王文成主编：《云南通史·第五卷》，中国社会科学出版社 2011 年版，第 17—53 页。

从唐宋诗之争的角度看朱庭珍诗论的诗学取向①

王　欢②

　　唐、宋诗之争肇端于南宋初年，元、明两代，唐、宋诗之争进一步发展但较为纯粹，到了清代，唐、宋诗之争得以在唐宋融合的基础之上广泛推进，极少出现单方面的宗唐、宗宋行为③。王英志认为，多数清代诗人、诗派均与"唐宋诗之争"有关，从某种程度上讲，可以说"唐宋诗之争"是清代诗坛的晴雨表④。

　　要了解朱庭珍诗论的取向，必须简要回顾一下清代唐宋融合的诗论背景。清初，钱谦益提倡宋诗，是清代诗学由唐转宋的风向标⑤。但其时黄宗羲已然提出了"无分唐宋说"："诗不当以时代而论。宋元各有优长……即唐之诗，亦非无蹈常袭故充其肤廓而神理蓑如者。"⑥ 清中叶，沈德潜说："宗唐祧宋非吾亭"⑦，表明其宗尚虽在"唐"，却并未排宋。李重华也主张对唐宋诗"未可一概优劣"。袁枚以"诗本性情"为号召，反对争唐论宋所形成的偏嗜之弊⑧。姚鼐以"熔铸唐宋"为其论诗之宗旨。⑨ 清后

---

　　① 本文是国家社会科学基金项目"清代解《诗》学与传统诗学之建构研究"（项目编号：16BZW004）阶段性研究成果。

　　② 作者简介：王欢，云南大学文学院博士研究生，主要从事中国古代文艺理论研究。

　　③ 王英志：《清代唐宋诗之争流变史》，人民文学出版社 2012 年版，第 1 页。

　　④ 王英志：《清代唐宋诗之争流变史》，人民文学出版社 2012 年版，第 9 页。

　　⑤ 王英志：《清代唐宋诗之争流变史》，人民文学出版社 2012 年版，第 20 页。

　　⑥ 黄宗羲著，陈乃乾编：《黄梨洲文集》，中华书局 1959 年版，第 347 页。

　　⑦ 沈德潜著，王宏林笺注：《说诗晬语笺注》，人民文学出版社 2013 年版，第 274 页。

　　⑧ 袁枚：《随园诗话》，人民文学出版社 1982 年版，第 196 页。袁枚说："不知诗者，人之性情；唐、宋者，帝王之国号。人之性情，岂因国号而转移哉？"

　　⑨ 贾文昭：《桐城派文论选》，中华书局 2008 年版，第 131—132 页。

期，邓显鹤明确说他论诗"不喜辨唐宋之界"①，姚莹也说："纷纷力薄争唐宋，断港横流也未知。"②认为争唐论宋只似"断港横流"，绝非诗歌批评之正路。嘉庆、道光年间，主张唐宋融合者有所增加，任昌运、许乔林、丁繁滋、王俦等人均加入其中③。光绪、宣统以至民国初年，唐宋融合之势力进一步壮大④，如林钧《樵隐诗话》提出"以性灵为经，以格调为纬"，就体现出当时诗学界折中融合之观念⑤。朱庭珍顺应清代诗论唐宋融合之思潮，"对唐、宋诗的理论都择善而从，所使用的术语杂采并蓄"⑥，因此对其诗学取向的判断虽很必要，却并不容易。

辨清朱庭珍诗论的诗学取向，不仅事关朱庭珍对诗歌本质、批评标准、审美风格等重要诗学命题的论述，而且涉及对清末唐宋诗之争的发展趋势的判断，对滇云诗学乃至晚清诗学研究具有一定意义。笔者拟从朱庭珍诗论倾向研究现状、诗学取向蠡测、原因分析三个层面对这个问题作一探讨。

一　众说纷纭的现状

学术界目前论及朱庭珍诗论之倾向者，主要有以下四种观点：

（一）尊唐而不斥宋。王英志认为朱庭珍尊重唐贤也不轻视宋贤⑦，贾文昭认为朱庭珍"尊唐却不贬宋"，不以朝代为畛域⑧。何世剑也认为朱庭珍算不上严格的宗宋派作家，不能对其尊唐旨

① 贾文昭：《桐城派文论选》，中华书局 2008 年版，第 219 页。
② 王筱云、韦风娟等：《中国古典文学名著分类集成·文论卷》（第 3 册），百花文艺出版社 1994 年版，第 341 页。
③ 蒋寅：《清诗话考》，中华书局 2007 年版，第 460—485 页。
④ 王英志：《清代唐宋诗之争流变史》，人民文学出版社 2012 年版，第 6 页。
⑤ 蒋寅：《清诗话考》，中华书局 2007 年版，第 603—604 页。
⑥ 蓝华增：《诗论》，云南人民出版社 2010 年版，第 164 页。
⑦ 王英志：《清人诗论研究》，江苏教育出版社 1986 年版，第 375 页。
⑧ 贾文昭：《〈筱园诗话〉述评》，《古籍研究》1997 年第 2 期。

趣一概否定①。

（二）独倡唐风。由云龙《定庵诗话》认为滇云诗人"大都远宗三唐，近法明代。其能讲求两宋、涉猎西江者盖寡。"② 指出朱庭珍提倡唐风是受到滇云诗学大环境影响的结果。蒋寅认为朱庭珍于晚清宋诗风流行之际独倡唐风，标举最上乘，有针砭时风之功③。严迪昌认为朱庭珍对杜濬《变雅堂诗》的批评承袭了清代中期"标榜'唐音'，以'宗法'为框架论诗"的传统④。曾娟、袁志成认为晚清滇云诗坛的风尚是宗唐，朱庭珍即其主要代表⑤。

（三）公开宗宋。蔡镇楚认为朱庭珍《筱园诗话》赞誉苏轼、黄庭坚等宋人之诗，是晚唐乃至近代"宗宋"风尚的代表⑥。陈良运认为朱庭珍力主宗宋，旨趣与晚清同光体相近⑦。吴淑钿认为朱庭珍是道咸、同光时期宋诗派的过渡期诗论家⑧。尚静宏、杨亮也将朱庭珍《筱园诗话》列为宋诗派的理论著作⑨。蓝华增认为朱庭珍立足宋诗而向往融唐入宋，用唐诗的超妙空灵来救宋诗过实呆板之失⑩，并把"理趣"与"理境"作为理解《筱园诗话》"融唐风入宋格"境界的切入点之一⑪。

（四）融通唐宋。李瑞豪认为朱庭珍诗论"不以唐宋为畛域，

① 何世剑：《论朱庭珍对严羽诗学的接受》，《中国韵文学刊》2008 年第 22 卷第 1 期。
② 张寅彭：《民国诗话丛编》（第三册），上海书店出版社 2002 年版，第 563 页。
③ 蒋寅：《清诗话考》，中华书局 2007 年版，第 601 页。
④ 严迪昌：《清诗史》（上册），人民文学出版社 2011 年版，第 71—72 页。
⑤ 曾娟、袁志成：《文人结社与晚清民国云南诗风演变》，《社会科学家》2014 年第 8 期。
⑥ 蔡镇楚：《中国诗话史》，湖南文艺出版社 2001 年版，第 329 页。
⑦ 陈良运：《中国历代诗学论著选》，百花洲文艺出版社 1995 年版，第 1101—1102 页。
⑧ 吴淑钿：《近代宋诗派的诗体论》，《福建学刊》1996 年第 4 期。
⑨ 尚静宏、杨亮：《从古典到现代——中国文学演变主潮之1840—1916》，河南大学出版社 2012 年版，第 89 页。
⑩ 蓝华增：《"同光体"诗论的代表作——〈筱园诗话〉》，《思想战线》1992 年第 1 期。
⑪ 蓝华增：《诗论》，云南人民出版社 2010 年版，第 164 页。

兼取各派之长"，其依据有二：一是朱庭珍高度肯定宋诗，不独倡唐风。二是朱庭珍"家数说"中排名前三的大家、大名家、名家之中，唐人占绝大多数，故而朱庭珍亦非宋诗派的典型代表①。

二 诗学取向的蠡测

（一）总体上的折中融合

嘉道之际，与学术上的汉宋合流相适应，诗学总的倾向是折中调和。朱庭珍强调"中"字至理、崇尚中庸哲学，正与这种总体的诗学倾向密切相关。朱庭珍在学术方面的观点是折中汉宋，其为施有奎《述论》所作序云：

> 今天下言学者，不外汉、宋两派。宗汉者研求训诂，考究名物象数，博矣，而于义理时疏，其文词犹彬彬也。宗宋学者言心、言性、言命，专主义理而薄文章，甚至并事功、经济俱视为末务，所著书亦沿语录之体，词不雅驯，识者病焉。两者交争交讦，互为胜负也久矣。迄无能折衷是非，取长弃短，著为定论者。昆明施君聚五，吾滇名士也，与余为文字道义交，以学行砥砺有年矣。……既不偏尊郑贾，亦不曲徇程朱。每条一议出一解，必上下古今同睹其所以然之旨，务求折中至当，快于心而后已……非并取汉、宋两家之长者乎！②

认为汉学家精于训诂、博于名物，虽文词彬彬却疏于义理。

---

① 李瑞豪：《〈筱园诗话〉对清代诗坛之研究》，《贵州文史丛刊》2012 年第 3 期。
② 秦光玉主编：《滇文丛录》第四十二卷，云南省图书馆藏，民国稿本。

宋学家重义理、轻文章、事功、经济，文词不雅驯。朱氏赞赏施有奎《述论》能折中至当，并取汉、宋两家之长，于郑玄、贾逵、程颢、程颐、朱熹无所偏爱，考证精详不凿、义理深细不虚，其中也透露出朱氏折中汉宋、取长弃短的学术主张。

在诗歌理论方面，朱庭珍十五六岁时就以纪昀折中思想平息方俊和孙清元之间的争辩①，其少作《论诗·其一》亦云："自古论诗聚讼同，尊唐祧宋互争雄。依人门户终何益，毕竟千秋有至公。"② 表达了不依门户、追求至公的批评态度。《筱园诗话》卷三云："后人但当平心静气，公道持论，取其长以为法，弃其短而勿犯，则观古人得失，皆于我有裨益。"③ 可见朱氏主张公道持论、不执成见。在评价杨慎关于"诗史说"的观点时，朱庭珍说："学者放开眼孔，上下千古折衷于六义之旨……以期造广大精深之域。"④ 可见朱氏虽以儒家六义之旨为依归，但诗学视野甚为开阔，折中兼取是其诗论的一贯主张。陈鹍《穆清堂诗钞题词》评价朱庭珍穆清堂诗曰："苏黄与李杜，流派自折衷。岂践形迹似，实以精神通。"⑤ 亦嘉许朱氏诗歌创作能会通唐宋。可见在唐宋之争问题上朱庭珍是个调和派，致力于融通唐宋。《筱园诗话》卷一云：

孔子曰："过犹不及"。又曰："中庸不可能也。"《尚书》亦曰："允执厥中。"释氏炼妙明心，归于一乘妙法；道

---

①　王欢：《论〈筱园诗话〉"筱园先生自订钞本"的发现及其价值》，《荆楚理工学院学报》2015 年第 30 卷第 3 期。

②　张国庆：《云南古代诗文论著辑要》，中华书局 2001 年版，第 405 页。

③　张国庆：《云南古代诗文论著辑要》，中华书局 2001 年版，第 305—306 页。

④　张国庆：《云南古代诗文论著辑要》，中华书局 2001 年版，第 309 页。

⑤　朱庭珍：《穆清堂诗钞》，《云南丛书》集部之七十一，《丛书集成续编》第 179 册，台北：台湾新文丰出版公司 1988 年版，第 157 页。

家九转功成，内结圣胎，同是一"中"字至理。盖超凡入圣，自有此神化境界。诗家造诣，何独不然！人力既尽，天工合符，所作之诗，自然如"初写黄庭，恰到好处"，从心所欲，纵笔所之，无不水到渠成，若天造地设，一定而不可易矣。此方是得心应手之技。故出人意外者，仍在人意中也。若夫不及者固不足道，即过者其病亦历历可指。是以太奇则凡，太新则庸，太浓则俗，太切则卑，太清则薄，太深则晦，太高则枯，太厚则滞，太雄则粗，太快则剽，太放则冗，太收则蹙，皆诗家大病也，学者不可不知。必造适中之境，恰好地步，始无遗憾也。①

朱庭珍此论清晰体现了"作为普遍的艺术和谐观的中和之美"②，其表层以"太A则B"的形式表达了对艺术整体和谐观的追求，其深层则是凝聚儒、佛、道哲学精髓的"中"字至理。朱氏从儒、释、道三家皆尚"中"说起，进而认为"中"字至理也适用于对诗歌造诣的探讨，并以"必造到适中之境，恰好地步"之语，阐明了诗歌创造中对"度"的把握的关键作用，指出文学极高造诣的最终达成，正是建立在这种对艺术手法、艺术风格细致入微、分毫不爽的把握之上。蒋寅即认为朱庭珍对古代文论中贯穿的中庸哲学精神的阐述最为周全③。当代学者宗廷虎、李金

---

① 张国庆：《云南古代诗文论著辑要》，中华书局2001年版，第269页。
② 张国庆：《中国古代美学要题新论》，中国社会科学出版社1994年版，第34页。张国庆师所指"普遍的艺术和谐观的中和之美"主要以《乐记》为代表，这种"中和之美"是一种普遍的和谐关系、关系形态或结构，它的深层，是鲜明而突出的理性精神，凝聚着"中"、中庸的精髓；它的表层，是普遍而和谐的关系结构，弥漫着"和"的精神。可以说，中和之美既是艺术辩证法，又是艺术和谐观，或说是一种辩证的艺术和谐观。在张国庆师看来，作为艺术和谐观的中和之美主要有"A而B""A而不B""亦A亦B""艺术整体和谐的表现形式"四种，此处朱庭珍恰体现了艺术整体和谐的表现形式。
③ 蒋寅：《中国古代文论对审美知觉的表达及其语言形式》，《社会科学战线》2015年第2期。

苓认为朱庭珍论修辞也体现了"中和之美"思想，朱氏明确提出了"适中"的修辞原则，要求诗的语言表达形式和风格都要不偏不倚、无过无不及①。朱氏以得"中"为贵，以中和为美的倾向既体现在其诗歌章法理论中②，也体现在其对诗歌音韵的论述上。如《筱园诗话》卷四论七古音韵云："总须铿锵金石，一片宫商，无哑字、哑韵、雌声、重声故梗滞其间，自然协调……至转韵七古，或六句一转，或四句一转，八句一转，不可多寡过于悬殊，致畸轻畸重，总须匀称。"③ 这种对音韵"自然协调""总须匀称"的要求正是对诗歌声调、韵律、布局之"度"的体会与把握，是对艺术辩证法准确运用的结果。

朱庭珍在对律诗极诣的表述上也贯彻了其折中主义的主张："必也有骨有肉，有笔有书，文质得中，词意恰称，始无所偏重矣。有格有韵，有才有情，有气有神，有声有色，杀活在手，奇正从心，雄浑而兼沉着，高华而实精切，深厚而能微妙，流丽而极苍坚，如此始为律诗成就之诣。"④ 在短短的 82 字中，朱庭珍主张对"骨""肉""笔""书""文""质""词""意""格""韵""气""神""声""色"等 14 个要素，"雄浑""沉着""高华""精切""深厚""微妙""流丽""苍坚"等 8 种风格兼而有之、无所偏重，无论风格与要素，都既对立和谐又刚柔相济，达到了完整协调、分寸恰合的境界，突出体现着"中和之美"艺术整体和谐精神⑤。侯文宜从艺术审美的角度指出："这是

---

① 郑子瑜、宗廷虎主编，宗廷虎、李金苓著：《中国修辞学通史》（近现代卷），吉林教育出版社 1998 年版，第 59 页。

② 云南孔子学术研究会编：《孔子研究》（第 2 辑），国际文化出版公司 1996 年版，第 43 页。

③ 张国庆：《云南古代诗文论著辑要》，中华书局 2001 年版，第 315—316 页。

④ 张国庆：《云南古代诗文论著辑要》，中华书局 2001 年版，第 273—274 页。

⑤ 云南孔子学术研究会编：《孔子研究》（第 2 辑），国际文化出版公司 1996 年版，第 44 页。

继姚鼐'神、理、气、味、格、律、声、色'提出后的又一审美概括，彰显出明清以来'神为主，气辅之'的倾向，也彰显出一种综合的向文学审美本质逼近的趋势。"①

折中论的另一个重要表现是其"学悟一贯"说，"学悟一贯"是个老问题，明代《费经虞诗话》即云："诗不妙悟则不能入，不力学则不能精。"② 清代王士禛、纪昀亦并重根柢与兴会，滇云诗人师范《簪岩近集叙》谓"根柢本于学问，兴会关乎性情，二者皆不可强耳。"③ 均可见艺术素养的训练要靠学识的积累，艺术创作的突破则须依靠艺术直觉的指引。朱庭珍调和神韵派、肌理派之论，既照顾到清代学问之风昌盛的现实，又顾及文学创作特有的思维特点，明确提出"学悟一贯"。这既是对前人诗论的总结，又与纠正晚清诗坛时弊的迫切需要密切相连，这客观上造成了《筱园诗话》看似折中平和却又不乏激切的理论风貌。只有在这种总体理论风貌之下，才能深刻而不肤浅、准确而不盲目地去理解朱庭珍诗论的种种观点。

折中论还造就了朱庭珍宽阔的学术视野和通达的批评标准。他说："今天下言学者，不外汉宋两派。宗汉者研求训诂，考究名物象数，博矣，而于义理时疏，其文词犹彬彬也。宗宋学者言心、言性、言命，专主义理而薄文章，甚至并事功、经济俱视为末务，所著书亦沿语录之体，词不雅驯，识者病焉。两者交争交讦，互为胜负也久矣。迄无能折衷是非，取长弃短，著为定论者。"④（《述论序》）《筱园诗话》卷一云："自古及今，勿论名家大家，或诗或文，凡有专集行世者，其人必有擅长处，故能成名，

---

① 侯文宜：《中国文气论批评美学》，中国社会科学出版社 2012 年版，第 377—380 页。
② 吴文治：《明诗话全编》（第九册），江苏古籍出版社 1997 年版，第 10215 页。
③ 张国庆：《云南古代诗文论著辑要》，中华书局 2001 年版，第 368 页。
④ 秦光玉主编：《滇文丛录》第四十二卷，云南省图书馆藏，民国稿本。

自立当时，流传后世；亦必有见短处，可以指摘。"① 朱庭珍无论
在学术还是诗学上，均以通儒自居、以能通论古今者自许，不偏
执一端，不囿于一格，对诗坛各种风格、各种流派兼收并蓄，以
求至当归一之理，并对近代诗文家及操选政者"好恶徇一己之
私""入主出奴，纷争不已"的做法进行了尖锐批判②。又如朱庭
珍论王士禛诗，既看到王氏在本不擅长的七律创作上"间有出色之
篇"，并予以揄扬；又发现王氏在擅长的七绝创作方面"每有落套
之作"，并予以针砭，基本做到了客观公正地进行理论批评③。

（二）批评实践中的倾向分析

尽管朱庭珍在宗唐、宗宋问题上见解颇为通脱，但是由于批
评主张与批评实践往往存在一定的差异性，接下来笔者主要从情
理关系、才法关系、学悟关系、象境与思辨等方面对朱庭珍在诗
歌批评具体论述中是否存在某种倾向性进行分析。

从情理关系来看，朱氏提倡"积理"，却较少单独言"情"，
且多以"性情"二字连用。如《筱园诗话》云："诗所以言志，
又道性情之具也""有温柔敦厚之性情，乃能有温柔敦厚之诗"④，
等等，不一而足。朱氏还把"情"与"志"合一，强调"真意"
的概念。然而无论"性情"还是"真意"，其角度及内涵都与唐
人、明人的"主情"类诗论有了较大区别：朱氏所讲之"性情"
以"温柔敦厚"为主要内涵，朱氏所讲之"真意"是"本于志以
树骨，本以情以生文"⑤，也是"志"居"情"先，"骨"胜于
"文"，在一定程度上表现出了"以志统情"的倾向。联系朱氏对

①　张国庆：《云南古代诗文论著辑要》，中华书局 2001 年版，第 305 页。
②　张国庆：《云南古代诗文论著辑要》，中华书局 2001 年版，第 305—306 页。
③　张国庆：《云南古代诗文论著辑要》，中华书局 2001 年版，第 304—306 页。
④　张国庆：《云南古代诗文论著辑要》，中华书局 2001 年版，第 309 页。
⑤　张国庆：《云南古代诗文论著辑要》，中华书局 2001 年版，第 319 页。

主情的清代性灵派诸诗家的强烈批判来看，他论"情"时强调"温柔敦厚""以志统情"并非偶然，其中应该还蕴含了纠正性灵派末流过分主情带来的偏弊之意。如此看来，"理"比"情"在朱氏诗论中占有更为重要的位置。

从才法关系来看，朱氏主张"才力无敌而不逞才力之悍""敛才气于理法之中"①，又云："若夫用笔之道，贵操纵自然，不可恃才驰骋。当笔阵纵横一扫千军之际，而力为驾驭，莫令一往不返。"② 可见朱氏在才法关系上大致属于"敛才就法"一路。

从学悟关系来看，朱氏总结以悟为主的神韵派和以学为主的肌理派之实践经验，认为神韵派"其言无物，转堕肤廓空滑恶习"③，肌理派"贪多务博，淹塞灵机，饾饤书卷，如涂涂附，亦不免有类墨猪"④，两派之弊端都很明显。故朱氏引杜甫"读书破万卷，下笔如有神"之句，以及严羽"诗有别材，非关学也，诗有别趣，非关理也。然非多读书，多穷理，则不能极其至"之语为证，力主"学悟一贯"⑤。这不仅是对本朝诗派的折中，也是对唐诗、宋诗之争的折中。

从象境与思辨关系来看，朱氏向往唐诗之象境，认为"诗以超妙为贵"，并举严羽"镜花水月"之喻及司空图"超以象外，得其环中"之句为证⑥。朱氏所谓"超妙"之境是指"兴象玲珑，意趣活泼，寄托深远，风韵泠然"的境界⑦。并说"凡诗皆贵此诣，不止咏物诗以此诣为最上乘。"⑧ 这种主张显然更接近于

---

① 张国庆：《云南古代诗文论著辑要》，中华书局2001年版，第289页。
② 张国庆：《云南古代诗文论著辑要》，中华书局2001年版，第316页。
③ 张国庆：《云南古代诗文论著辑要》，中华书局2001年版，第259页。
④ 张国庆：《云南古代诗文论著辑要》，中华书局2001年版，第259页。
⑤ 张国庆：《云南古代诗文论著辑要》，中华书局2001年版，第259页。
⑥ 张国庆：《云南古代诗文论著辑要》，中华书局2001年版，第270页。
⑦ 张国庆：《云南古代诗文论著辑要》，中华书局2001年版，第270页。
⑧ 张国庆：《云南古代诗文论著辑要》，中华书局2001年版，第270页。

唐诗。至于思辨，体现于宋诗主要在以议论入诗。朱氏亦认为"名手制胜，正在使事与议论耳。"① 但反对宋人议论"发泄无余，神味索然"②，故朱氏主张诗中议论应追求"长篇须尽而不尽，短章须不尽而尽"以及"议论外之议论""不议之议"，又提倡"融议论于神韵之中"，"不著议论转深于议论"③。经过否定之否定，看似近于宋诗的议论，在朱氏这里却显然向唐诗靠拢了。

由此看来，朱氏是通过对学问、议论等宋诗之方法的改造来追求唐诗"兴象玲珑""风韵泠然"之境界。他在根柢上提倡积理养气，在诗法上主张"无定法而有定法"，在风格上却崇尚"雄浑"和"超妙"的典型唐诗风格。他赞许王士禛《题赵承旨画羊》便具有这种特色，诗云："三百群中见两头，依然秃笔扫骅骝。朅来清远吴兴地，忽忆苍莽勒勒秋。南渡铜驼犹恋洛，西归玉马已朝周。牧羝落尽苏卿节，五字河梁万古愁。"朱氏评曰："气格雄浑，神韵高迈，如出盛唐人手，而运法用意，亦自细密深婉。"④ 而朱氏所谓"学悟一贯"，其实是"以学求悟"，我们且看朱庭珍的表述。

首先，朱氏对唐贤尤其是以初盛唐为代表的典型唐诗是充满尊重的。《筱园诗话自序》云："夫无上妙谛，贵心契于言外，拈花微笑时，悟彻三昧，讵复有法可说哉！"⑤ 可知朱氏持论与司空图、严羽之论为近，十分赞赏唐诗之境界。又如《筱园诗话》论律诗造诣云："盖骨肉停匀，而色声香味无不具足也。自盛唐后，代无几人。若及此诣，便是大家之诗"⑥，论五言古诗云："宋人

---

① 张国庆：《云南古代诗文论著辑要》，中华书局 2001 年版，第 263 页。
② 张国庆：《云南古代诗文论著辑要》，中华书局 2001 年版，第 263 页。
③ 张国庆：《云南古代诗文论著辑要》，中华书局 2001 年版，第 263—264 页。
④ 张国庆：《云南古代诗文论著辑要》，中华书局 2001 年版，第 304 页。
⑤ 张国庆：《云南古代诗文论著辑要》，中华书局 2001 年版，第 257 页。
⑥ 张国庆：《云南古代诗文论著辑要》，中华书局 2001 年版，第 274 页。

五古，薄于有唐，古格古意，浸以沦丧，又好以文为诗，品逾趋下。"崇唐之意甚豁。再如朱氏评宋琬称"唐贤典型，于斯未坠"①；评陈师道、陈与义则称"惟江西习气过重，易使人厌"②；评毛先舒、陆圻则称"格局殊不高大，多染宋习"③，措辞之间，对唐风之揄扬、对宋习之不屑溢于言表。此外，明、清两代，朱庭珍推入名家之列诗人的只有高启、陈恭尹二人，高启是宗唐的，陈恭尹也是"兼取唐宋，以唐为主"，这应该不是一种偶然。当代学者杨开达敏锐地发现朱氏多用"兴象"而少用"意象"一词，看重"兴在象外"的美学情趣④，而这恰是盛唐诗的美学特征。余松认为"兴象高于意象"，"唐诗之精妙在于极富兴象"⑤。刘世南更犀利地指出朱庭珍对厉鹗评价的唯一准则就是"唐风"和"大家"⑥，这个评价准则恰是以"唐风"为楷式的。

其次，朱氏肯定宋诗成就，但宋诗从未超越唐诗而成为其诗论的主导倾向。《筱园诗话》卷二云："宋人承唐人之后，而能不袭唐贤衣冠面目，另辟门户，独树壁垒，其才力学术，自非后世所及。如苏、黄二公，前无古人，后无来者也。半山、欧公、放翁，亦皆一代作手"⑦，高度肯定了宋诗的成就。但朱庭珍又说"学诗者总须熔经铸史，以骚、选及八代、三唐为根柢"⑧，可见在他看来，《离骚》、《文选》、八代⑨、三唐乃学诗之根柢，宋诗

---

① 张国庆：《云南古代诗文论著辑要》，中华书局 2001 年版，第 282 页。
② 张国庆：《云南古代诗文论著辑要》，中华书局 2001 年版，第 260 页。
③ 张国庆：《云南古代诗文论著辑要》，中华书局 2001 年版，第 287 页。
④ 杨开达：《〈筱园诗话〉述评》，《云南师范大学学报》（哲学社会科学版）1989 年第 2 期。
⑤ 余松：《中国诗学"兴象"论》，《云南师范大学学报》（哲学社会科学版）2003 年第 4 期。
⑥ 刘世南：《清诗流派史》，人民文学出版社 2004 年版，第 275 页。
⑦ 张国庆：《云南古代诗文论著辑要》，中华书局 2001 年版，第 293 页。
⑧ 张国庆：《云南古代诗文论著辑要》，中华书局 2001 年版，第 276 页。
⑨ 此处"八代"是指东汉、魏、晋、宋、齐、梁、陈、隋等八个朝代。

地位显然不及。朱庭珍虽肯定宋诗，但并未把宋诗置于唐诗之上。又如朱庭珍认为晚清文人"又似专法秦、汉、盛唐以后诗文，专读宋以后书"，还不如明七子"取法乎上"为高①，亦可看出朱庭珍虽肯定宋诗，给予宋诗一定的地位，但在他心目中宋诗从未超越唐诗而成为诗歌理论的主导倾向。

再次，朱庭珍《筱园诗话》卷一所列古今诗话之可观者中，宗唐类诗话仍居大多数。《筱园诗话》卷一云：

> 沈归愚先生《说诗晬语》，赵秋谷《声调谱》、《续谱》，王阮亭《古诗平仄定体》，翁覃溪《小石帆亭著录》及洪稚存《北江诗话》，赵云松《云松诗话》，此本朝人诗话之佳者。古人则《姜白石诗说》、《沧浪诗话》、《怀麓堂诗话》以外，鲜可观者。宋、元人诗话最多，而附会穿凿，最无足取。明人王凤洲《艺苑卮言》可择取而分别观之，徐祯卿《谈艺录》亦有可取，此外无可存之书矣。又国初朱竹垞《静志居诗话》及《阮亭诗话》，并所著各种说部中诗话若干条，近有会萃而合刻之者，亦可助词坛玉屑也。②

其中，赵执信《声调谱》《续谱》，王士禛《古诗平仄定体》，翁方纲《小石帆亭著录》以研究诗歌声调为主，无明显宗唐或崇宋倾向。朱彝尊《静志居诗话》、洪亮吉《北江诗话》、赵翼《云松诗话》（《瓯北诗话》）纵论诸家，亦无明显倾向性，姑且不论。其余严羽《沧浪诗话》、李东阳《怀麓堂诗话》、王世贞《艺苑卮言》、徐祯卿《谈艺录》、王士禛《阮亭诗话》、沈德潜

---

① 张国庆：《云南古代诗文论著辑要》，中华书局2001年版，第285页。
② 张国庆：《云南古代诗文论著辑要》，中华书局2001年版，第276页。

《说诗晬语》具有较为明显的宗唐倾向，姜夔《姜白石诗说》（即《白石道人诗说》）虽力主自然高妙，但也承继了不少江西诗派的观点。相较而言，以宗唐类诗话居多。

复次，以对清代主要诗歌流派的态度而言，朱氏对宗唐的诗歌流派尚有表彰之辞，对宗宋的诗歌流派却多以批评为主。详见表1。

表1

清代主要诗歌流派	诗学倾向	朱庭珍的态度
神韵派	宗唐	有表彰有批评
格调派	宗唐	有表彰有批评
肌理派	宗宋	以批评为主
性灵派	无分唐宋	激烈批评
浙派	宗宋	以批评为主①

可见，对清代宗唐的诗派朱庭珍是有表彰的一面的，对宗宋的诗歌流派却以批评为主。当然也有个别例外，比如江西诗家蒋士铨、吴嵩梁均有宗宋倾向，却得到了朱庭珍的肯定。

又复次，朱氏与晚清宋诗派的关系若即而实离。表面看来，朱庭珍讲求积理养气与宋诗派②诸人遥相呼应，萧华荣还指出以朱庭珍"积理说"的要求来作诗，"在形式上便不免'滔滔涌赴'，一泻无余，以文为诗；在内容上也不免'发为高论'，以理为诗，以学问为诗，完全不同于唐人的兴象玲珑，韵味含蕴，而近于宋诗特别是韩、苏一些长篇巨制的艺术风貌。"③ 这确可证明

----

① 朱庭珍《筱园诗话》虽对朱彝尊多有表彰，但朱庭珍并未将朱彝尊归为浙派，他所批评的浙派主要是针对厉鹗。

② 宋诗派是指道光、咸丰年间（1821—1861）诗坛上宗尚宋诗的风气相对活跃，以何绍基、祁寯藻、魏源、曾国藩、欧阳辂、郑珍、莫友芝、沈增植、陈三立、郑孝胥、陈衍等为代表。

③ 萧华荣：《中国古典诗学理论史》，华东师范大学出版社2005年版，第283—284页。

朱庭珍诗论确有崇宋的一面，但这是否是其诗论的主导倾向，则仍有待探讨。其一，朱庭珍未必受到晚清宋诗派的直接影响，其诗论主张可能与云南诗论自身的嬗变有关。朱庭珍在《筱园诗话》《穆清堂诗钞》中并未提及何绍基、陈衍等晚清宋诗派诸代表人物，而且同时的滇云诗论家方玉润也明确强调行文"当先积理"以厚根柢，积理又需从书卷与阅历两方面入手①，与朱庭珍所论异曲同工。其二，与晚清宋诗派不同，朱氏并不明确宗宋，其看似宗宋的某些主张其实是学唐诗而参以宋人之法。比如朱庭珍评储光羲《题陆山人楼》②云："凡学王、孟、太祝五律者，切忌平熟，宜求生新。盖生则以峭健取姿韵，而熟则落平软庸滑一路，黯然减色，令人望而生憎矣。"③以生新学王孟，以峭健求姿韵，正是"学唐人诗而参宋人之法"的具体表现。

简言之，笔者认为朱庭珍的诗学取向是融通唐宋，而以唐诗为主导，融宋意入唐风，由实入虚，强调超妙风格，回归唐诗艺术精神，这与宋诗派由宋诗上溯中晚唐而落脚杜甫、韩愈有着很大差别。朱庭珍之肯定宋诗，并非为了"伸宋"，恰是其善于"用宋"的表现。

（原载《广西社会科学》2018 年第 12 期，收入本书时有修订）

---

① 黄霖：《中国文学批评通史》（七），上海古籍出版社 1996 年版，第 232 页。

② 王士禛选，朱庭珍评点：《唐贤三昧集》，云南省图书馆藏，光绪十四年（1888）刻本。其中储光羲《题陆山人楼》云："暮声杂初雁，夜色涵早秋。独见海中月，照君池上楼。山云拂高栋，天汉入云流。不惜朝光满，其如千里游。"

③ 王士禛选，朱庭珍评点：《唐贤三昧集》，云南省图书馆藏，光绪十四年（1888）刻本。